KB134356

「잘 왔어. ──본인의 과거와 마주한 시간은 네게 무엇을 주었을까?」

「──생각보다 빨리 도착했는걸.」

# Characters

Re: Life in a different world
from zero
The only ability I got in a different world "Returns by Death"
I die again and again to save her.

## 프레데리카
*Frederica*

로즈월 저택의 선배 메이드.
메이드로서 완벽한 집안일 스킬을 갖췄다.
유능한 사용인.

## 가필
*Garfiel*

성역의 수호자. 하지만 말투는 거칠고,
성격이 급해 충동적으로 행동하기 일쑤.

## 에키드나
*Echidna*

탐욕의 마녀.
색이 빠진 듯한
새하얀 머리카락이 특징.

## 류즈
*Ryuzu*

『성역』의 대표.
가필을 '가 도령'이라고 부르며
아끼고 있다.

# Re: Life in a different world from zero

The only ability I got in a different world "Returns by Death"
I die again and again to save her.

## CONTENTS

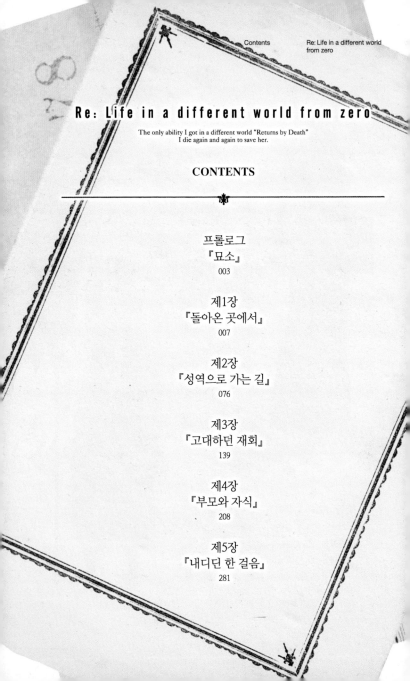

# Re:제로

Re: Life in a different world from zero

## 부터 시작하는 이세계 생활

나가츠키 탓페이 지음
오츠카 신이치로 일러스트
정홍식 옮김

# 프롤로그 『묘소』

──유적의 차갑고 맑은 공기는 기묘할 만큼 청량한 분위기로 스바루를 맞이하고 있었다.

한 걸음, 발을 내디딜 때마다 발소리가 메아리친다. 유난히 크게 울리는 그 발소리는 스바루에게 초조감의 원인임과 동시에 마음의 버팀목이기도 했다.

불과 몇 미터 앞도 보이지 않는 어둠 속, 불확실한 자신을 확실하게 해 주는 것 같아서.

"_____."

주위는 완전한 암흑에 뒤덮여 더듬고 있었을 벽의 감촉도 잃어버린 지 오래다. 걸어도 걸어도 길이 끝나지 않아, 스바루는 자신이 멈춰 섰다는 착각마저 느꼈다.

그런 불안을 발소리만이 부정하고, 스바루 자신에게 계속 걸을 의의를 호소해 주었다.

울리는 발소리를 의지해 걷고 걷는다. 멈춰 설 수 없다. 그건 용납되지 않는다. 마음에 체념이 뿌리를 뻗치고, 짊어진 짐의 무게에 굴할 뻔해도, 이를 악물고 계속 걸어야 한다.

그렇지 않고서, 어떻게 자신은 그녀에게——.

"——그렇군. 그게 네 욕망의 근간인가. 제법 흥미로운 사실인걸."

별안간 목소리가 울렸다.

그 목소리에 발을 멈춘 순간, 끝을 찾을 수 없었던 영원의 막이 느닷없이 걷혔다.

한없이 이어질 것 같았던 어둠은 눈 깜빡할 사이에 걷히고, 색을 잃었을 터인 세계가 선명하게 채색된다. 발밑에는 녹색이, 머리 위에는 구름 한 점 없는 푸른 하늘이 펼쳐지고, 스바루는 자신이 있을 리 없는 초원에 서 있음을 깨달았다.

포근한 바람이 앞머리를 어루만지는 바람에 놀라서, 무심코 목이 메였다.

"——아."

"그런 곳에서 놀고 있지 말고, 이리로 오면 어떨까?"

우두커니 선 스바루의 등 뒤에서 목소리가 날아들었다.

돌아보니 아담한 언덕이 보였다. 언덕 위에는 햇빛을 가리는 파라솔이 서 있고, 그 그늘에는 하얀 테이블과 하얀 의자와—— 그리고 의자에 앉은 소녀가 있다.

"————."

그것은 새하얀, 마치 색만이 쏙 빠진 듯이 하얀 소녀였다.

등에 닿을 듯 긴 머리카락도, 적게 드러난 피부도 눈길을 빼앗길 만큼 하얗고, 호리호리한 사지를 감싼 상복처럼 새까만 드레스와 높은 지성을 살필 수 있는 검은 눈동자만이 허깨비처럼 덧없는 소녀의 실존을 증명하고 있다.

백과 흑. 그것은 두 색만으로 표현된 몹시 단적인 미모였다.

한 번 보면 누구나 홀릴 듯 마성(魔性)을 띤 미모―― 그러나 그 소녀의 모습에서, 스바루의 영혼은 처음으로 압도적인 공포를 느끼고 있었다.

처음 백경(白鯨)과 조우했을 때도 이만한 압박감이 엄습하지는 않았다.

"이런, 놀래키고 말았나?"

"―――."

지척에 있는 소녀의 존재에 스바루는 목소리가 나오지 않는다. 그 반응에 눈을 가늘게 뜨고, 소녀는 잠시 있다가 이해가 간 듯이 끄덕였다.

"아아, 그런가. 나도 참, 자기소개가 늦었군. 창피해라. 남과 대화하는 건 꽤 오랜만이어서 그만 조급해지고 말았어."

음성의 가락과는 다르게 표정을 거의 바꾸지 않고서, 소녀는 어깨를 슬쩍 으쓱였다.

다음으로 여전히 전율에 밀려 입을 다물고 있는 스바루를 향해, 소녀는 자신의 가슴에 손을 얹으면서 잔잔하게 이름을 밝혔다.

"내 이름은 에키드나."

그렇게 이르고, 소녀는 그 입술을 부드럽게 풀면서 희미하게 웃는다——.

"——『탐욕의 마녀』라고, 그렇게 소개하는 게 좋을까?"

# 제1장 『돌아온 곳에서』

## 1

　──흐린 하늘은, 마치 스바루의 지금 심경을 반영하고 있는 것처럼 보였다.

　"적적해지겠네요."

　저택 문 앞에 선 스바루 옆에서 드레스 차림의 여성이 쓸쓸한 듯 그렇게 말했다.

　등까지 길게 늘어뜨린 녹색 머리카락과 날카로운 호박색을 띤 눈이 인상적인 여성이다. 그, 희미하게 눈을 내리깐 덧없는 분위기에 스바루는 아직도 위화감을 씻어내지 못하고 있다.

　──귀족집 아가씨 같은 그 모습이 지금의 크루쉬 칼스텐의 진실이라고 알고 있어도.

　"크루쉬 씨가 그렇게 말해 주는 건 고마운데 말이야……"

　머리를 긁으면서 스바루는 크루쉬로부터 시선을 떼고 정면을 쳐다봤다.

　크루쉬 저택 앞에는 복수의 용차(竜車)가 늘어섰으며 안에는 페텔기우스가 이끄는 마녀교를 피해 왕도로 피난한 아람 마을 사람들이 타고 있다. 이미 『나태』의 대죄주교를 물리쳐 저택과 마을의 안전을 확보했다. 그래서 스바루를 더한 일행은 지금부터 가도를 지나 마을로—— 로즈월 저택으로 귀환할 예정이다.

솔직히 마녀교 말고도 문제는 무척 많았다. 크루쉬의 갑작스러운 변화도 그중 하나지만——.

"한심하지만 여기 있어도 진전이 없어. 질질 끌며 신세만 지는 것도 좀."

"나츠키 스바루 님과 에밀리아 님이라면 당가는 언제까지고 머무르셔도 상관없습니다만…… 그럴 수는 없겠죠."

"호의만 받겠습니다. 피차 과제는 많잖아요? 특히 백경과 『나태』 관련의 공훈은 자칫하면 욕심쟁이 상인 팀이 낚아챌 수 있으니까요."

크루쉬의 제의를 듣고 고개를 저은 스바루는 아나스타시아 진영에 대한 주의를 환기했다.

백경과 『나태』를 토벌한 이번 사건은 세 왕선 후보 진영의 공동 작업이라고 해야 할 내용이었다. 그러나 현재 그 결과는 아나스타시아 진영의 단독 승리라고 할 수 있다.

400년간 이루지 못한 패업을 달성한 크루쉬 진영——이지만, 우두머리인 크루쉬가 받은 피해는 크고, 그건 『나태』 토벌을 주장한 스바루 쪽 에밀리아 진영도 마찬가지다.

그 피해는 크루쉬 진영만큼 치명적이 아닐 수도 있지만, 적어도 스바루는 너무나 큰 상처를 입어 지금도 고통을 호소하고 있다.

한편, 후보자와 기사가 다 건재한 아나스타시아 진영은 양쪽 토벌에서도 큰 역할을 달성했으며, 그 진영이 본 피해도 가장 적어서 수지가 좋았다.

따라서 앞으로도 아나스타시아 진영의 동향에는 예의 주시할 필요가 있다. 그러한 의미로도 에밀리아 진영과 크루쉬 진영의 동맹은 긴밀하게 하고 싶다.

"그 대화를 위해서도 전부 데리고 돌아가게 해 주세요. 뒷배인 로즈월과 상담해야 하고, 불안에 떠는 마을 사람들도 집에 돌려보내고 싶으니."

"가족끼리 멀리 떨어지면 괴로울 겁니다. 그렇게 해 주세요."

애잔하게 미소를 지으며, 크루쉬의 시선이 용차에 타는 마을 사람들 쪽으로 돌아갔다.

왕도로 피난한 것은 마을 주민의 절반, 나머지 절반은 다른 루트를 타고 다른 토지로 피난시켰다. 크루쉬의 말대로 가족끼리 멀리 떨어진 집도 있다. 빨리 합류하게 해 주고 싶다.

"그게 끝나는 대로 왕도로 돌아오겠습니다. 그때까지 잠시 작별한다는 느낌으로."

"네, 기다리겠습니다. 그때는 이번에야말로 큰 은혜에 보답할 수 있었으면 좋겠어요."

"천만의 말씀을. 도움을 받은 건 피차일반이고, 보수도 받았는데요."

스바루는 고마워하는 크루쉬의 모습에 쓴웃음을 짓고 용차 대열의 선두를 손가락으로 가리켰다. 그쪽에는 다른 용차보다 고급스러운 용차가 한 대 있었다. 그 차체는 아름다운 칠흑의 지룡이 끌고 있었다.

그 검은 지룡은 스바루가 백경 토벌에 협력한 보수로 받은 것이다.

"욕심이 없는 말씀입니다. 3대 마수를 토벌한 보수로 지룡을 한 마리 인수하고 싶다니."

"생명의 은인, 아니 은룡이라서. 함께한 시간은 짧아도 함께 넘긴 죽을 고비는 가장 많죠……. 파트라슈는 싫을지도 모르지만요."

"──그건 괜한 걱정이겠지요."

지룡── 파트라슈를 바라보는 스바루와 크루쉬의 대화에 넌지시 부정의 말을 던진 것은 걸어오는 노검사, 빌헬름이다.

용차의 상태를 확인하던 검귀(劍鬼)는 묵례와 함께 두 사람의 대화에 끼어들었다.

"지룡 중에서도 성질이 까다롭다는 다이아나 종(種)이 단기간에 이처럼 따르는 일은 거의 없습니다. 스바루 님과 이 지룡은 궁합이 좋았던 모양입니다."

"왜 그럴까요? 백경 토벌 전에 느낌이 딱 와서 골랐을 뿐인데."

실제로도 궁합이 좋긴 할 것이다. 파트라슈를 선택한 것은 그야말로 하늘의 안배다.

함께한 것이 파트라슈 외의 다른 지룡이었다면 백경이나 『나태』와도 겨룰 수 없었다. 그만큼 스바루는 이 똑똑한 용에게 수없이 도움을 받았다.

"즉, 나는 너 말고 다른 지룡으론 만족할 수 없는 몸……!"

스바루는 지룡에 달라붙어 새삼 고마움을 담아 그 목덜미를 어루만졌다. 그러자 파트라슈는 그 도도한 얼굴을 문질러 딱딱한 비늘로 스바루의 손을 사포질해 주었다.

"끄아아아! 상상 이상으로 비늘이 아파! 강판에 갈리는 무의 기분을 이해하겠어!"

"흠. 지룡이 이토록 장난치다니 보기 흐뭇하군. 이 또한 신뢰 관계가 낳은 결과겠지요."

"정말요?! 고양이가 쥐를 가지고 노는 역학 관계 아니에요?!"

팔이 갈려 나가는 듯한 지룡과의 교류도 빌헬름에게는 아이들의 장난인가. 내심 흐뭇해 보이는 검귀가 보내는 눈길에 스바루는 겸연쩍은 얼굴로 뺨을 긁었다.

"뭐, 파트라슈와 어떻게 지낼지는 나중 과제로 삼고…… 빌헬름 씨랑도 한동안 작별해야 하는 게 아쉬워요. 상처, 잘 다스려 주시고요."

"걱정을 끼쳐드렸습니다. ──아무래도 거리가 멀어졌는지 지금은 거의 출혈도 없습니다. 그 사실을 다행이라고 해야 할지는 어려운 노릇입니다만."

빌헬름의 왼쪽 어깨──에는 그 아내였던 선대 검성(劍聖)이 새긴 상처가 있다.

그 오랜 상처가 벌어진 사실은 검귀의 눈에서 복잡한 감정이 휘몰아치게 했다. 상처의 부활이 어떤 의미를 갖는가, 그것은 크루쉬를 습격한 대죄주교에 캐물을 수밖에 없다.

대죄주교 『폭식』—— 검귀의 아내가 죽은 원인에 백경 말고 다른 이유가 있다면, 가장 유력한 것은 그 인물이다. 그리고 마녀교의 교리를 감안하면 머잖아 반드시 스바루 일행과도 격돌한다. 놈들은 명실공히 이 동맹의 적인 것이다.

놈들을 쓰러뜨리고 되찾아야 한다. 크루쉬의 기억을, 무엇보다——.

"스바루큥. ——렘, 고정했으니까 확인해 주라."

사색 도중에 이름이 불려 스바루는 용차에서 몸을 내미는 상대를 돌아봤다. 황갈색 고양이 귀가 특징적인 크루쉬의 첫째 기사, 페리스다.

손짓해 부르는 그를 따라 스바루는 용차에 발을 올리고 안을 들여다봤다. 그러자 넓은 차내에서 안쪽 좌석이 빠지고, 그 대신 간이침대가 증설되어 있는 걸 알 수 있었다.

그 침대 위에는 한 소녀가 누워 있다. 잠자는 모습을 보니 스바루의 가슴이 삐걱거렸다.

낯익은 급사복이 아니라 연한 물빛 잠옷으로 몸을 두른 파란 머리 소녀다. 결코 깨지 않는 잠에 들어 그 존재 일체가 주위 사람들에게 잊힌 소녀——.

"——렘은, 가는 중에 떨어질 염려는 없겠지?"

"그 점은 가장 조심하고 있다니깐. 이래 보여도 페리는 치유술사니까, 환자에겐 자상하다구. ……렘의 경우는 그렇게 불러두 될지 미묘하지만."

편안하게 잠든 것처럼 보이는 얼굴. 그것을 바라보는 스바루의 말에 페리스는 어깨를 으쓱였다.

　말투는 가볍지만 그의 옆모습에는 숨기지 못하는 초췌와 자신에 대한 실망이 있었다. 무력감에 화내는 건 스바루의 특허가 아니다. 그 또한 역부족을 원통해하고 있다.

　가장 소중한 주인을 중요할 때 구하지 못한 자신의 무력함을.

　"진짜루 저택에 돌아갈 거야?"

　"응. 이곳에서 요양해도 렘이 나을 리도 없고…… 아, 지금 건 비꼬는 게 아니다."

　"안다니까. 스바루쿵, 그렇게까지 성격 못되지 않은걸."

　표현이 나빴다고 스바루가 말을 보충하자 페리스가 쓴웃음을 지었다. 그리고 곧장 눈을 가늘게 뜨더니 "그보다." 하고 스바루에게 손가락을 들이댔다.

　"요양이 필요한 건 렘만이 아니잖니. 스바루쿵도 똑같아."

　"나도?"

　"그래. 애초에 자기가 처음에 뭣 때문에 왕도에 남았는지 잊었어? 이번에 『나태』랑 붙는 바람에 게이트가 또 무리했구…… 몸, 노곤하진 않더니?"

　"아니, 딱히 이상한 데는 없는데."

　페리스가 묻자 스바루는 목과 어깨를 돌려서 문제없다고 대답했다. 외상 치료는 끝났으며 육체의 불안은 전무하다. 페리스가 걱정하는 게이트도…….

　"애당초 그렇게 마법에 의지하며 생활하지도 않았고. 없으면 없는 대로 신경 안 써."

"마법사가 아닌 사람의 발상이구냥. 페리는 마법을 쓸 수 없으면 엄청난 긴급사태인데. ……뭐, 본인이 괜찮다면 됐지만—."

태연하고 위기감이 없는 스바루의 말을 듣고 페리스도 포기한 표정으로 탄식했다.

"그래두 무리하면 안 되는 건 똑같거든. 일단 게이트 안의 독소는 청소했는데, 나은 건 아냥. 보자……. 게이트, 2개월은 안정시켜."

"2개월이라. 핫, 17년씩이나 마법하고 인연이 없었던 사람에겐 별로 어렵지도 않은 조건이군."

너스레를 떨고 나서, 애당초 이 세계에 소환되고 아직 2개월밖에 지나지 않았다는 사실을 떠올렸다. 체감시간으로는 4개월쯤이지만, 실제 시간으로는 약 2개월—— 그사이의 사건을 돌아보면 2개월 안정이라는 조건이 어려울지 쉬울지.

"뭐, 아무리 그래도 그렇게 연달아 사건이 터지진…… 지금 이 말 플래그스럽지 않았어?!"

"안타깝게두 머리 쪽 치료는 페리의 전문이 아니란 말이지."

전율하는 스바루를 내치는 페리스. 그 차가운 반응에 스바루는 슬슬 잡담도 접을 때인가 생각한 뒤, 페리스에게 손을 내밀었다.

"뭐야옹?"

"여러모로 고마웠다고, 똑바로 전하지 않았던 것 같아서. 상처랑 게이트도 그렇지만, 백경과 『나태』도 네가 없었으면 힘들었을 거잖아. ……렘 일도 감사하고 있다."

"……그거, 비꼬는 말도 약 올리는 말도 아니겠지만, 딱 그거밖에 안 되거든."

"나도 말하면서 완전히 그런 투라는 생각은 했어."

하지만 속으로는 솔직히 고마워했다. 그야 페리스와는 의견 차이로 대립한 적도, 서로의 방식을 두고 험악해진 적도 있다. 그러나 그 또한 뭉뚱그려서, 스바루는 분노보다 고마움이 더 컸다.

그 스바루가 내민 손을, 페리스는 잠시 입을 다물고 내려다보고 있었지만──.

"……손가락 가늘어! 손 쬐그매! 손가락만은 남자답다는 식의 전개는 없기냐!"

"이만큼 예쁜 페리가 그렇게 실망스러운 짓을 하겠어?"

망설임 끝의 악수. 그 손의 감촉에 놀라는 스바루의 말에 페리스는 요망하게 웃었다. 그 웃음도 참 어여뻐, 가는 손발도 티 없는 살결도 틀림없이 미소녀 그 자체──.

"하지만 남자다 이건가. 나 참, 왜 또 그런 건지."

"그으치만, 페리에게는 이 모습이 어울린다고 크루쉬 님께서 바라셨는걸. 그 인물의 영혼이 가장 빛나는 자세…… 그 말에 전심전력으로 부응할 뿐──."

"하지만, 그건……."

지금의 크루쉬는 모르는 일이다……라고 말을 이을 뻔했다가 도중에 그쳤다.

그건 스바루가 말할 필요도 없이 페리스도 안다. 말로 표현해서 어떻게 될 문제도 아니다. 아는 척 떠드는 건 그도 사절일 터다.

"──왕선이 어떻게 되든, 크루쉬 님만은 반드시 지킬 거야."

"……뭐?"

불현듯, 그 말은 입을 다문 스바루의 고막에 차갑게 울렸다.

고요하고 감정이 얼어붙은 속삭임이었다. 그것이 누구의 음성인지, 바로 이 순간 말을 나누었음에도 불구하고 알아채는 게 늦어질 정도로.

고개 숙인 페리스의 두 눈은 앞머리에 가려서 보이지 않는다. 그렇지만 잡고 있는 손바닥은 유달리 뜨겁다.

"페리스……?"

"그─러─니─까, 스바루쿵도 약속 꼭 지켜야 한다?"

그러나 그런 불온한 기척도 한순간뿐. 말문이 막힌 스바루 앞에서 고개를 확 쳐든 페리스의 태도는 평소와 같았다. 두 눈은 장난스럽게 빛나고 있다.

"안 그럼 몸속의 마나를 폭주시켜서 미쳐 죽게 할 거니까."

"귀여운 얼굴과 목소리로 죽도록 무서운 소리 마시죠?!"

손을 떼고 웃으며 용차에서 뛰어내린 페리스가 고개를 꾸벅했다. 그 몸짓에 진저리를 치면서, 스바루는 찰나만 내비친 페리스의 태도를 가슴에 담았다.

그건 페리스의 결의이며, 각오이자, 비장한 본심이기도 했을 것이다.

그리고 스바루도 남 일이 아니다. ──그렇게, 생각하자.

"아, 스바루. 렘의 침대, 제대로 준비됐어?"

페리스에 이어 용차에서 내리자 마침 에밀리아도 문 앞에 나타난 참이다. 은발을 땋아 내린 에밀리아는 이미 준비를 마친 용차로 걸어왔다.

"문제없을 것 같아? 저택까지 출발할 수 있어?"

"문제 낫싱. 나랑 파트라슈로 곡예 운전해도 멀쩡해. 윌리 할 거라고."

"잘 모르겠지만, 엄—청 찜찜한 예감이 드니까 위일리는 금지할래."

"그건 아쉽네. 난폭운전으로 에밀리아땅 두근두근 흔들다리 효과 작전이었는데."

평소처럼 대답하면서 스바루는 용차를 두드려 문제가 없음을 어필했다. 그 대답에 에밀리아의 남보랏빛 눈이 희미하게 일렁이지만, 생겨난 감정이 말로 표현되지는 않았다.

"자. 그럼 아쉬운 맘이 남지만 슬슬 출발할 시간이 됐거든."

그 미묘한 침묵에, 페리스가 손을 마주쳐 종지부를 찍었다. 그는 자신에게 주목을 모은 다음, 바로 옆에 있는 크루쉬에게 그 주목을 양도했다.

"자자, 크루쉬 님. 마지막으로 뭔가 에밀리아 님 일행에게 말씀이 있으시다면."

"네, 그러네요."

페리스에게 자리를 양보받은 크루쉬가 한 발짝 앞으로 나섰다. 스바루와 에밀리아도 자세를 바로잡고 뒤에 페리스와 빌헬름을 거느린 그녀를 마주 봤다.

"우선, 자꾸 말하지만 두 분께 깊은 감사를. 이렇게 제가 기억을 잃었음에도 목숨을 부지하고, 기억을 잃기 전의 제 바람을 부지하고 있는 것, 둘 다 두 분의 협력이 있었기 때문이라고 생각합니다. 감사드려요."

"아, 아뇨······. 전 크루쉬 님에게 그런 소리를 들을 만한 일은 아무것도. 저, 이 며칠 동안은 거의 울타리 밖에 있어서······."

"중심에 있었는데 울타리 밖이었던 건, 사실이지. 근데 그 부분은 내가 빈틈없이 활약했으니까 안심해. 내 공훈은 빠짐없이 에밀리아땅 것이야."

"스바루큥의 삽질두 에밀리아 님 것이지만."

"상처를 헤집지 마!"

황송해하는 에밀리아의 말을 스바루가 받자 곧바로 페리스가 왕성에서 있었던 사건을 비꼬아서 농으로 넘겼다. 거기서 스바루가 소리를 지른 순간, 문 앞에 웃음이 터졌다.

그 사건을 우스갯거리로 삼을 수 있다. 그것은 며칠 전과 비교하면 상상도 할 수 없던 일이다.

물론 그걸로 그 상처의 교훈을 잊어서는 안 되지만——.

"걱정 마. 앞으로는 나도 스바루랑 잘 대화해서 이것저것 하고 싶으니까."

"———."

에밀리아는 혼자만 웃지 않고 진지한 눈으로 그렇게 말했다.

스바루가 취한 행동의 결과를, 무엇이든 간에 곧이 받아내겠다고. 그것은 그녀가 진정 스바루를 인정해 주었다는 증거다. 명실상부 스바루가 그 곁에 있어도 되노라고.

"다시 가까운 시일 내에 꼭 만나 뵙지요. 에밀리아 님과 나츠키 스바루 님과는 오래도록 친밀한 관계를 유지하고 싶습니다."

그 대화를 듣고, 크루쉬는 희미하게 웃으며 거짓이 없는 눈초리로 두 사람을 바라봤다.

기억을 잃었어도 그 고결함은 이전과 변함이 없었다. '성실'이라는 두 글자를 누구보다도 빛내는 크루쉬의 자세는 허위와 위선과 일절 무관하다.

그것이 쓰라리도록 전해졌기 때문일까. 에밀리아는 눈을 내리깔고 입술을 떨었다.

"전, 크루쉬 님과 대립하는 후보예요. 동맹을 맺었어도 언젠가는 적으로 돌아가요."

"네. 에밀리아 님께 지지 않게, 저도 앞으로 노력해야 하겠지요."

"그리고 전 하프엘프이기도 해요. 그것도 은발의. ……무섭지, 않으세요?"

"에밀리아, 그건……."

스바루는 무슨 말을 꺼내느냐고 말리려다가 에밀리아의 옆모습을 보고 입을 다물었다.

진지하게, 필사적인 눈초리로 에밀리아는 이 말을 꺼냈다. 그 마음을 일부라도 안다면 여기서 함부로 끼어들 수는 없다.

그리고 스바루는 크루쉬를 안다. ──그 영혼이 지금도 흐려지지 않았음을.

"──영혼의 자세가, 그 존재의 가치를 결정짓는다. 사람은 자기 자신에게나, 타인에게나, 가장 빛나는 삶의 방식을, 영혼에 부끄럽지 않은 삶의 방식을 실천해야 하는 법이다."

"_____."

"이전의 저는 말버릇처럼 그리 말했나 보더군요. 뭐라고 할까…… 이렇게 객관적인 입장에서 들으니, 무척 건방진 말이죠."

참다못하고 크루쉬는 과거의 자신이 한 말에 웃음을 흘렸다. 그 웃음을 듣는 에밀리아는 입술을 다물고 그녀의 진의를 헤아리고자 침묵했다.

"에밀리아 님께선 자신이 사는 방식이 부끄러우신가요?"

"……아니, 에요. 저는 주위가 어떻게 여기더라도 나 자신만은 자신을 미워하지 않을 수 있게끔, 그럴 수 있기를 바라며 살아왔어요."

"그렇다면 후회할 일도, 두려워할 일도 없습니다. 자기 자신을 연마하고 노력을 거듭해 자신의 자세를 올곧게 관철한다. ──당신은 훌륭한 영혼을 가지고 계세요."

그렇게 말한 크루쉬는 주저 없이 에밀리아에게 손을 내밀었다.

"당신과 알아서 저는 기쁩니다. 두려움은 아무 데도 없어요."

"──우."

가슴에 통증이라도 느낀 것처럼 에밀리아는 뺨을 굳히고 크루쉬의 손을 내려다봤다. 그런 에밀리아를 재촉하지도 않으며 크루쉬는 조용히 반응을 기다렸다.

이윽고 조심조심, 에밀리아의 손이 크루쉬의 손바닥에 닿아 악수가 성사됐다.

"부디 무탈하시길. 가까운 시일에 또 만나 뵐 수 있기를 기대하겠습니다."

"저는…… 아니, 저도 다음에는 크루쉬 님 앞에서 똑바로 설 수 있도록 변할게요. 그때까지 부디 건강하시길."

두 왕선 후보자가 서로 상대의 건투를 맹세하고, 이곳에서 재회의 약속이 이루어졌다.

그 맹세를 옆에서 보는 스바루의 가슴속을 한 가지 달성감이 채워 나갔다. 그것은 스바루가 괴로워하고, 발버둥을 치고, 상처를 받아서, 비로소 손에 넣은 것의 형상이다.

모두 빠짐없이 완벽하게 건지고 도달할 수는 없었지만——.

"그렇게 해서 성취한 것도 잊고 후회하는 것을 네 탓으로 삼고 싶지 않거든."

스바루는 힐끔 용차를 돌아보고, 차 안에서 잠자는 소녀의 모습을 머릿속에 그렸다.

이 축복해야 할 장면에서 고개를 숙일 이유로 렘을 들먹이는 건 용납되지 않는다. 그런 짓은 렘도 바라지 않는다. ——그렇게 생각하는 것은 이기적일까?

"나츠키 스바루 님도 무탈하시길. 당신의 금후 활약과…… 그녀의 용태가 한시라도 빨리 회복되기를, 진심으로 빌겠습니다."

"제가 활약할 만한 사태, 사실은 별로 없는 편이 낫지만 말이죠. 전 고양이 손이라도 빌리고 싶은 극한 상태에서만 쓸모가 있는 남자고요. ……렘에 관해선 크루쉬 씨에게도 남의 일이 아니죠. 반드시 수를 내 보겠습니다."

크루쉬는 미소를 짓고 스바루에게도 악수를 청했다. 내민 손에 손을 겹치는 게 멋쩍어서 스바루는 그 손을 잡는 대신에 손바닥을 맞댔다.

자그맣게 메마른 소리가 울리고, 스바루와 크루쉬의 접촉은 끝났다.

튕겨난 손바닥을 보고 크루쉬는 한순간 눈을 깜빡이다가.

"반드시 다시 만나 뵙죠."

그렇게 말하고 주종 모두 깊이 묵례해 스바루 일행을 배웅했다.

2

──저택으로 돌아가는 길에 접어든 용차는 미묘하게 답답한 분위기로 가득 차 있었다.

"────."

대형 용차는 크루쉬가 보수인 파트라슈의 덤으로 선물한 것이다. 열 명이 타도 거뜬한 넓은 차내는 허용 공간이 남아돌았다.

현재 차 안에 있는 건 스바루와 에밀리아, 그리고 간이침대에서 잠자는 렘, 이렇게 세 사람뿐. 스바루는 『잠자는 공주』 곁에 앉았고 약간 떨어져서 앉아 있는 에밀리아도 의식이 없는 렘을 배려해서인지 침묵하고 있어 당최 거북한 분위기만이 만연하고 있었다.

"……이거 꼬맹이들을 다른 용차에 태운 게 실수인 듯한데."

왕도로 가는 용차에 동승했던 마을 아이들도 마을로 돌아가는 길에선 다른 용차에 있었다. 왕선에 관해 들려주고 싶지 않은 이야기도 있겠거니 해서 마을 사람들이 배려해 준 거겠지만, 그것도 역효과를 낳았다.

나눠야 할 이야기는 확실히 많다. 하지만 좀처럼 계기가━.

"━저기, 혹시 화제가 없어서 곤란하세요? 뭔가 좀, 이 답답한 침묵이랄까, 그런 느낌의 분위기는 제가 못 견디겠는데요."

"너 슥 끼어들어서 뭔 소리를 꺼내는 거야. 아니 그보다 있었어?"

"있었거든! 당연히 있죠! 제가 애초에 뭣 때문에 나츠키 씨에게 협력하거나 마녀교에 휘둘렸다고 생각하는데요?!"

"취미라거나?"

"목숨이 몇 개 있더라도 부족한 취미네요?!"

그렇게 호들갑스레 침을 튀기는 사람은 차부석과의 연결구에서 얼굴을 내비친 청년━ 마녀교와의 마지막 싸움의 협력자이기도 했던, 행상인 오토 스웰이다.

돌아오는 길의 차부를 자진해서 떠맡아 그대로 동행한 오토에게 스바루는 심술궂게 웃으며 말했다.

"농담이야. 네 목적은 로즈월과의 대화와 화물의 매입. 안 까먹었다고."

"정말로 부탁드립니다. 진짜로 제 인생이 걸렸단 말예요."

오토는 일생일대의 승부에 마음을 벼르지만, 스바루에게는 그가 로즈월의 손에 놀아나는 미래밖에 보이지 않았다. 도움을 받았으니 힘을 빌려주고 싶지만.

"본인에겐 도저히 말할 수 없지만, 승산은 희박하군……."

"들리거든요?! 숨길 맘 있던 거래요?!"

혼잣말을 주워듣고 눈을 까뒤집은 오토의 말에 스바루는 어깨를 으쓱였다. 두 사람의 대화를 목격한 에밀리아는 커다란 눈을 동그랗게 뜨고 있다.

"두 사람, 어쩐지 엄—청 사이좋구나. 깜짝 놀랐어."

"사이좋다니 당치도 않아. 이놈에게 난 단순한 생명의 은인일 뿐이라고."

"부정할 수 없어서 답답해!"

마녀교에 붙잡혀 산 제물 직전이던 오토의 구출에 기여한 사람이 스바루다. 엄밀하게 따지면 그 생명을 구한 은인은 용병단 『철 어금니』지만, 그 점은 따지지 않는 쪽으로.

어쨌든 오토 덕분에 차내의 거북한 분위기가 크게 완화됐다.

"그리고 그 점에 감사하면서, 일단 너와 작별할 시간입니다."

"아, 잠깐! 그런 식으로 금방 절 방해꾼 취급하고—."

스바루는 연결구의 문을 닫고 오토의 외침을 도중에 가로막았다. 그대로 일 하나 끝낸 표정으로 돌아보는 스바루와 표정에 놀라움이 드러난 에밀리아의 눈이 마주쳤다.

그리고—.

"풋." "하하하."

별안간 서로 참지 못하고 웃음을 터트리고 말았다. 그리고 한동안 용차 안에 둘의 웃음소리가 터졌다. 그러다가 웃음소리가 겨우 잦아들고.

"거북한 분위기를 파악해서 침묵하다니 완전 나답지 않았지."

"그러네. 스바루답지 않아. 내가 아는 스바루는 좀 더, 늘 기운차고 무모한 짓만 해서, 내 마음은 전혀 관계없을 만큼 야단스러운 애인걸."

"그거, 객기 부리고 분위기 파악 못하는 놈이라고 번역할 수 있단 느낌이 든다!"

그 말이 실제로 부정할 수 없는 평가인 건 틀림없다. 스바루는 쓴웃음과 함께 뺨을 긁고 다시금 에밀리아 옆에 천천히 앉았다. 그런 스바루의 행동에 에밀리아는 눈을 가늘게 떴다.

"……스바루는 당연한 것처럼 내 옆에 앉더라."

"──? 어라, 뭔가 이상했어?"

"으응, 아니. 처음에는 근질근질했지만 지금은 그러지 않으면 이상하니까 괜찮아."

에밀리아는 고개를 가로저으며 스바루가 옆에 있다는 사실에 그런 감상을 읊었다.

저택에서의 식사, 에밀리아에게 일과인 미정령과의 교류. 그밖에도 일상의 다양한 장면에서 스바루는 기꺼이 에밀리아 옆에 서려고 했지만.

"그 눈물겨운 노력이 마침내 결실을 봤나. 감동적이군……!"

"또 그렇게 농담으로 넘기고. ……이상하게 강한 척하지만 않으면 참 좋을 텐데."

주먹을 쥐고 말하는 스바루에게 에밀리아는 불만스럽게 뺨을 부풀렸다. 이어서 살짝 허리 위치를 틀어 안쪽에 있는 간이침대에 눈길을 돌렸다.

"렘, 줄곧 마음에 걸리는 눈치잖아. 숨길 필요 없어."

"파하하……."

에밀리아의 근심 어린 눈초리에 도망칠 곳이 막혀서 스바루는 힘없이 웃고 인정했다.

"마음에 걸리지. 무지, 걸려. 무슨 수를 써야 한다고 내내 생각 중이고, 내내 고민할 거야. 에밀리아땅을 제일로 여기고 싶은데…… 이것만은 순번 매길 수 있는 게 아니야. 미안."

"그것 가지고 화 안 내. 크루쉬 님의 저택에서도 말했잖아."

스바루가 품고 있는 고민과 불안을 자신 또한 나누고 싶다고.

에밀리아가 그렇게 말한 기억이 떠오른다. 그 일은 눈물이 나올 만큼 기쁘다.

그렇다고 해도——.

"소중한 아이인 거지?"

"소중해. 완전 아껴. 에밀리아땅과 똑같이 중요해."

"……엄—청 자기 편하게 말하고 있어. 알기는 하니?"

"알아. 솔직히 완전 최악이라 죽을 것 같아. 하지만 진짜 진심이니까."

거짓이 없는 마음, 그것을 당사자인 에밀리아에게 똑똑히 전한다.

최악이라고 욕을 먹어도 렘의 존재는 스바루의 마음속에서 너무 커지고 말았다. 그야말로 과장을 안 보태고, 에밀리아에게 품은 마음과 똑같을 만큼.

그렇기에 에밀리아가 화내지 않는 것을 구실로 렘의 회복을 기원하고 있다.

그 방법을 찾아내기 위해서라면 나츠키 스바루는 어떤 시련이라도 도전해 보이리라.

"──꼭 찾을 수 있을 거야. 되찾기 위한 방법을."

"에밀리아땅?"

그런 이기적이기 짝이 없는 스바루의 논리에 에밀리아는 희미하게 웃으면서 고개를 끄덕였다. 그녀는 자신의 은발을 손가락으로 빗고 고개를 쳐든 스바루를 곧게 응시했다.

"아마, 이기적인 이유로 움직이고 있다는 의미로는 나랑 스바루는 닮은꼴 같아. ……나도 이기적인 이유로 왕선에 참가하고 있다는 자각이 있으니까."

"이기적이라니…… 차별을 없애고 싶다거나, 공평한 세상으로 만들고 싶다는 이유가?"

스바루는 왕선의 소신표명 자리에서 거론한 에밀리아의 소원을 회상했다.

하프엘프라는 사실 때문에 에밀리아는 이유 없이 차별을 받아왔다. 그 본인이 세상에 공평성을 바란다. 그건 당연한 소원이 아닌가.

그러나 그런 스바루의 이해심에 에밀리아는 서글프게 고개를 가로저었다.

"그렇지 않아. 내 발단은, 엄─청 더 개인적인 이유라……."

"────."

"……미안해. 말로, 잘 설명할 수 없어. 스바루에게 비밀을 만들고 싶진 않아. 하지만 뭐라고 말해야 될지."

　말이 막힌 에밀리아는 자신의 심정을 쉽게 얘기할 수 없어서 답답해하고 있었다. 스바루는 그 구체화되지 않는 대답을 억지로 캐묻는 짓은 하고 싶지 않았다.

　그 가슴에 응어리진 발단의 감정, 그것이 왕선과 밀접하게 관련되는 내용이라면——.

　"——모든 얘기를 다 털어놓는 건 로즈월과 합류한 다음에 하자는 거로군."

　"그걸로, 용서해 줄 거야?"

　"용서하고 자시고, 네가 잘못한 건 아무것도 없어. 굳이 따지자면 내 발언이 문제고…… 그리고 렘 문제도 로즈월이라면 뭔가 알고 있을지도 몰라."

　스바루가 아는 한, 이 세계의 표리에 가장 정통할 듯한 인물이 다름 아닌 로즈월 L. 메이더스다. 광대 행색을 한 그 기인이 에밀리아를 왕선에 추천한 경위도 포함해 그 꿍꿍이속을 슬슬 시원하게 들어야만 하리라.

　그야말로 무슨 속셈으로, 이번 마녀교 습격에 일절 관여하지 않았는지도.

　"하지만 그것도 저택에 돌아간 다음의 얘기라면……."

　"응?"

　"스바루 입으로, 렘 얘기를 해 줘. ——싫지 않다면."

　——순간, 그 제안에 스바루의 가슴이 지끈 아팠다.

　하지만 그것은 에밀리아의 제안을 꺼려서가 아니다. 순수한 불안과 망설임 때문이다.

　스바루를 구원해 준 렘, 그 이야기를 졸렬한 말로 다 표현할 수 있을까 하는.

　"아, 그럼 좀 길어지지만 들어 줘. 렘에 관한 기억은 내게 있어 에밀리아땅과 만난 뒤의 2개월과 똑같이 소중한 추억이니까."

　그런 감상을 말 뒤편에 숨기고, 스바루는 최근 2개월 동안의 나날을 이야기하기 시작했다.

　왕도에서 에밀리아를 만나고, 저택에서 깨어나는 순간을 렘과 람이 맞이하여——.

　"————."

　한번 이야기를 시작하니 그치지 않는다. 그런 스바루의 이야기를, 에밀리아는 조용히 듣고 있다.

　그리고 그것은 메이더스령에 도착할 때까지 끊이질 않았다.


3


　"——두 분, 슬슬 목적지에 도착해요."

　차부석의 오토가 그렇게 보고한 것은 왕도를 출발하고 한나절 뒤인 저녁께였다.

　용차의 연결구를 넘어온 보고에 스바루는 이야기를 중단하고 창밖에 눈길을 돌렸다.

　"오, 정말이야? 생각보다 빠른데."

　"이야기도 물이 올랐던 모양이고, 가도도 쾌적하게 넘어왔으니까요. 새벽에 나선 덕분에 어두워지기 전에 도착해서 마을 분들도 안심하고 있지 않을까요?"

"다행이다. 마을까지 오는 데 아무 일도 없어서 안심했어. 오토, 수고했어."

몸을 내민 스바루와 나란히 똑같이 창밖을 바라보고 있는 에밀리아가 오토를 위로했다. 그 말에 그는 "뭘요." 하고 황송하단 분위기로 머리에 손을 얹었다.

"에밀리아 님께 그런 말씀을 듣기만 해도 영광이죠. ……나츠키 씨도 조금은 순순히 제 노고를 위로해 줘도 좋은데요."

"그런 소리 마. 난 속내를 좀처럼 입 밖에 꺼내지 않는 성격이라고. 알아채라."

"이렇게까지 하고 싶은 말 다 해놓고 무슨 입으로 그런 소리를 해요?!"

홀대를 받은 오토가 언성을 높이자, 스바루의 태도를 본 에밀리아가 "욘석." 하고 스바루를 꾸짖고 말했다.

"미안해, 오토. 스바루는 좋아하는 사람을 놀려 먹는 못된 버릇이 있어서……."

"잠깐잠깐, 오해가 있는데! 나, 에밀리아땅한테 그런 짓 안 했잖아?"

"하지만 베아트리스에게는 하잖니?"

"상대의 로리함을 고려하면 오해 이전에 어폐가 있군!"

놀려 먹는 보람이 있다는 의미에서 베아트리스와 오토에게는 공통점이 있다. 하지만 그 사실과 호감을 표현하는 스바루의 방법에는 일관성이 없다. 단순히 어울리는 방식의 문제다.

"나츠키 씨, 에밀리아 님."

"왜? 지금 에밀리아땅의 오해를 원만하게 푸느라 바빠 죽겠는데⋯⋯."

"마을에 도착합니다. ⋯⋯그런데, 상태가 묘해요."

"―――――."

별안간 나직이 부르는 말에 스바루와 에밀리아는 얼굴을 마주 봤다. 당황해서 오토의 시선을 따라가니 길 앞에는 목적지인 아람 마을이 다가오고 있다.

낯익은 마을 풍경이다. 인기척이 없는 마을의 모습은 마지막에 본 광경과 일치했다. 마을 사람을 마녀교로부터 피난시킨 다음의, 사람이 없는 마을의 광경하고. 다시 말해――.

"――『성역』에 간 람 일행이 마을에 돌아오지 않은 건가?"

그것이 도착한 아람 마을을 분담해서 둘러본 스바루 일행의 결론이었다.

함께 돌아온 마을 사람들도 피난 도중에 별도로 움직인 다른 마을 주민――『성역』으로 도피했을 사람들이 눈에 띄지 않아 불안한 표정을 짓고 있다.

"람 얘기로는 『성역』이란 곳은 여기서 일고여덟 시간 걸리는 거리라고 들었어. 그런데 왕도에서 사흘을 보낸 우리보다 귀환이 늦다는 건⋯⋯."

"지레짐작하면 안 돼. 마을의 안전을 확인할 때까지 신중해졌을 뿐일지도 모르잖니."

"사정을 듣고 그 로즈월이 소극적인 수단으로 나올까? 요전 번 마수 소동 때는 맨 먼저 우격다짐으로 해결하러 왔어. 이번 에도 그렇게 나와도 이상하지 않건만."

마법으로 하늘까지 날 수 있는 로즈월이다. 신중책을 취했다 고 해도 자기 영지쯤은 쉽게 정찰할 수 있다. 그가 아니어도 『천 리안』을 가진 람이 곁에 있을 터다.

당연히 마녀교의 격파는 전해졌을 터. 그런데도 저택에 돌아 오지 않은 건──.

"돌아올 수 없는 이유……. 『성역』에서, 무슨 일이 생겼다?"

스바루와 에밀리아 사이에서 의견이 일치하고, 두 사람은 얼 굴을 마주 봤다.

둘의 걱정은 고스란히 남은 아람 마을 사람들의 걱정이기도 하다. 마을로 돌아오면 가족과 재회할 수 있다. 그것이 그들의 희망이었다. 그 심정을 감안하면 한시라도 빨리 무슨 일이 발생 했는지 확인해야만 한다. 그래야 하는데──.

"그런데 에밀리아땅. ……『성역』이 어디 있는지 알아?"

"어?! 스, 스바루가 알고 있던 것 아니었어?"

스바루의 질문에 에밀리아가 놀라고, 근본적인 문제가 발각됐 다. 중요한 『성역』의 소재지를 모른다는, 심플하고 큰 문제다.

"이제 와서 새삼스러운데, 애초에 『성역』은 뭐하는 곳이야?"

"나도 잘……. 로즈월은 비밀기지 같은 곳이래. 그리고……."

"그리고?"

"……으응, 아무것도 아니야. 미안해. 잘 들어둘 걸 그랬어."

살짝 애매모호하게 사과하는 에밀리아의 말을 듣고, 스바루는 고개를 가로저어 스스로 반성했다.

　마을 사람의 피난을 서둘렀다고는 해도 부주의하기 짝이 없던 건 스바루 쪽이다. 『성역』의 장소에 관해서는 최악의 경우 온 저택을 탈탈 털면 단서가 있겠지만.

　"그러기 위해서도 일단 저택으로 가야지. 렘도 안정시키고 싶고…… 오토, 너도 묵을 곳 없지? 따라와."

　"으에엑?! 변경백의 저택에?! 요, 용차에서 숙박하는 편이 마음이 편한데요?!"

　"시끄러, 얌전히 말려들기나 해. ——미안한데! 다른 사람들은 잠시만 기다리고 있어!"

　스바루는 오토의 우는소리를 찍어누르고 마을 사람들에게 말했다. 그 호소로 불안이 전부 사라지지는 않지만, 그들은 꿋꿋하게도 스바루 일행을 전송해 주었다.

　마을 사람들의 배웅을 받으며 다시 용차를 몰기를 10분——. 가도 앞에 보이기 시작한 곳은 그 장엄함이 그리운 로즈월 저택이었다.

　"실물은 멀리서 본 것보다 훨씬 더 크네요……. 더더욱 있어야 할 곳을 잘못 찾은 예감이."

　"여기까지 와서 쫄지 마라. 쫄 상대도 돌아오지 않았을 텐데."

　저택의 위용에 움츠러드는 오토를 타이르고 정문을 넘어 부지 내로 들어갔다. 그대로 현관 앞에 용차를 세우니 진짜 의미로 그리운 저택이 기다리고 있다.

"실제로는 에밀리아땅과 마찬가지로 사흘 만일 테지만……."

저택을 올려다보며 감개무량하게 중얼거리는 스바루의 속내는 복잡했다.

사실 스바루가 마지막으로 저택에 돌아온 것은 에밀리아를 도망쳐 보내기 위해 연극을 벌인 나흘 전이다. 그러나 심정적으로는 그걸 귀환이라고 생각하고 싶진 않다.

왕선을 위해 왕도로 떠나고, 그곳에서 갖가지 사건을 거치고서 지금 이곳에 있다.

그 경험을 겪고 난 뒤인 이 순간이야말로 참된 의미로 저택에 돌아왔다고 할 수 있는 것이다.

"나는 마음속 깊이 그렇게 생각한 것이었다."

"나츠키 씨가 무슨 생각을 했는지는 제쳐두고, 용차는 마구간에 두면 되나요? 침대에서 자고 있는 렘 씨는……."

"——렘은 내가 옮기지. 넌 가만히 있어."

스바루는 무심코 딱딱하게 툭 내뱉었다가 입을 다물었다. 좋은 뜻으로 제안했을 오토도 그 모난 대답에 편치 않은 표정이었다.

아무래도 렘이 관련된 일에 과민하게 반응하고 만다. 여기까지 오는 중에 에밀리아와 오토 두 사람이 충분하고도 남도록 렘을 배려해 주고 있었음을 알아도.

"……미안하다. 용차랑 파트라슈는 저택 뒤로 부탁하마. 난 안에서 준비할게."

"알겠습니다. 신경 쓰지 마시고요. 나츠키 씨."

오토는 사과를 받아들이고, 신경 쓰는 기색도 없이 마구간 쪽으로. 그사이 스바루는 용차에서 내린 렘을 업고 에밀리아와 함께 저택 현관으로 갔다.

"문득 생각났는데, 나갈 적에 문을 잠근 기억이 없군. 도둑은 안 들었나?"

"집 보는 역할……은 아니지만 베아트리스가 있어 주니까 걱정할 필요 없을 거야. 노크해 보면 마중 나오지 않을까?"

오토와의 대화는 언급하지 않고 에밀리아가 어울리지도 않는 농담을 입에 담았다.

그 베아트리스가 희색만면하게 스바루 일행을 마중해 주는 모습은 상상하기 어렵다. 마지막으로 헤어졌을 때를 감안하면 특히 더. 그래도 시험해 봐서 손해 볼 것은 없다.

"어쩌면 팩을 노리고 튀어나올지도 모르니까."

"정말로 그렇게 되면 우습지만."

숨죽여 웃으며 에밀리아가 농담 반으로 문에 달린 고리를 움직여 소리를 냈다. 날카롭고 딱딱한 소리가 저택 내에 울리자, 당연하지만 주인도 사용인도 없는 저택에서 대답은——.

"——네, 기다리고 있었답니다."

"——어?"

있을 리 없는 대답이 나와서 스바루와 에밀리아는 동시에 어안이 벙벙해졌다. 그리고 두 사람의 경직이 풀리기 전에 저택 현관이 느릿하게 활짝 열렸다.

"——어서 오십시오, 에밀리아 님. 돌아오시기를 기다리고 있었습니다."

쌍바라지 대문 너머에 서 있는 것은 완벽하게 예법에 맞춰 두 사람을 맞이한 여성이다.

　반짝이는 긴 금발. 보석처럼 투명한 녹색 눈. 흰칠한 몸을 클래식 스타일의 메이드복으로 눌러 담아 여성적인 청초함을 훌륭한 맵시로 체현한 여성이었다.

　나이는 대략 스무 살 안팎. 어디를 봐도 나무랄 곳이 없는 메이드—— 유일한 문제는, 그녀가 로즈월 저택에 둘밖에 없는 메이드 중 어느 쪽도 아니라는 점이다.

　낯선 메이드를 보고 스바루는 경직했다. 하지만 긴장은 금세 풀렸다. 옆에서 굳어 있던 에밀리아가 고운 눈썹을 모으고.

　"……프레데리카?"

　상대의 이름을 입에 올렸기 때문이다. 그 부름에 여성 또한 "네." 하고 응답했다. 그렇게 그녀—— 프레데리카는 손끝으로 잡고 있던 치맛자락을 놓고 말했다.

　"주인어른께 받은 휴가를 마치고, 소인 프레데리카 바우먼, 돌아왔어요."

　프레데리카는 천천히 고개를 들고 두 사람에게 친애를 담은 웃음을 보냈다.

　그 얼굴을 목도한 스바루는 크게 입을 벌리고——.

　"오래 여행하셔서 피곤하시죠? 우선 저택으로 안내를……."

　"얼굴 무셔——!!"

　높게, 드높게, 로즈월 저택의 하늘에 나츠키 스바루의 절규가 울려 퍼졌다.

——프레데리카의 웃는 얼굴. 그것을 기이한 존재감을 드러내는 뾰족한 이로 가득한 입이 다 망치고 있었다.

4

　　프레데리카라는 여성은 메이드를 보는 눈이 높아진 스바루가 봐도 완벽한 메이드였다.

　　화려함이 없는 메이드복을 소화하고, 세련된 몸짓과 말씨. 동작 곳곳에 일절 낭비가 없으며, 등을 곧게 세운 자세는 자연히 보는 쪽의 몸도 다잡게 했다.

　　그야말로 기능적인 메이드로서 만점이다. ——그 외견도, 입만 제외하면.

　　"스바루 바보! 여자애한테 무슨 말을 하는 거야! 똑바로 사과하렴!"

　　"고, 고정하시어요, 에밀리아 님. 괜찮답니다. 초면인 분께서 놀라시는 건 익숙해졌는걸요. 전 신경 쓰지 않아요."

　　"안—돼—요! 나쁜 짓을 했으면 사과한다. 누군가를 상처 입혔으면 더욱더. 내 말 틀려?"

　　붉은 얼굴로 툴툴 화내는 에밀리아의 말에 당사자인 프레데리카도 난처한 표정이었다. 하지만 에밀리아의 의견은 지당하며 그건 응접실 바닥에 정좌한 스바루도 거듭 숙지하고 있다.

　　그대로 스바루는 반성을 표시하듯이 깊이 프레데리카에게 고개를 숙였다.

"아니, 에밀리아땅 말이 맞아. 지금 건 완전히 내가 잘못했어."

"음음, 저……."

"초면에 대뜸 고약한 말 해서 죄송합니다. 삶아 먹든 구워 먹든 마음대로 하세요. ……되도록 아프지 않게 해 주면 고맙겠지만."

당당하게……라기에는 살짝 기개 없는 태도를 남기면서 스바루가 사과했다.

초면의 여성에게 폭언을 한 판국이다. 프레데리카에게는 무슨 처사를 받아도 어쩔 수 없다.

"저기 있지, 프레데리카. 내 얘기 좀 들어. 스바루도 나쁜 애가 아니야. 다만 가끔 상상도 못하는 말을 해버리는 버릇이 있어서……."

스바루의 사과에 에밀리아도 거드는 말을 덧붙였다. 미묘하게 옹호가 되지 못한 느낌도 들지만 중재해 주려는 마음은 기뻤다.

그런 두 사람의 모습에 프레데리카는 잠시 침묵했지만——.

"——후홋. 에밀리아 님도, 스바루 님도 참 이상하네요."

"프레데리카?"

"제가 화나지 않았다고 말씀드렸건만. 그리고 스바루 님께 사과시킨 에밀리아 님께서 몸소 옹호하시고…… 참, 웃음이 터질 것 같았답니다."

프레데리카는 소매로 입가를 가리면서 즐거운 듯 웃고 스바루를 용서했다. 정좌한 스바루의 다리를 풀게 하고는, "그리고." 라는 말을 덧붙였다.

"언제까지고 사정을 듣지 않는 건 무리가 있는걸요. 제가 다시 불려 온 소상한 이유도, 주인어른께서 계시지 않는 이유도. ……저, 람과 똑 닮은 소녀에 관해서도."

"————."

프레데리카의 눈길이 소파—— 그곳에 눕혀져 있는 렘 쪽으로 갔다. 『람과 똑 닮은 소녀』라는 표현, 그녀와 쌍둥이 자매 사이에 관계가 있었다는 증거다.

"그러고 보니 기억났어. 내가 저택에 오기 얼마 전에 그만둔 메이드가 있다고."

"그만두었다는 건 정확하지 않아요. 일신상의 사정으로 휴가를 받았을 뿐인걸요. ……다만 생각보다 일찍 돌아오게 됐네요."

"스바루가 저택에 오기 전이니까…… 3개월 정도? 난 다시 만나서 기쁘지만."

재회를 기뻐하는 에밀리아의 말에 프레데리카는 미소를 지었다. 그럴 때에도 입을 소매로 가리는 건 스바루의 폭언과 무관하게 그녀 자신의 콤플렉스이기 때문이리라.

스바루는 더욱더 실언을 부끄러워하지만, 프레데리카는 그 사실을 언급하지 않고 저택을 손으로 가리켰다.

"부름을 받고 돌아와 보니 저택은 텅 비었고……. 저도 어쩔 줄 몰라 당황했었어요. 다행히 주인어른의 집무실에 있던 편지로 상황은 파악할 수 있었지만 말예요."

"편지?"

"네, 람이 남긴 편지랍니다. 그 아이가 저를 불렀는데 이렇게 엉성한 연락으로 마치고…… 그 아이답다고 하면 너무 응석을 받아주는 것일까요?"

쓴웃음 짓는 프레데리카. 그 웃음에 오랫동안 키운 친밀감이 있어서 스바루는 두 사람 사이의 신뢰 관계를 느꼈다. 필시 렘과의 사이에도 동등한 관계가——.

"——람이, 프레데리카를 부른 이유는?"

스바루는 가슴속에 움튼 감상을 떨쳐내고 프레데리카에게 뒷말을 촉구했다. 그렇다고는 해도 그 질문의 대답은 명백하다. 얼마 전까지 저택은 마녀교가 노리는 바람에 계엄 태세였던 것이다.

즉, 람은 프레데리카를 긴급시의 전력으로 부른——.

"제가 돌아왔을 때, 저택의 주방과 정원수는 쑥밭이 되어서 끔찍한 몰골이더라고요."

"절실한 이유였다! 에밀리아땅?!"

"잠깐, 스바루. 람 잘못이 아니야. 단지, 어째서인지 시간이 지날수록 저택이 이상하게 변해서…… 나도 돕고 싶었는데."

"아, 아아, 에밀리아땅은 자기 일로 힘겨워서 그럴 경황이 아니었으니까……."

"으응, 아니야. 람이 『이쯤이야, 람에게 맡겨 주세요. 어떻게든 시켜 보겠습니다.』라고 해서."

"걔 진짜로 말만 앞섰구만! ……아니, 어떻게 시켜 보겠다고 말했다면, 처음부터 프레데리카에게 홀랑 떠넘길 작정이었던 건가! 자기평가는 옳지만 좀 더 노력하라고!"

람답기 짝이 없는 판단에, 스바루의 머릿속에서 람이 『핫.』하고 콧방귀를 뀌는 모습이 보였다. 그 반응에 에밀리아는 쓴웃음 짓고 말했다.

"하지만 이상하지. 프레데리카가 없는 중에는 람이 애썼을 텐데, 왜 그 며칠 정도로 못하게…… 아."

거기까지 말하던 에밀리아가 의문의 해답에 자력으로 도달했다. 프레데리카가 부재중일 동안, 저택은 어떻게 유지되고 있었는가.

그곳에 본래 람과 협력해서 저택을 지키던 『누군가』가 있었던 거라고.

"그 부분이 빠져서, 람 혼자선 저택 살림을 할 수 없으니 프레데리카를 의지했다……라."

당연한 귀결을, 스바루는 서글프게 이해했다. 프레데리카에게 연락을 취한 사실 그 자체가, 람이 렘을 기억하지 못한다는 증거 같아서.

──아니, 그것은 직접 확인하지 못했을 뿐이지, 알아차릴 여지는 충분하고도 남을 만큼 있었을 것이다.

"렘에 대해서는 방에 데려가는 김에 내가 프레데리카에게 설명하지. 에밀리아땅은 밖에서 바람맞고 있는 오토를 맞으러 가줄 수 있을까?"

"응, 알았어. ……괜찮아?"

"에밀리아땅이 웃어 주면 대죄주교라도 날려버릴 거야."

표정이 침울한 에밀리아가 스바루의 너스레에 흐릿하게 미소를 지었다. 그리고 그녀는 지시대로 아마도 저택 입구에서 내내 기다리고 있을 오토를 맞으러 방을 나섰다.

스바루는 그 뒷모습을 전송하다가 "자, 그럼." 하고 소파를 돌아보고 말했다.

"람의 동생인 렘이야. ……본 기억은, 아마 없겠지."

"네, 안타깝게도. 하지만 의심할 여지는 없겠네요."

소파에 눕혔던 렘을 등에 다시 업은 스바루의 물음에 프레데리카가 고개를 끄덕였다. 그 대답에 스바루는 탄식하고 턱짓으로 복도를 가리켰다.

"설명은 가면서. 렘을 방에…… 자기 방에, 눕혀 주고 싶어."

"알겠습니다. 이리로."

괜한 말은 하지 않고 프레데리카는 스바루를 이끌듯이 문을 열어 주었다. 두 사람은 저택의 동관——렘의 방을 목표로 걷기 시작했다.

"렘과 람은, 내 눈으로 봐도 정말 사이가 좋은 자매여서 말이야……."

방으로 가는 도중에 스바루는 프레데리카가 잃어버린 사실을 설명해 주었다.

렘이라는 소녀의 존재, 지금까지 함께 보낸 세월과, 얼마나 사랑받아야 할 아이였는지를.

저택으로 돌아오는 길에, 용차 안에서 에밀리아에게 이야기한 것처럼——.

"————."

프레데리카에게 이야기하면서 스바루의 머리는 수도 없이 거듭한 자문자답을 반복했다.

　――좀 더, 잘 풀리는 방법이 있었을 것이다.

　한창 싸우는 중에는 최선을 다했다고 여겼다. 하지만 분명히, 더 완벽하고 한 치의 빈틈도 없는, 최고의 결과도 어딘가에 있었다. 그런데도 스바루는 그것을 놓쳤다.

　――스바루가 더 영리했으면, 깨달았을 것이다.

　예를 들어 크루쉬의 사자에게 준, 에밀리아에게 보내는 친서다. 백지로 변하여 오해의 원인이 된 그 편지를 스바루는 마녀교의 함정이라고 결론지었지만, 그것은 착오였다.

　그 시점에서 마녀교가 스바루 일행의 의도를 파악하고 있었을 리가 없고, 친서를 바꿔칠 기회도 없다. 애당초 마녀교가 친서를 바꿔친다는 수법보다 더 직접적인 폭거에 나서는 건 스바루가 누구보다도 잘 알고 있었다.

　그렇다면 친서가 백지로 변한 진상은 한 가지밖에 없다.

　"친서의 내용은 램이 썼어. 보내달라고 부탁한 건 나고, 사자에게 들려준 게 크루쉬 씨였으니까…… 주고받은 사실만 남고 내용만이 사라진 거야."

　그것이 램의 기억이 세계에서 사라지고, 그것을 메꾼 날림 수정의 결과다.

　깨달았을 것이다. 친서가 백지였던 사실을 더 진지하게 받아들였더라면. 꼼꼼히 고찰하고 진실을 간파했더라면, 램에게 일어난 비극을 깨달았을 것이다.

그것이 설령 돌이킬 여지 없는 타이밍에 일어난 비극이었다고
해도——.

"——졸지에 믿기는 어려운 말씀이시어요."

자문자답에 늘 변함없는 해답이 나오고, 동시에 이야기를 다
들은 프레데리카가 차분하게 말했다. 그 음색에는 말과 달리 부
정하는 어감은 없다. 그녀는 주위를 둘러보고 말을 이었다.

"이곳이 그녀의…… 렘의 방이었군요. 깨끗하게 치워버렸지
만."

두 사람이 들어간 방—— 렘의 방은 마치 객실과 똑같이 개인
용품이 치워져 있었다. 그것은 전에도 본 광경이다. 백경에게
렘을 빼앗기고 무기력하게 귀환한 이전의 루프에서.

그때도 렘의 존재는 잊혔었다. 렘이 쓰던 방도 지금과 똑같이
정리되고.

"렘이 사라진 부자연스러운 공백에, 람이 나름대로 대처했다
는 것쯤 되겠지."

정성껏 정돈된 침대에 렘의 몸을 천천히 눕혔다.

미미한 호흡의 기적과 그 몸에 남은 온기만이 그 생명을 보증
하고 있다. 식사도, 땀 흘리고 배설할 필요도 없으며, 정신없이
잠자는 것만이 『잠자는 공주』의 증상인 것이다.

"스바루 님, 필요한 수발이라면 제가……."

"하고 싶어서 그래. 하게 해 줘. 렘을 처음으로 저택에 데리고
돌아오는 건 내가 해야만 하는…… 아니, 내가 하고 싶은 일이
야. 투정 부려서 미안해."

침대에 잠이 든 렘을 위해서 바지런하게 수발하는 스바루. 그 말에 프레데리카는 뻗으려던 손을 거두고 눈웃음을 지었다.

"아니요, 투정이라뇨. 오히려 살짝 콩닥거렸답니다. 눈매는 살인자 같은데 상냥하시네요."

"자연스럽게 까이면 상처 받는 마음도 있거든!"

눈매를 지적받아 언성을 높인 스바루의 항의에 프레데리카는 장난스럽게 웃었다. 그것이 앞선, 스바루의 실언에 대한 앙갚음이라고 금방 깨달았다. 프레데리카가 진짜 의미로 지금의 대화를 화해의 조건으로 삼아준 것도.

"일단 렘의 간호에 품은 안 들어. 식사도 목욕도 문제없어. ……하지만 되도록 신경 써 주라. 내가 부탁하고 싶은 건 그게 다야."

"명심했어요. 람의 동생이라면 제 동생이나 마찬가지인걸요. ──주인어른과 람이 돌아오면 어떻게 반응하실까요."

"로즈월은 짐작이 안 가네. ……람의 반응은, 별로 상상하고 싶지 않아."

사이가 좋은 자매였다. 언니는 동생을 끔찍이 아끼고, 동생은 언니를 경애하는, 사랑으로 가득한 관계다.

그 관계에 금이 간 광경은 보고 싶지도 않다. 머잖아 피할 수 없는 현실이라도.

"주인어른과 람에 관해선 알았습니다. 저택을 비우고 있던 이유도, 에밀리아 님께서 왕선에 입후보했기에 마녀교가 움직였다면…… 당연한 판단이어요."

"왕선에 관한 사정은 그만두기 전에 들었던 거야?"

"에밀리아 님께서 저택에 오신 게 반년 전인걸요. 아직 제가 저택에 있었을 적이어요. 휴가를 받은 것도 무관하진 않고요."

스바루가 렘의 몸가짐을 정돈하는 옆에서 프레데리카는 침대 주위를 제외하고 다른 준비를 진행했다. 그 와중에 그녀와 나눈 대화에 위화감을 느낀 스바루는 눈썹을 모았다.

"그만두었달까, 휴직한 게 왕선과 무관하지 않단 말은……."

"——왕선에 있어, 주인어른의 신변 정리. 제 소임은 그쯤 되 겠네요."

"신변 정리?"

"하프엘프인 에밀리아 님을 후보자로 추천하면 분쟁을 부를 게 뻔했는걸요. 그렇게 되기 전에 주인어른께선 당신 주위에서 사람을 물리셨답니다. 저택에도, 스스로 자기 몸을 지킬 수 있 는 람을…… 람과, 아마도 렘 두 사람을 남기고."

그것은 저택에 실려온 당초, 스바루도 느끼던 위화감의 해답 이다.

이 로즈월 저택의 크기를 감안하면 저택의 사용인이 람과 렘 자매뿐인 건 너무나도 무리가 있었다. 실제로는 렘의 유능함 덕 분에 저택은 유지되고 있었지만.

"주인어른의 지시로, 사용인 대다수는 다른 고용처로 보내졌 어요. 전 고참이었기에 그 일로 오갔고. 마지막에는 저 자신도 저택을 나가서…… 결국 지금은 이렇게 돌아왔지만 말예요."

"————."

프레데리카가 저택에 돌아온 것은 렘을 잃은 탓이다. 그것은 이미 답이 나온 사실이었지만, 동시에 지금 얘기를 들은 스바루의 가슴속에 의혹이 싹텄다.

그것은 왕선의 준비 단계와 그 이후에서, 로즈월이 취한 행동의 노골적이기까지 한 괴리다.

"저기, 프레데리카. 솔직히, 당신은 사정을 얼마나 들었어?"

"스바루 님?"

"지금 얘기를 들은 바로는, 로즈월은 왕선에 이것저것 대비했었어. 하프엘프와 마녀교의 관계는 상식 같고, 위험하단 건 숙지했었겠지. 그런데 말이야."

거기서 말을 끊고. 프레데리카를 응시하며 뒷말을 이었다.

"중요한, 마녀교 대책은 어디 갔어? 없을 리가 없다고, 렘도 크루쉬 씨도 말했었어. 하지만 내게는 있었다는 생각이 안 들어. 안 그러면, 왜 그런……."

스바루의 뇌리에 되살아난 것은 마녀교에 유린당해 몰살당한 아람 마을의 사람들과, 놈들과 싸워서 희생된 람과 렘—— 메이더스령의 참상이다.

그 광경 어디에 대책이 있었나. 로즈월은 그 자리에 있지도 않았다.

"무슨 일이 있을 거라고, 알았으면……!"

"안타깝게도 제겐 주인어른의 모든 속내를 알 방법은 없답니다. 그분께 그만한 신뢰를 받을 만한 이는, 이 세상에 두 분밖에 없을 테니까요."

"둘……? 누구 말이야? 로즈월이 신뢰하는 두 명이라니."

"――람과, 금서고를 지키는 대정령님입니다."

프레데리카가 말한 로즈월의 의도를 알 가능성이 있는 두 명. 한쪽은 수긍 못할 것도 없다. 로즈월에게 한마음으로 충성을 바치는 람이라면 그 신뢰를 받을 만하리라.

단, 다른 한쪽의 가능성은 잠귀에 봉창 두드리는 소리였다.

"금서고의, 대정령……."

"이 저택 안에는 마법으로 분단된 공간이 있답니다. 그것이 금서고……. 대정령님께서 당신의 마력으로 바깥 세계로부터 떨어뜨린 비밀 중의 비밀이어요."

격식 차린 프레데리카의 설명에 눈을 크게 뜬 스바루는 말문이 막혔다. 짚이는 구석은 지나칠 만큼 많았다. 하지만 그건 좀처럼 해답과 연결되지 않아서――.

"이름은?"

결정적인 확신을 원해서, 스바루는 프레데리카에게 그렇게 캐물었다. 예상과 다른 반응이었는지 프레데리카는 그 물음에 살짝 머쓱하다가 곧 대답했다.

"――베아트리스 님. 그것이, 이 저택에 있는 금서고의 사서이신, 대정령이어요."


5


――건드린 문고리를 돌린 순간, 왠지 모르게 확신이 있었다.

이렇게 저택 안을 걷고 있으면 문득 문의 존재가 의식에 걸릴 때가 있다. 그 문으로 걸어가 문고리를 건드린 순간에 위화감은 확신으로 바뀌는 것이다.

그것이 『그저 그곳에 있다』는 사실을 받아들이고 열린 문 안을 들여다보면——.

"여어, 오랜만이다."

이전과 아무런 변함이 없는 금서고가 가볍게 손을 든 스바루의 눈앞에 펼쳐졌다.

서가로 가득한 큰 방에는 해묵은 책이 풍기는 특유의 향기가 가득 풍긴다. 창문이 없는 방의 어둑함도, 고요한 분위기도 아무것도 변하지 않았다. 그것은 방의 양상만이 아니라 서고의 파수꾼인 소녀도 마찬가지였다.

의자 대용품인 접사다리에 앉아 무릎 위에 올린 책을 내려다보는 소녀—— 베아트리스도.

"——저택이 왠지 소란스럽다 싶었더니, 돌아왔던 것이야?"

베아트리스는 힐끔 시선을 들어 그 파란 눈에 스바루를 비추며 심드렁하게 중얼거렸다. 그리고 곧장 소녀는 관심을 잃은 기색으로 책으로 다시 눈길을 돌리고 말했다.

"네가 돌아온 걸 보면, 요 근래에 있었던 소동은 수습됐다고 여겨도 되겠어."

"아아, 덕분에……. 아니 너 때문에 애먹었지만 말이지. 네가 내 말 잘 듣고 도망쳐 주지 않은 바람에 작전 중에 얼마나 철렁했던지!"

"알 바 아닌 것이야. 애초에 네게 걱정받을 이유라곤 없어."

"내가 널 걱정하는 이유는 말했을 텐데. 지금도 잘못됐다는 생각은 안 해."

주눅 들지도 않는 베아트리스의 말에 스바루 또한 한 발짝도 물러서지 않고 받아쳤다.

베아트리스는 마녀교의 습격에 임해 피난을 촉구한 스바루의 말을 거절했다. 결과적으로 저택에 피해는 미치지 않았다고는 해도, 그건 어디까지나 결과론에 지나지 않는다.

"많은 사람이 널 걱정했었다고. 에밀리아나 람은 특히 더 그랬을걸. 나중에라도 괜찮으니 빠짐없이 사과해라."

"사과해? 베티가? 누구에게 왜 그럴 필요가 있는지 이해하기 어려운 것이야."

"시시한 오기 부리지 마라……. 네가 너무 고집 부리면 내가 관계자 전원에게 대리로 사과할 거다. 네가 감격의 눈물과 함께 콧물 질질 짜며 고맙다고 했다고."

"날조하지 마! 눈물 따위 벌써 오랫동안 흘리지도 않은 것이야!"

도발적인 넉살에 베아트리스가 평소처럼 언성을 높였다. 그 반응을 보고, 스바루는 가슴에 치미는 기묘한 감동에 눈웃음을 지었다.

베아트리스와 또 이렇게 말을 나누고 있다. 그런 의미심장한 이별을 거치고, 지금 또한 그 입으로 듣고 싶은 걸 무진장하게 떠안고 있어도, 이전처럼 야단스럽게.

그 사실에 매우 안심하며 스바루는 힘없이 한숨을 흘렸다.

"대수롭잖은 각색은 좋게 넘어가라고. 가끔은 큰 소리로 울부짖는 것도 나쁘지 않은데?"

"역시, 좋아하는 여자 무릎 위에서 빽빽 운 남자의 말은 설득력이 있어."

"그거, 슬슬 좀 잊어 주실 수 없을랑가요?!"

당사자인 에밀리아도 마음을 쓰고 있는지 도로 끄집어내려 하지 않는 스바루의 흑역사.

무리에 무리를 거듭하다가 감정의 방파제가 허물어진 것을 받아내 준, 그런 일이 있었다.

그 시간을 떠올리면 얼굴이 타버릴 것처럼 뜨거워진다. 그 열기와 비슷하게 뜨거운 것이 가슴속에 빛을 발하는 소중한 기억이기도 하지만.

그런 복잡한 감정을 얼버무리듯이 스바루는 크게 헛기침 하고 흐름을 바꾸었다.

"……좌우간, 피차 무사해서 천만다행이다. 지금은 그걸로 합의해 두자고."

"합의고 뭐고, 네가 맘대로 꺼낸 얘기일 뿐인 것이야. 언제나 맘대로."

"그러게. 늘 내 맘이야. 너랑 대화할 때는 대개 그랬지. 기억해? 저택에서 술래잡기했을 때라거나, 눈 축제 했을 때도……."

스바루가 두서없는 이야기를 시작하자 베아트리스는 두 눈을 가늘게 떴다. 스바루는 그 파란 시선에 꿰뚫리면서 몸짓도 섞어 공통된 추억을 얘기했다.

신중하게 말을 가리면서, 더듬더듬 기억을 넘기고 진실을 건드리듯이.

 "그 밖에는 마수 소동도 그래. 그때는 저주 가지고 네 신세를 졌었지."

 "그만둬."

 "결국 풀린 것 이상의 저주를 받아 진짜로 위험한 상황에 내몰려서 말이야. 거기서부터 회복하기 위해 숲에 들어가 울가름을 ──으."

 메마른 소리가 작렬하고, 스바루가 쏟아내는 말이 강제적으로 중단됐다.

 소리의 발생원을 쳐다보니 베아트리스의 무릎 맡── 펼쳐져 있던 책이 거칠게 덮혀 있었다. 거기서 베아트리스의 짜증을 느끼고 스바루는 어색하게 입술을 다물었다.

 베아트리스는 입을 다문 스바루를 날카롭게 노려봤다.

 "얼른 본론으로 들어가는 것이야. ──이 겁쟁이야."

 "……그래."

 매도하는 말에 반론은 떠오르지 않았다. 그녀의 견해가 옳다는 사실을 증명하는 것이다.

 이런 수 저런 수 다 써서 결론을 뒤로 미루며 이 미적지근한 대화를 이어가려는, 나약한 스바루의 마음에 대한 규탄.

 물어야 할 말은 이미 가슴속에 있다. 남은 건 그 말을, 혀 위에 실을 용기를.

 눈을 감고, 숨을 들이켜고, 심장 고동에 귀를 기울였다. 그리고 나서 물음을 입에 올렸다.

"너는…… 너와 로즈월은, 이번 일을 얼마나 알고 있었지?"

어떤 대답이 나오느냐에 따라서는 더 이상 이전처럼 대화할수 없어질 수도 있는 물음을.

"―――."

베아트리스는 스바루가 꺼낸 물음을 듣고 긴 속눈썹이 테를두른 눈을 내리깔았다.

발생한 침묵은 무겁고 유달리 길게 느껴져서 스바루는 신음하듯 숨을 내뱉었다.

"……베아트리스."

대답은 없다. 그 사실에 애를 태우면서, 동시에 스바루는 자기자신의 모순도 깨달았다.

베아트리스가 무슨 말을 해 주길 바라는가. ――그것이, 자기마음속에도 해답이 없다.

모든 것을 파악한 흑막이길 바라는지, 아니면 아무것도 모르는 무지한 소녀이길 바라는지, 양쪽 다 아닌 누군가이길 바라는지, 모르겠다.

이윽고――.

"예를 들면…… 넌 베티가, 뭐라고 대답해 주길 바라는 거야?"

"예, 예를 들란 말은 안 했어! 그리고 내가 뭐라고 대답해 주길바라는지도 관계없어. 내가 바라는 건 질문의 답변이다. 예스거나 노거나, 더 깊은 답변이거나!"

예상 밖의 반격에 스바루는 무심코 언성을 높였다. 하지만 그 모습에 베아트리스는 냉담한 자세를 유지했다.

"벼르고 있는데 미안하지만, 베티에게는 무슨 말인지 모르겠는 것이야. 베티는 네 교사가 아니라고. 뭐든지 정성껏 가르쳐 줄 거라고 여겼으면 크게 잘못 아는 것이야."

"욱……. 얼버무리지 마! 네가 로즈월의 생각을 알고 있다고, 그렇게 말하는 녀석이 있다고. 미안한데, 나도 네 태도를 봤더니 동감하겠어."

"누가 그런 소리를…… 아아, 그 돌아온 반짐승 계집애라고 짚었어."

베아트리스가 반짐승이라고, 그냥 못 들은 척할 수 없는 단어를 입에 담고 깜찍한 얼굴로 혀를 찼다. 그대로 소녀는 한쪽 눈을 감고 스바루에게 손가락을 들이댔다.

"확실히, 그 계집애의 판단은 다소 옳을 것이야. 하지만 베티와 로즈월의 관계에 이번 일은 관계없어. 베티는 아무것도 모르는 것이야."

"하지만 넌 혼자 저택에 남았지. 아무 대책도 없는, 이 저택에."

"자기 몸은 스스로 지킬 수 있어. 그래서 베티는 남은 거야. 거기에 로즈월은 무관한 것이야. ……다만, 그 인간이 아무 생각도 없었다고는 베티도 여기지 않아."

베아트리스의 대답에 스바루는 다시 기억을 회상했다. 하지만 돌이켜 보는 싸움의 기억, 그 어디에도 로즈월의 대책을 찾아볼 수 없다.

렘도, 크루쉬도, 프레데리카도, 베아트리스도, 모두가 입에 올리는 대답 따위 어디에도.

"나도 너도, 주위 사람들도 다들, 로즈월을 높이 사고 있을 뿐인 건가? 마녀교 상대로 아무 대책 없을 리가 없다고, 그런 놈들에게…… 그래, 그렇지!"

순간, 하늘의 계시처럼 떠오른 사실이 있었다. 그 계시에 따라 스바루는 화급하게 품을 뒤져 베아트리스에게 보여 주고 싶었던 또 하나의 의문을 제시했다. 그것은──.

"베아트리스, 이거다. 이걸 봐."

──그것은 표지와 내용물이 피로 더럽혀진, 표지가 검은 책이었다.

원래 소유자가 최악인, 사연이 있는 한 권이다. 그 내용은 기묘한 술식의 영향으로 읽을 수 없어 소유자의 자격이 없으면 무용지물로 보였다.

"하지만 마녀교 놈들의 속셈하고는 크게 관계가 있을 테지. 네게도 로즈월의 속내가 보이지 않는다면, 하다못해 이 책에 관해 뭔가……."

"──복음, 서?"

반응이 신통치 않다는 초조감에 조급해져서 말을 빨리진 스바루의 말문이 막혔다. 원인은 스바루의 손에 있는 복음서를 응시하며 그 눈에 경악이 낀 베아트리스의 극적인 반응이었다.

그녀는 믿을 수 없는 것을 목격한 표정으로 그 입술을 가냘프게 떨었다.

"어째서, 하필이면 네가 그 책을……."

"……탈취한 전리품이야. 이 저택을 포위하던 마녀교, 그 주모자로부터 말이지."

"그, 주인은?"

"──죽었어. 수레바퀴에 끼어서. 내가 죽였어."

가냘픈 베아트리스의 물음에 스바루는 그 사실에서 눈을 돌리지 않으며 단언했다.

엄밀히 말해서 페텔기우스 로마네콩티는 사람이 아니다. 타인의 육체에 기생해 마음대로 조종하는 사정령(邪精靈)이었다. 따라서 그 죽음을 살해라고 하는 건 잘못일지도 모른다.

그러나 스바루는 페텔기우스에게 종지부를 찍어 그 생명을 앗았다.

그러지 않으면 놈을 쓰러뜨릴 수 없다고 영혼으로 이해하고, 죽일 『의지』를 가지고 죽인 것이다.

페텔기우스 로마네콩티는 나츠키 스바루가 직접 죽인 첫 존재──.

주저가 없었다고도, 손을 더럽힌 다음에 후회가 없었다고도 말하지 않는다. 그런데도 누구에게 강한 척하지도 않았으니, 자기 자신의 마음에만큼은 거짓말하지 않는다.

페텔기우스를 죽인 것도, 죽을 뻔했던 것도, 결코 잊지 말고 새겨 두겠다고.

"────."

그런데 스바루의 만감이 담긴 한마디에 베아트리스는 반응하지 않는다.

그녀는 말이 아니라 스바루의 손아귀에 들린 복음서를 응시한 채로 속삭이듯이——.

　"너도, 베티를 두고 간 것이야? 쥬스……."

　"——? 누구라고?"

　"……아무것도 아니야. 그보다 네가 대죄주교를…… 『나태』를 죽였다면, 마녀인자는 어떻게 된 걸까."

　"마녀, 인자……?"

　베아트리스의 말에 이번에는 스바루가 모르겠다는 태도를 드러냈다.

　마녀인자란 여태까지 몇 번쯤 들은 기억이 있는 단어다. 그러나 그것은 모두 페텔기우스가 주워섬긴 말로, 놈이 죽은 뒤에는 의미가 있는 말이라고 생각하지 않았다.

　그렇게 곤혹스러워하는 스바루에게, 베아트리스 또한 눈에 혼란을 드리우며 고개를 숙였다.

　"야, 전문가가 아무것도 모르는 놈 상대로 전문 용어를 과시하지 말라고. 대체 뭔데? 마녀인자가. 솔직히 골칫거리의 예감밖에 안 든다만."

　"몰라? 설마 진짜로? 그렇다면 넌 뭣 때문에 『나태』를 죽였다는 거야? 그리고 로즈월은 뭘 하고……?"

　"나한테 뛴 불똥을 없앴을 뿐이야! 그리고 로즈월 자식은 『성역』에 있어! 그 녀석이 무슨 생각인지는 내가 듣고 싶을 지경이야!"

　맞물리지 않는 대화에 버티지 못하고, 스바루가 다그치듯 소

리쳤다. 그 순간, 그 격정을 받은 베아트리스의 표정이 사라지고 발생한 침묵에 스바루 쪽이 당혹했다.

거센 분노도 슬픔도, 어쩌면 혼란까지 모조리 다 빠져나간 표정. 그 모습에 스바루는 신음하듯 숨을 죽이고, 대신에 베아트리스는 길고 깊은 탄식과 함께 말했다.

"──네가 원하는 대답은 전부, 그 『성역』에 있는 것이야."

"뭐?"

"로즈월의 의도도, 복음서의 의미도, 마녀인자의 해답도, 전부 다 그곳에 있어. 원한다면 가 보도록 해. 장소는, 반짐승 계집애가 이끌어 줄 것이야."

"기다려! 갑자기 대체 뭐야. 방금까지 그토록 재다가 왜 느닷없이 얘기할 맘이 들었어? 그리고 『성역』에 안 가도, 네가."

"──베티는 얘기 안 해. 얘기하지 않을 권리가, 베티에겐 있을 터야."

완고한 대답에 말을 잃은 까닭은 그것이 이전에도 겪은 적 있는 거절의 자세였기 때문이다.

피난하기 위해 저택에서 데리고 나오려고, 잡아끈 손을 풀어냈을 때와 완전히 같은 거절.

──그것은 즉, 결과도 똑같다는 뜻이다.

"──?! 또, 날 쫓아낼 작정이냐?! 지난번처럼, 날!"

등 뒤. 서고의 문 쪽에서 느낀 것은 공간이 초상적인 힘으로 뒤틀리는 풍압이다. 일그러짐은 바람으로 변해 스바루에게 엉겨들어 그 몸을 문밖으로 끌어내려고 했다.

그것은 너무나도 강제적인, 『징검문』이라는 마법의 힘이다.

"답에 이르는 길은 내보였어. 이 이상, 베티에게 떼를 쓰지 마는 것이야. 네 이기적인, 오만에는 정말로 부아가 치밀어."

"베아코…… 베아트리스!!"

외치며 손을 뻗는다. 하지만 베아트리스는 거절하는 시선과 자세로 그것을 걷어냈다.

접사다리 위에 앉은 소녀는 눈을 감고 고개를 힘없이 가로젓고 말했다.

"베티는 네 편리한 도구가 아닌 것이야."

"――――."

"네가 듣고 싶은 내용을, 듣고 싶을 때, 듣고 싶은 말로, 듣고 싶은 대로 들려주는…… 그런 편리한 존재가, 아니라고."

베아트리스가 쥐어짠 목소리를 듣고, 스바루는 더는 말을 잇지 못했다.

그것은 정곡을 찔렸다는 충격이 아니라 전혀 의도하지 않은 곳에서 얻어맞은 듯한 경악에 따른 것이었다.

그리고 무의식중에 발생한 빈틈은 스바루에게서 버티고 설 저항력을 앗아갔다. 그대로 등 뒤의 문에 빨려 들어가 내던져지며 쫓겨났다.

문으로부터, 금서고로부터―― 베아트리스라는 소녀의, 마음으로부터.

"――왜, 너 또, 그렇게 울상을 짓는 거야."

스바루의 마지막 물음에 눈을 내리깐 베아트리스에게서 대답은 없었다.

"——뜨아!" "꽥—!"

활짝 열린 문에서 튕겨 나간 스바루는 요란하게 뒤로 뒤집혔다. 장소는 저택의 복도로, 『징검문』으로 다짜고짜 전이된 결과다.

다만 이번에 『징검문』에 말려든 것은 스바루만이 아니고——.

"어, 어째서 제가 막 나온 화장실에서 나츠키 씨가……."

"————."

"아니 언제까지 절 엉덩이로 깔고 앉을 셈이에요! 비켜 주시지 않을래요?!"

스바루의 엉덩이에 깔려 바닥에 쓰러진 오토가 처량한 얼굴로 호소했다. 그러나 지금의 스바루의 머릿속에는 마지막으로 본 베아트리스밖에 비치지 않았다.

왜, 그렇게 서글픈 표정을 짓는가. 그 대답도, 어쩌면——.

"——『성역』에 가면, 알 수 있단 거냐고."

"뭐가 어쨌는지 모르겠는데, 제발 빨리 비켜 주시죠?!"

우려 섞인 말로 중얼거린 스바루 밑에서 무시당하고만 있는 오토의 비통한 목소리가 터져 나왔다.

6

"솔직히 따져서, 왜 화장실에서 굴러나온 거예요? 그러지 마세요. 화장실에 비밀문이나 비밀통로가 있다는 식의 무서운 말은 하지 마요."

"멍청아. 그런 게 아니야. 그냥 너랑 같이 쉬하고 싶단 내 마음이 일으킨 한 가지 기적이라고."

"말이 안 되고, 말도 안 되는 말을 하니까 더 무섭거든요?!"

스바루는 응접실로 가는 중에 『징검문』 때문에 합류한 오토를 대충 상대하면서 베아트리스와의 대화가 헛발질로 끝나서 헛고생한 감을 곱씹고 있었다. ──아니, 궁극적으로는 헛발질이라고까지는 하지 않겠다. 베아트리스도 말한 대로, 답에 이르는 길은 제시받았다.

그 과정에서 불안과 의문이 증가했다는 사실에 눈만 감으면 말이지만.

"하아……. 앞길이 험난하군."

"왜 그러세요? 한숨을 다 쉬고. 한숨 쉬면 복이 달아난다고 그러거든요?"

"네 앞길이 너무 불안해서 너 대신에 한숨 쉰 거야."

"그럼 달아난 거 제 복이잖아요! 괜한 짓 하지 마시죠?!"

복잡한 속마음은 밝히지 않으며 너스레로 얼버무리는 스바루의 말에 오토는 진노했다. 어쨌든 그런 하잘것없는 대화를 하는 중에 두 사람은 응접실로 돌아왔다.

"어머, 스바루 님께서도 함께 계셨군요. 바로 차 준비를 하겠습니다."

돌아오는 사람은 오토뿐이라고 여겼던 프레데리카가 스바루를 알아채고 새로 컵에 차를 따르기 시작했다. 따뜻한 찻잎의

향에 스바루는 코를 실룩이고 방 안의 소파에 앉아 있는 에밀리아 옆에 앉았다. 곁눈질로 그녀를 살펴보자 두 사람의 눈이 딱 마주쳤다.

"스바루, 오토랑 같이 있었네. 사이좋구나."

"몇 번씩 말하지만 오해라고. 저 녀석과의 관계는 약속대로 기름을 사 주면 끝이니까. 괜한 의심하지 말아 주라!"

"뭐예요, 끝까지 솔직해질 수 없어서 악담이나 하는 것처럼 쓸데없는 그 연기는."

고개를 돌린 스바루의 츤데레이션에 오토가 학을 떼며 힘을 쭉 뺐다. 그 사이 나온 차에 스바루가 입을 대고 한숨 돌리는 모습에 에밀리아는 살짝 웃고 말했다.

"그토록 별일 다 있던 율리우스와 화해했을 정도인데, 스바루는 이따금 그렇게 엄―청 고집쟁이가 되더라."

"고집이 세야 남자답다는 낡은 감성을 가지고 있거든. 그리고 나온 김에 하는 말이지만 율리우스와는 화해 안 했어. 나, 그 녀석, 미워, 포에버―."

"그래그래."

미장부가 뇌리에 떠올라 스바루는 입술을 삐죽이지만, 에밀리아는 상대하지 않았다. 대단히 본의가 아닌 쪽으로 이해하고 있지만, 말로 표현하면 표현할수록 오해가 깊어지는 패턴이다.

"싸울 만큼 사이가 좋다는 사고방식은 이상야릇해?"

"이상야릇이라니 요즘 못 듣는 말일세……. 그리고 싸우는 사이는 일반적으로 사이 안 좋다고 보는데, 예외는 없지 않아?"

"그럼 나랑 스바루도 대판 싸웠으니 사이 안 좋다는 뜻이야?"

"······에밀리아땅, 말주변이 좋아졌구나."

에밀리아에게 감쪽같이 당해서 스바루는 겸연쩍은 표정을 지었다. 그런 스바루의 반응에 에밀리아는 눈웃음 짓다가 속삭이 듯이 말을 이었다.

"──그래서, 베아트리스와는 잘 얘기할 수 있었니?"

에밀리아는 만날 수 있었느냐고 묻지 않는다. 그녀는 얘기할 수 있었느냐고 물었다.

그것은 스바루가 금서고에 다다르는 것을 의심하지 않기 때문에 나온 질문이다. 이를 신뢰라고 부를 수 있을지는 의문이지만, 그 신뢰에 응할 수 있을지 없을지는 반반이라고 할 수 있다.

"만났어. 베아트리스와는 만났지. 다만 잘 얘기할 수 있었는지는······ 미묘한걸."

"······그렇구나. 하지만 역시 스바루와는 만나 주네. 저택에 있는 동안 나랑 람은 한 번도 베아트리스와 만날 수 없었는데. 살짝 분해."

에밀리아가 귀엽게 혀를 내밀고 토라진 투로 말했다. 다만 스바루의 목소리에 힘이 없는 건 전달됐는지 남보랏빛 눈은 다음 말을 망설이는 기색이다.

그런 에밀리아를 대신해, 살짝 달그락 소리를 내면서 반응한 이가 있었다.

"정말로, 베아트리스 님이 계시는 금서고에 들어가실 수 있군요······."

"뭐야, 의심했었어?"

스바루가 섭섭하다는 양 어깨를 으쓱이자, 감개 깊은 듯 중얼거린 프레데리카가 고개를 저었다.

"제가 주인어른 밑에서 일하고 10년 이상, 그동안 베아트리스 님을 뵌 횟수를 고려하면 의심하는 게 당연하지 않을지. 제 이야기를 듣자마자 『베아코한테 잠깐 볼 일 있어. 금방 돌아올게!』라며 뛰쳐나가서는 확인할 도리도 없고요."

"아. 뭐, 그건 변명하지 못하려나?"

"솔직히 베아트리스 님과 만날 수 있을 때까지 버틴다면 몇 시간씩 걸릴 줄로만……."

스바루는 설명이 부족한 채로 뛰쳐나간 경위를 떠올리고 웅크리며 반성했다. 그런 스바루의 모습에 프레데리카는 "하오나." 하고 말을 이으며 의미심장하게 에밀리아를 응시했다.

"그 뒤로 여기 계신 에밀리아 님께서 스바루 님이 얼마나 믿음직한지 아주 참 열성적으로 말씀해 주셔서, 기대 반 불안 반으로 기다리고 있었답니다."

"엥?"

"잠깐, 프레데리카?!"

생각도 못한 프레데리카의 발언에 스바루의 곤혹과 에밀리아의 당황이 겹쳤다. 화들짝 일어선 에밀리아는 뺨을 붉히며 허둥지둥 스바루에게 손을 내저었다.

"저기, 응, 그게 아니야. 확실히 프레데리카에게 스바루 얘기는 했지만, 과장해서……."

"아뇨. 저도 같이 들었는데요. 솔직히 나츠키 씨도 여간내기가 아니다 싶었죠."

"오토까지!"

프레데리카만이 아니라 오토에게까지 배신당한 에밀리아는 귀까지 붉어졌다. 그리고 나서 홍조를 띤 뺨에 손을 대고 스바루 쪽을 힐끔힐끔 쳐다봤다.

좀처럼 보기 어려운 에밀리아의 반응에, 스바루는 힘차게 주먹을 쥐었다.

"나는 왜, 그 자리에서 그 이야기를 듣지 못한 거냐……!"

"스바루 앞에선 얘기 못해! 부끄럽고……. 아유, 프레데리카! 다음 얘기!"

"어머, 전에는 넘어가 주셨는데, 귀염성이 없어지셨어요."

입가를 가리고 웃은 프레데리카가 경기를 일으킨 에밀리아에게서 스바루 쪽으로 눈길을 돌렸다.

"이렇게, 에밀리아 님에게 스바루 님의 말씀을 충분히…… 아니, 충분하고도 남도록 들었어요."

"프―레―데―리―카!"

"네, 네. 알고 있답니다. ――그래서 스바루 님께서 금서고를 찾아내실 수 있어도, 찾아내시지 못해도, 거기서 막히지 않게끔 대화를 나누었어요."

"막히지 않게?"

수수께끼 같은 말투에 갈피를 잡지 못해 스바루는 영문을 몰라 눈썹을 모았다. 그런 스바루의 어깨를 살그머니 건드리고 고개를 끄덕여 준 에밀리아가 말을 이어받는다.

"스바루가 베아트리스와 만나는 건 의심하지 않았지만, 그 아이가 질문에 대답해 줄지는 별개잖아? 그 왜, 스바루도 베아트리스도 엄—청 고집쟁이니까."

"표현이 너무 귀여운 감이 들지만, 맞는 말이지. 그래서?"

"마을 사람들과 약속했고, 나도 로즈월과 나누고 싶은 말이 많이 있어. 그래서 프레데리카에게 부탁한 거야. ——『성역』이 있는 곳을 가르쳐달라고."

"————."

당초 목적의 관철, 그러기 위해서 행동한 에밀리아의 말에 스바루는 목이 메였다.

에밀리아가 바란 『성역』은 베아트리스가 제시한 답에 이르는 길 그 자체. 모든 의문의 해답은 『성역』에 있다고, 소녀는 서글픈 얼굴과 목소리로 그렇게 말했다.

그 장소로는 『반짐승 계집애』가 이끈다는 말도. 그것이——.

"——프레데리카가, 『성역』이 있는 곳을 가르쳐 준다고?"

"에밀리아 님의 끈기에 졌어요. 되도록 발설을 피하게끔 분부를 받았지만…… 두 분께 숨기는 것도 이상한 얘기인걸요."

"저기, 실은 이 자리에 저도 있긴 있는데요……."

"두 분께 숨기는 것도 이상한 얘기인걸요."

"고쳐 말해 주지 않는구나?!"

프레데리카와 오토의 만담을 무시하고, 스바루는 부재중에 이야기가 진행된 사실에 놀라고 있었다. 그때, 그런 스바루의 어깨에 손을 얹은 에밀리아가 눈썹을 치뜨고 말했다.

"스바루, 괜찮아? 맘대로 결정했는데, 화 안 내?"

"아, 아니, 화내긴 무슨. 오히려 내가 헛발질한 만큼 도움이 많이 됐어."

"진짜로? 다행이다. 그래서 스바루한테 부탁이 있는데……."

동요를 남긴 스바루에게 안도한 표정의 에밀리아가 눈을 내리깔고 말을 이었다. 에밀리아의 그 『부탁』이라는 서두에, 스바루는 불현듯 꺼림칙한 예감을 느꼈다.

전에도 이렇게 뭔가를 시작하기 전에 『부탁』 받은 적이 있어서——.

"잠깐! 그 부탁이란 혹시…… 난 저택에서 대기하라거나?"

"어?"

"그렇다면 타임이야! 그 부분은 대화하자! 그야 몸 상태가 완벽하다고는 할 수 없고, 페리스에게도 닥터 스톱이 걸렸지만, 싸우는 것만이 인생은 아니야! 오히려 내 진수는 두뇌전에 있달까, 그것도 어폐가 있지만!"

스바루가 필사적으로 열을 올리며 말하자 에밀리아는 눈이 동그래졌다.

하지만 이 순간은 밀어붙이는 힘이 필요한 국면이다. 상황은 왕선을 위해서 왕도로 갔을 때와 비슷하다. 그러나 결정적으로 다른 점은 스바루 자신의 마음가짐이다.

무대책과 무모함으로 에밀리아를 따라가는 게 아니다. 이번은 여태까지와는 다르다.

"말려도 소용없어. 난 너랑 같이 갈 거야. 두고 가다니……."

"두고 갈 리 없잖니. 같이 가자."

"버리고 가면 싫어 싫어 싫어 싫…… 방금, 뭐라고 그랬어?"

감정이 격해진 나머지 어휘력이 떨어져 가던 스바루는 한 방 먹은 듯한 표정으로 되물었다. 그 말에 에밀리아는 스바루와 접촉하던 손을 자신의 가슴에 짚으며 말했다.

"그러니까, 같이 가자고. 나 혼자선 불안해서 못 견디겠어."

"_____."

"스바루를, 믿고 있어. 스바루의 힘이, 필요해."

──에밀리아의 잔잔한 호소에, 스바루의 마음이 받은 충격은 말로는 표현할 수 없다.

입을 쩍 벌리고, 아무 말도 못하는 스바루의 모습에 에밀리아의 표정이 불안으로 어두워졌다. 그녀는 남보랏빛 눈을 일렁이며 자신의 긴 은발을 만지면서 물었다.

"으음, 저…… 나, 또 무슨 이상한 말 해버렸어?"

"……내 의욕 스위치는 에밀리아땅이 가지고 있었구나. 켤 때도 끌 때도, 네 한마디로 모조리 자동이야. 진짜, 못 배기겠네."

손바닥으로 얼굴을 가린 스바루는 에밀리아의 호소에 탄식했다. 그 의미심장한 발언에 농락당하며 에밀리아가 "어? 어?" 하고 혼란을 일으키자, 스바루는 "복수야." 하고 혀를 내밀었다.

스바루는 그런 에밀리아보다 더더욱 농락당하는 심정을 맛보고 있으니까.

"──말씀은 정리되신 모양이네요."

"그래. 알콩달콩 놀아서 미안하다. 그만 참을 수 없어서."

"알콩달콩……?"

화제를 재개하려는 프레데리카 쪽을 다시 돌아보는 스바루. 그 옆에서 에밀리아는 물음표를 띄우고 있었지만, 그녀도 금세 자세를 바로잡고 프레데리카를 바라봤다.

그 시선에 프레데리카는 고개를 끄덕이고 녹색 눈으로 두 사람을 응시하며 말했다.

"전해드린 대로, 『성역』으로 가는 길을 알려드리는 데에 이견은 없어요. 단지 준비할 시간을 약간 받았으면…… 이틀 정도일까요."

"준비라면…… 하긴. 다 같이 저택을 비우니까. 그쯤은……."

"아니요. 전 저택에 남으므로 동행할 수 없습니다. 『성역』에 가시는 건 에밀리아 님과 스바루 님의 역할. 제 소임은 저택의 관리인걸요."

"아니, 같이 안 가는 거야?! 그럼 어떻게 『성역』에 가는데?"

생각도 못한 동행 거부에 스바루는 아연실색했다.

프레데리카의 협력은 『성역』으로 안내하는 것이 아니라 어디까지나 장소를 가르쳐 주는 것뿐. 에밀리아가 불안해할 만하다고 앞선 대화의 진상을 이해한 스바루는 동시에 깨달았다.

괜스레 당당하게 팔짱을 끼고 으쓱대는 오토 스웬의 태도를.

"거기 너, 왜 그렇게 자랑하듯 코를 실룩대는 거야? 중요한 얘기 중이다."

"훗훗훗. 눈치가 없네요, 나츠키 씨. 애초에 그런 중요한 얘기

중인데 제가 이 자리에 동석해 있다는 것, 그걸 의문으로 여겨야
하지 않을까요?"

"하기는. 외부인에게 할 얘기가 아니지. 이 저택, 지하감옥 있
댔지?"

"그런 발상의 전환은 바라지 않는데 말이죠?!"

"수감실은 있답니다. 그럭저럭 살기 편하다고 보증하겠어요."

"프레데리카 씨도 선뜻 대답하지 마시죠?!"

농담이었는데 수감실의 존재가 발각되는 로즈월 저택의 어둠.

어쨌든 두 사람의 괜한 장난질에 오토가 어깨를 축 늘어뜨리
고 있으려니.

"요 녀석들. 둘이서 그런 식으로 오토를 따돌리면 못쓰잖니."

오토를 대신해 분연히 일어선 사람은 에밀리아였다. 허리에
손을 얹고서 화내는 에밀리아는 연계한 스바루와 프레데리카
를 번갈아 노려봤다.

"모처럼 스스로 협력하고 싶다고 말해 줬는데 너무하잖아. 오
토가 도와주지 않으면 『성역』으로 가는 것도 엄—청 힘들거든?"

"오오……! 들으셨어요? 나츠키 씨. 이게 본디 있어야 할 대
응이라고요!"

"그래, 오랜만에 E · M · T라고 소리 높여 말할 수 있겠군.
E · M · T!"

"이, 엠, 엥……?"

오랜만에 나온 구절에 스바루가 신명을 내자 오토의 곤혹이
그날 최대치를 기록했다.

그의 혼란이야 어쨌든, 에밀리아의 발언으로 사정은 파악할 수 있었다.

"즉, 『성역』까지는 오토가 지원해 준다 이거지. 까놓고 말해 용차의 운전은 완전히 파트라슈한테 맡길 수밖에 없으니 매우 고맙지만……."

"고맙지만, 뭐죠? 속뜻이 있는 말투네요. 제 선의가 마음에 안 들어요?"

"미안한데, 얼굴 무서운 과일장수 말고 다른 상인에게 무상의 선의는 기대 안 해. 인간적으로는 그쪽이 좋아도 선의 말고 다른 게 담보가 되는 상인 쪽이 이야기가 심플하니까."

카도몬, 아나스타시아, 러셀. 왕도에서 접점이 있었던 상인이 잇따라 떠올랐다. 성격으로 봤을 때, 오토는 카도몬 쪽에 가깝지만 상인 경향은 어디까지나 후자들 쪽――.

"네 꿍꿍이는 대략 파악했어. 조금이라도 에밀리아에게 협력적으로 대해서 그 뒷배인 로즈월에게 좋은 인상을 주고 싶은 거지? 네가 우리를 따라온 진짜 이유는 기름 구입보다 로즈월과의 접점일 테고."

"아뇨, 저기, 그렇게까지 술술 뱃속이 폭로되면 말이죠……."

"오토…… 그런 거니?"

"에밀리아 님의 순진한 눈이 따가워 따가워 따가워! 죄송해요! 대충 그래요! 하지만 딱히 나쁜 짓 일으키지 않을 테니 믿고 허락해 주시면 좋겠습니다!!"

순진함에 패배해 정색하려고 해도 정색하지 못한 오토가 자백

했다. 그 태도에 스바루는 못 말리겠다며 고개를 젓고, 이번엔 자기 쪽에서 에밀리아의 어깨를 두드렸다.

"뭐, 오토를 너무 책망하지 마. 에밀리아땅은 진심에서 우러 나온 선의만으로 누군가를 위해 행동하지만, 꽤 어렵거든."

"나는 그렇게 장하지 않은데…… 스바루도 그러니?"

"내가 에밀리아땅에게 헌신하는 건 백프로 흑심이니까. 불순 함도 백프로면 순수하나?"

상대가 좋게 여겼으면 좋겠다. 대인관계에서 행동을 해체하 면 원점에는 그 감정이 있다. 그렇다고는 해도 그게 전부라고 단언할 수 있을 만큼 메마른 인생관은 없다. 정도의 문제다.

한마디로 표현할 수 있을 만큼 인간은 간단하지 않다. ──그 뿐인 이야기고.

"그러니까, 흑심이 훤히 보이는 네 호감도도 의외로 높다고. 안심해라."

"나츠키 씨에게 들으면 석연치가 않은데요……."

의기소침하는 오토의 말에 스바루는 장난기 있는 웃음으로 응 수하고, 프레데리카를 돌아봤다.

"오토의 협력 지원은 잘 접수했다. 우리 셋이서 그 『성역』이 야기를 들을게."

"알겠습니다. ──그런데, 주인어른께선 『성역』에 관해 여 러분께 뭐라고 말씀을?"

소파에 나란히 앉아서 이야기를 들을 자세를 잡은 세 사람에 게 프레데리카가 물었다. 그 말에 스바루는 에밀리아와 얼굴을 마주 보고 대답했다.

"까놓고 말해, 거의 듣지도 못했어. 단편적인 정보하고, 여기서 몇 시간 되는 거리에 있는 비밀기지……. 가장 먼저 피난처 후보로 오른 걸 보면 잘못 생각한 것도 아니라고 봐."

"나는…… 언젠가, 내게 필요한 장소라고. 전에 한 번, 로즈월에게……."

"언젠가 필요한 장소……?"

예상 밖의 발언에 스바루는 에밀리아를 놀란 눈으로 돌아봤다. 그 눈길에 에밀리아는 미안한 듯 눈을 내리깔았다. 하지만 스바루가 그 점을 캐묻기 전에.

"주인어른다우신 말투시네요."

프레데리카는 웃음을 살짝 머금은 투로 말하고 눈을 감았다. 이어서 그 자리에서 치맛자락을 잡고 곱게 인사하고——.

"지금부터 말씀드릴 것은, 발설이 금지된 『클레말디의 성역』의 위치와 들어가는 법. 그리고 그 『성역』에 갈 때 잊어선 안 되는 이름."

"————."

"——가필이라는 인물을 조심하세요. 『성역』에서 에밀리아 님 일행분께서 가장 조심해서 접해야 하는 인물이어요."

도로 뜬 녹색 눈에 복잡한 감정을 드리우며, 프레데리카는 그 이름을 입에 올렸다.

# 제2장 『성역으로 가는 길』

## 1

——프레데리카와 대화한 결과, 『성역』으로 출발하는 것은 이틀 뒤의 새벽으로 결정됐다.

"솔직히 기다리기만 하는 건 답답하지만……."

팔짱을 끼고 신음한 스바루의 마음은 조급하기 짝이 없다. 하지만 『성역』에 밝은 프레데리카는 준비하는 데 이틀은 필요하다고 양보하지 않았다. 그 의견을 무시할 수는 없다.

"클레말디의 헤매는 숲……. 『성역』은 그곳에서 특수한 결계로 수호받고 있답니다. 결계는 외부인을 거부하고 길을 잘못 들게 하지요. 그 때문에 헤매는 숲이란 통칭이 붙은 거고요. 그 결계의 영향을 무력화하는 준비에 이틀 받겠습니다."

이는 다리를 거세게 떠는 스바루를 달랜 프레데리카의 말이다.

처음에 스바루는 『결계』라는 말에 삼엄한 기색을 느꼈지만, 그 뒤에 이어진 프레데리카의 설명에 이해하고 수긍했다. 『성역』이라는 장소의, 그 특수성을 듣고.

"사연이 있는 아인족, 그 수용처……라."

스바루는 프레데리카에게 들은 그 특수성을 입에 올리고 자기 머리를 거칠게 긁었다.

종족으로서, 인간과 아인 사이에 골이 있는 건 판타지 세계의 정석이라고 할 수 있다. 그건 이 세계도 예외가 아닌지 루그니카 왕국에도 아인 멸시의 인습은 적지 않게 존재했다. 그것이, 여태까지 지낸 동안에 스바루가 내린 결론이다.

그 아인 멸시—— 차별 중 으뜸가는 것이 하프엘프에 대한 뿌리 깊은 적개심이리라.

그럼에도 왕도에서는 무슨 융화 정책의 일환인지 상업가나 빈민가에서는 상당히 다수의 아인족을 찾아볼 수 있었다. 단, 귀족가와 왕성에선 눈에 띄지 않았고——.

"역사책을 읽으면 『아인전쟁』이라는 내전이 있은 지 백 년도 지나지 않았다고 했지. 그러고 보니 그것과 관련된 노래도 릴리아나에게 들었고……."

릴리아나란 로즈월 저택에 들른 적이 있는 방랑 음유시인이다. 저택에 일시적으로 체류한 그녀가 부른 노래 중에 그런 역사를 언급하는 것 또한 분명히 있었다.

"새삼스럽지만, 『검귀연가』는 빌헬름 씨의 별명과 비슷하군. 혹시 그 사람의 『검귀』 호칭은 그 노래에서 나온 걸지도……."

스바루는 뇌리에 그린 검호의 당당한 모습을 머릿속에서 영웅담과 겹치고 만족스럽게 끄덕였다.

——실제로 『검귀연가』에 나오는 주인공은 빌헬름 본인이지만, 역사에 이름을 남기는 인물과 지인이 일치하지 않는, 소인

같은 부분이 스바루의 생각을 엇나가게 하고 있었다.

"——아, 스바루 님. 역시 여기 있었어."

스바루의 사색이 본론에서 벗어났을 즈음에 문이 잔잔히 열리는 소리와 함께 그런 말이 들렸다. 돌아보니 문 틈새로 얼굴을 내비친 한 소녀와 눈이 마주쳤다.

불그스름한 갈색 머리를 리본으로 꾸민 소녀는 깜찍하게 수줍어하며 방에 들어와서 말했다.

"슬슬 출발할 시간인데 방에 없기에 여기 있을까 해서."

"사용인 생활 습관 때문에 일찍 일어나거든. ……근데 내 입장은 정확히 따지면 아직 사용인일 텐데, 그쪽 부분은 어영부영 대화를 안 했군."

"하지만 스바루 님은 제복보다 이상한 옷 쪽이 어울리는 것 같아…… 같아요."

"말씨를 조심해도 단어 선택은 좀 더 공부해야겠다."

스바루는 허둥지둥 말을 고치는 소녀의 모습에 쓴웃음 짓고 의자에서 일어나 기지개를 켰다. 그런 스바루를 동그란 눈으로 바라보는 사람은 급사복 차림의 어린 소녀—— 페트라 레이테다.

아람 마을에서 생활하는 페트라는 이전부터 스바루와 친하게 지내는 아이들 중 한 명이다. 그 아이가 지금 이렇게 메이드복을 입고 있는 데에는 이유가 있다.

"그나저나 마을에서 메이드를 모집하고 이틀…… 저택에 들어와 실질적으로 하루인데 용케도 참 헤매지도 않고 날 찾아냈어.

그 나이에 부모님 곁을 떠난다는 결단도 그렇고, 너무 장해."

"이젠 열두 살이니까, 어엿하게 일할 수 있는 어른이야……
가 아니라, 어른이에요. 스바루 님도 어른으로 대해 주세요."

"존댓말 마스터해서 프레데리카에게 인증을 받으면 고려할
게. 그렇게 임시 메이드에서 임시가 떨어질 때까지, 넌 내게 귀
여움을 받는 것이다—."

되바라진 페트라에게 웃음을 던지며 스바루는 그 머리를 벅벅
쓰다듬었다. 도망칠 줄 알았지만, "꺄아." 하고 엉겨 붙는 페트
라는 즐거운 내색이었다.

어쨌든 페트라가 저택에 메이드로 들어온 경위는 단순하다.

광대한 저택을 관리하는 데에 한 사람의 힘으로는 한계를 느
낀 프레데리카. 그녀가 아람 마을에 도우미를 모집하고 그에 응
모한 게 페트라였던 것이다.

당초에는 나이 때문에 불안했지만, 페트라는 성격적으로도
적성적으로도 매우 우수했다.

『스바루 님과 비교하면 장래성도 포함해서 꽤 쓸만한 아이어
요. 제가 지금까지 가르쳐 온 아이들 중에서도 으뜸…… 아, 스
바루 님께선 앉아 계시어요.』

그게 요 이틀간, 페트라의 지도를 맡은 프레데리카의 평가였
다. 실제로 단기간에 저택 주위를 훤히 파악한 페트라는 얻기
어려운 인재다.

이렇게 짬이 난 스바루가 무의식중에 발길을 옮기는 장소까지
이해할 만큼—.

"렘 씨에게, 작별 인사하러 온 거죠?"

"……뭐, 대충 그래. 그곳에서 오래 머물 맘은 없지만 얼굴은 보고 가고 싶어서. 내가 없는 동안 렘을 돌봐 줘, 페트라."

농담조로 전하면서 스바루는 실내—— 방 침대에 눕힌 렘을 바라봤다. 그 모습은 몇 번, 몇 시간, 곁에 있어도 변함이 없다. 그런데도 최대한 시간이 날 때마다 방문한다.

"……스바루 님, 출발할 시간이 되어버려."

페트라가 침묵하는 스바루의 소매를 잡아당겨 이별할 시간에 매듭을 지어 주었다. 그녀의 배려를 받아 스바루는 끝으로 딱 한마디만 더——.

"——그럼, 다녀올게. 착하게 기다리고 있어."

그렇게 잠든 렘의 얼굴에 말을 던지고, 미련을 남기면서도 방을 뒤로했다.


"스바루 님은 마음이 가는 사람이 많아서 고생이 참 많을 것 같아요."

"그렇게 말하면 바람둥이처럼 들려서 좀 거시기하군. 아니 뭐랄까, 속으로 양다리 걸치고 있는 건 변명 못하겠지만……."

집합 장소인 현관으로 이동하던 스바루는 어이없다는 듯 페트라가 펼친 언어 공격에 쩔쩔맸다. 『마음이 가는 사람』이란, 저래도 제법 에두른 표현일 것이다.

다만 방금 페트라의 발언은 그것만이 아니라 현재 두 사람의 행동과도 관계가 있다.

"뻔히 알지만, 이쪽은 성과 없음. 그쪽은?"

"이쪽도 전부 객실이에요. ……진짜로 신기한 방 같은 게 있어요? 날 속이려는 거 아녜요?"

"의심하는 건 어쩔 수 없지만, 베아트리스가 진짜 있다는 건 페트라 너도 알잖아. 전에 저택 안에서 술래잡기한 그 드릴 차림의 로리라고."

"드레스 차림이 아니라, 드릴 차림……."

스바루의 지적에 페트라는 마뜩잖은 표정을 짓고, 마지막으로 연 방문을 닫았다. 이로써 이 층계의 문은 제패하고 말았다. 안타깝게도 금서고와는 맞닥뜨리지 못한 채로.

"진심으로 숨으면 진짜로 까다로운 거군. ……대체 뭐냐고, 그 녀석."

벌레 씹은 표정으로 스바루는 그 이래로 한 번도 얼굴을 보이지 않은 소녀에게 악담했다.

『성역』으로 출발하는 게 결정됐어도, 베아트리스의 마지막 태도는 또 별개의 이야기다. 요 이틀, 최대한 그 소녀를 찾아서 저택을 헤맸지만 성과는 결국 나오지 않았다.

그렇기에 그녀와 『성역』의 관계도, 그 서글픈 얼굴의 참뜻도, 아무것도 모르는 상태――.

"렘과는 얘기할 수 없고, 베아트리스와는 만날 수 없고. ……내가 뭘 했단 거야."

"스바루 님?"

"일단 뭐, 베아트리스 쪽도 정기적으로 신경 써 주라. 이따금 이렇게 대충 문을 열다 보면 훌쩍 랜덤 조우할지도 모르니까."

"……스바루 님, 나한테 부탁이 좀 많지 않아?"

서슴없는 스바루의 부탁에 천하의 페트라도 찌푸린 얼굴이다. 새로운 환경이라 외울 것도 많다. 그런 페트라의 부담을 늘릴 순 없자만.

"알아. 미안해. 하지만 너밖에 기댈 사람이 없더라. 정말로, 미안하다."

"……나밖에, 기댈 수 없어?"

"응, 그래."

프레데리카는 렘에게 헌신적이지만 베아트리스에게는 과도하게 경의를 보내고 있다. 그녀에게 지금의 베아트리스를 부탁하는 건 조금 적당하지 못하단 생각이 들었다. 그 점에 관해서 페트라는 베아트리스와 나이 감각도 가깝고 과도하게 공손하게 대하지도 않을 것이다.

그런 다양한 조건을 가미해서 베아트리스를 페트라에게 부탁했는데──.

"에헤헤, 어쩔 수 없지. 그렇게까지 말한다면 맡아드릴게요."

"오, 정말이야? 진짜로 고맙다. 페트라는 착한 아이네. 착하다, 착해."

갑자기 태도가 부드러워진 페트라. 배시시 웃는 소녀의 머리를 쓰다듬어 주면서 스바루는 푹 안심했다. 이로써 아무도 베아트리스를 신경 써 주지 않는 밤은 오지 않으리라.

사실은 한 번이라도 스바루가 말을 주고받을 기회가 있었으면 좋았겠지만.

"──스바루 님, 페트라. 이쪽이어요."

그런 대화를 나누면서 현관 홀로 가다 보니 이미 홀에는 에밀리아와 프레데리카가 둘이서 기다리고 있었다. 묵례하는 프레데리카에게 페트라가 당황하며 합류하자 프레데리카가 말했다.

"페트라, 용케 스바루 님을 찾아냈군요. 장하답니다."

"네, 프레데리카 언니. 스바루 님은 저한테 맡기세요."

"와, 엄─청 자신만만."

자랑스럽게 가슴을 펴는 페트라의 말에 에밀리아와 프레데리카가 얼굴을 마주 보며 웃었다. 그리고 에밀리아는 바로 옆으로 걸어오는 스바루를 보고 고개를 갸우뚱하며 말했다.

"안녕, 스바루. 잠은 똑바로 잤어?"

"에밀리아땅이야말로, 소풍을 기대하다가 늦잠 자지 않아서 다행이야. 약 1명은 그런 멍청한 짓을 저지른 모양이지만……."

"아, 오토 말이야? 그렇다면 괜찮아. 오토라면 진즉에 일어나서, 지금은 저택 앞에서 용차 준비를 하고 있어."

"뭐야, 걱정해서 손해 봤네. 근데, 그렇군……. 뭐, 그 녀석도 인생이 걸렸으니 말이지."

로즈월과의 장사가 오토의 상인 인생을 좌우할 가능성은 크다. 일생일대의 대승부에 기합을 싣는 것도 당연하다고, 지금은 그 의욕을 든든하게 여기자.

"그리고 최종적으로 역부족을 통탄해하는 그 녀석을 위로할 말도 생각해 두자고."

"부르려고 돌아오자마자 불길한 소리 하지 마시죠?!"

마침 홀로 돌아오던 오토가 눈을 까뒤집으면서 딴죽을 걸었다. 새벽하늘에 기분 좋게 울리는 한탄을 들으며 스바루는 크게 심호흡하고 외쳤다.

"자, 늘상 하는 대화도 했고, 출발할까!"

"죄책감도 없냐! 아니 뭐, 별 상관없지만요!"

상쾌하게 무시된 오토에게 이끌려 전원이 저택 앞뜰로 나갔다. 현관 앞에는 이미 용차가 정차하고 있고, 칠흑의 지룡과 파란 지룡 두 마리가 준비 만반이다.

특히 검은 지룡—— 파트라슈는 스바루를 알아채자 그 코끝을 들이댔다.

"얘는 여전히 날 엄청 따르는데."

"하지만 본인은 『쓰다듬어도 된답니다?』 정도로 말하고 있는데요."

"도도한 용종이란 설정, 정말로 설정만 남지 않았냐……?"

『언령의 가호』 효과로 다른 종과 통역이 가능한 오토의 말에, 스바루는 의문스러운 표정이었다.

모두가 입을 모아 파트라슈의 까다로운 성격을 언급하지만, 정말로 초면부터 호감도가 높았던 스바루에게는 전혀 실감이 없다. 지금도 내민 손바닥에 목덜미를 문지르며 외견과 정반대로 붙임성을 보여서 입가에 웃음이 걸릴 듯하다.

"이유를 당최 모르겠군. 나, 전생에 네 목숨이라도 구한 거야?"

윤회전생의 개념이야 어쨌든, 장소가 다른 세계여선 전생의 인연도 가망이 희박하다. 단순히 궁합이 좋은 거겠지. 그리고 그것은 스바루에게 있어 손꼽히는 행운이었다.

"물론 내 제일가는 행운은 에밀리아땅과 만난 거지만!"

"응? 미안해. 잘 못 들었어. 다시 말해 줄래?"

"기세에 못 맡기는 두 번째는 제법 창피한데! 내일 하자!"

맹한 성격의 수비에 막혀 고개를 떨어뜨린 스바루의 말에 에밀리아는 "그러니?" 하고 이상하단 표정이었다. 그러나 그녀는 곧장 마음을 바꿔 먹고 프레데리카 쪽으로 돌아섰다.

"그럼 저택을 부탁할게. 렘과, 페트라와, 베아트리스도."

"맡겨 주시어요. 에밀리아 님께서도 가는 중에 조심하세요. ──그리고, 이것을."

스바루가 부탁한 내용과 같은 것을 에밀리아 또한 프레데리카에게 다시 의탁했다. 그 뜻을 들은 프레데리카는 묵례하고, 마지막으로 품속에서 뭔가를 내밀었다.

그것은 목걸이── 파랗고 투명한, 휘석(輝石)이 박힌 목걸이였다.

"이게 있으면 숲의 결계를 넘어 『성역』에 들어갈 수 있답니다. 나머지는 가르쳐드린 것과 같은 장소로 지룡이 인도해 줄 거예요."

"이 돌이 결계를 지나가기 위한 조건이다 이 말인가. ……이것 때문에 이틀이 필요했다는 뜻?"

스바루는 소박한 의문이 들어서 프레데리카의 손에 있는 휘석을 살피며 고개를 꼬았다. 귀해 보이는 휘석이다. 요 이틀, 외출하지 않았을 그녀가 어디서 입수했을까.

의문을 표하는 스바루에게, 프레데리카는 입가를 가리고 웃으며 대답했다.

"엄밀히 말하면, 그걸 준비하는 데 이틀을 들였다고는 말씀을 못 드리지만…… 무관하진 않네요. 좌우간 『장소』와 『자격』은 모였습니다. 남은 건 각오와 강한 의지를."

"거창한 말투인데. 싫어하진 않지만."

"응, 엄—청 중요한 건 알았어. 꼭 잃어버리지 않게…… 프레데리카?"

진지한 프레데리카의 말에 깊게 끄덕인 에밀리아가 눈썹을 모았다. 그건 내민 휘석을 받아드는 에밀리아의 손을 프레데리카가 세게 움켜쥐었기 때문이다.

"———."

찰나, 녹색과 남보라색 시선이 얽히며 프레데리카의 뺨이 희미하게 굳었다. 다만 그녀는 뺨을 굳힌 충동에 눈을 감고는, 차분하게 에밀리아를 손을 놓고 당부했다.

"에밀리아 님, 『성역』을 잘 부탁드립니다. 그리고 드린 말씀을 잊지 마시길."

"으, 응. 걱정 마. 『성역』이 어떤 곳인지랑……."

"——가필을, 주의해 주시어요."

"응, 알았어. 가필을 조심할게. 꼭."

에밀리아는 주의를 거듭하는 권고를 무겁게 받아들이고, 프레데리카에게 받은 휘석을 품에 갈무리했다. 그 대화를 지켜보다가, 출발 준비가 다 됐을 때──.

"저! 스바루 님…… 이거, 받아 주실래요?"

얼굴을 붉히고 손을 든 페트라가 스바루에게 뭔가 내밀었다. 프레데리카를 따라 하듯이 받은 그것은, 아무 특징도 없는 하얀 민무늬 손수건이었다.

프레데리카의 태도를 보고 괴이쩍어하던 스바루는 그 기습에 "어?" 하고 놀랐다.

"배웅할 때 하얀 손수건을 건네고, 여행하면서 때를 탄 그것을 마지막에 돌려준다. ──지금은 그다지 하지 않지만, 여행길을 무사히 다녀오기를 기원하는 오랜 풍습이어요."

"아, 그런 건가. 알았어. 고맙다, 페트라. 꼭 멀쩡히 돌려주마."

받은 손수건의 의미를 배운 스바루는 자신의 손목에 감았다. 그 대답을 들은 페트라는 빨개진 얼굴을 숙이고 후다닥 프레데리카 등 뒤로 숨어버렸다.

"어? 갑자기 반응이 왜 그래? 느닷없는 반항기에 서운한 나."

"그 눈치로 봐서, 스바루 님께 에밀리아 님을 탓할 자격은 없겠어요."

"내가? 무슨 이상한 말 했어?"

프레데리카가 탄식하고, 스바루와 에밀리아는 무슨 일인가 싶어 동시에 갸우뚱했다. 하지만 결국 그 의문에는 대답을 듣지 못한 채 두 사람은 준비가 끝난 용차 쪽으로 밀렸다.

"네, 네. 두 분 다 서둘러 주시어요. 『성역』이 있는 클레말디의 헤매는 숲은 밤이 될수록 위험한 장소가 되어요."

"알았어, 알았다고. 우리는 우리대로 마을 사람들을 잘 부탁한다. 그리고 비축된 마요네즈는 상하기 전에 처리해 줘."

"그 두 가지를 같은 차원의 문제로 거론하는 건 아무리 그래도 좀 아니다 싶답니다……."

어이없어하는 목소리에 등이 떠밀려, 스바루와 에밀리아는 용차에 올라탔다. 그렇게 창밖을 보니 용차를 향해 자세를 바로잡은 크고 작은 메이드들이 나란히 서 있었다.

"무사하시길 기원하겠습니다. 주인어른과 람에게도 안부를 전해 주시어요."

"스바루 님, 언니를 잘 지켜. 그리고 시끄러운 사람도 힘내요."

"제 평가가 좀 심하지 않나요?!"

오토의 반응은 무시하고, 프레데리카와 페트라 두 사람은 조용히 예의범절에 맞게 인사해, 태도만큼은 완벽하게 해서 스바루 일행을 배웅했다.

그 모습에 재촉받아, 용차는 힘차게 출발했다.

"그럼, 출발 진행! 오토, 잘 부탁할게."

"이 대접은 수긍을 못하겠어!"

끝까지 영 시원찮은 오토의 한탄을 저택에 남기면서.

2

"그렇게 오래된 풍습을 대체 어디서 배웠지요?"

출발한 용차가 완전히 시야에서 사라졌을 즈음, 프레데리카는 페트라에게 물었다.

옆에서 고개를 숙이고 인사했던 어린 소녀는 그 질문에 커다란 눈을 동그랗게 뜨면서 수줍음을 띠고 대답했다.

"엄마한테 들었어요. 이걸로 아빠를 잡아냈다고."

"당찬 건 어머님께 물려받았군요. 하지만 당사자는 눈치도 못 채던데요."

"몰라도 괜찮아요. 손목을 볼 때마다 절 떠올려만 준다면."

예상 이상으로 강력한 대답을 들어서, 페트라의 적극성에 프레데리카는 쓴웃음을 지었다. 열두 살, 그 나이치고는 정말로 되바라졌다. ──람 생각이, 난다.

"그 아이도 어릴 적부터 여자였으니까요……. 급사 능력은 하늘과 땅 차이였지만 말예요."

"프레데리카 언니? 왜 그러세요?"

"아무것도 아니랍니다. 당신의, 선배 생각을 떠올렸어요. 지금은 『성역』에 있을, 손이 많이 가는 문제아여요."

프레데리카는 주인과 동행해 그 신명을 바치는 소녀를 떠올리고 울적하게 한숨지었다. 손은 자연히 급사복의 가슴 주머니를 만지고 있었다.

"──자, 에밀리아 님이 자리를 비우셔도 저택에는 베아트리스 님이 계십니다. 당신도 일주일 내로 최소한의 기초를 배워 줘야겠어요."

"넷. 바라는 바예요!"

"이 아이도 참, 어쩜 이리도 멋진 대답을 하는지……."

환하게 웃는 얼굴로 손을 번쩍 들고 신나서 저택으로 달려가는 페트라. 프레데리카는 그 긍정적인 자세를 흐뭇하게 지켜보고, 마지막으로 한 번 더 용차가 떠난 방향을 돌아봤다.

아름다운 녹색 눈이 희미하게 일렁인다. 프레데리카는 가슴을 침범하는 감정에 저항하듯 그 가녀린 손가락으로 가슴 주머니에서 편지지를 꺼냈다. 그리고──.

"──이로써, 주인어른께서 분부하신 대로 됐어요. 이제는 에밀리아 님께서 『성역』을 극복하실 수 있을지. 기도할 수밖에, 없는 거군요."

몇 번이고 읽은 편지, 그 테두리를 훑던 손가락은 마지막으로 자신의 목덜미로 올라갔다. 그러나 그곳에 그녀가 바란 감촉은 없고──.

"부디, 에밀리아 님. 가필…… 가프를, 주의해 주시어요."


3


"──그럼 역시 팩 녀석은 여태껏 얼굴을 비치지 않은 거군."

"……응, 맞아. 말은 계속 걸고 있고, 계약의 연결은 느껴지지만…… 이렇게 오래 얼굴을 보이지 않은 적은 좀처럼 없어서 엄──청 걱정돼."

『성역』을 향해 순조롭게 달리는 용차 안에 스바루와 에밀리아의 대화가 울렸다.

『바람막이의 가호』가 작용하는 차내에는 바깥의 소음도 진동도 전달되지 않는다. 그러한 고요한 공간에서 주고받는 것은 앞으로 찾아올 『성역』에 대한 각오——가 아니라, 요 며칠 동안에 일어난 이변 중 하나인 팩의 부재다.

에밀리아의 계약 정령이며 부모 대리를 자칭하는 새끼 고양이의 모습을 요 며칠 보지 못했다. 그것은 『징검문』으로 숨은 베아트리스와는 또 다른 형태의 괴변이었다.

"듣고 보니 저택에 돌아오기 전부터 못 봤네. 크루쉬 씨 집에 있었을 때부터?"

"음…… 저택에 돌아온 다음 같아. 원래는 『성역』에 관해서도 상담하고 싶었는데 말이 닿는 느낌이 안 들어서."

"팩은 자주 없어지는 편이야?"

"그게, 나랑 계약하기 전에는 빈번하게……. 하지만 계약한 뒤로는 빈도가 엄—청 줄었거든. 그래서 며칠씩 못 만나면 불안할지도."

에밀리아가 팩과 계약하기 이전 이야기를 화제로 삼은 것을 듣고, 스바루는 팔짱을 꼈다.

당연하지만 에밀리아도 팩과 관계가 없었던 시기가 있었다. 스바루가 봤을 때는 둘이서 늘 함께하는 관계였기에 따로 행동하는 쪽이 훨씬 이상하지만——.

"곁에 없을 때, 팩이 어디서 뭐 하는지 알아?"

"아마, 세계 평화를 위해서 뭔가 하고 있을 거야."

"부모님 직업에 환상을 품는 아이 같은데, 그래서 곁에 있어

주지 못한다면 주객전도군."

에밀리아의 과도한 기대야 어쨌든 팩이 이 세상에서 가장 중요시하는 것은 에밀리아다. 그 상대를 두고 다른 데서 활동하고 있다는 건 묘한 이야기였다.

"그리고 팩이 없으면 그냥 전력상으로 불안하다고. 오토가 무술의 달인일 가능성은 없지, 내 몸은 달각달각거리지. 에밀리아땅도 팩 없이는 벅차지?"

"스바루의 몸이 달각달각거리면, 엄—청 그냥 흘려들을 수 없는데……."

뻥튀기한 표현을 듣고 눈을 흘기는 에밀리아의 시선 앞에서, 스바루는 어설프게 웃으며 손을 저었다.

"아유……! 하지만 안심해. 팩이 같이 없어도, 나는 미정령 아이들과도 계약했는걸. 그 아이들하고도 같이 싸울 수 있으니 무슨 일 생겨도 지켜줄게."

"어머, 멋져라……! 그 말, 머잖아 내가 할 테니까 기다려."

"알았어. 엄—청 기대하며 기다릴게."

손가락을 세운 에밀리아 주위에 미정령이 희미한 빛으로 변해서 떠올랐다.

팩에 비하면 그 힘에는 하늘과 땅만큼 차이가 있을 테지만, 그래도 어엿한 전력이다. 동행자 중에서 유일한 여자애, 그것도 마음에 둔 소녀에게 전력이 되기를 기대하는 건 처량하지만.

"무슨 일이 있을지도 모른다……고, 프레데리카가 충고했으니까."

"──가필, 이랬지."

스바루의 염려에 편승해 목소리를 낮춘 에밀리아가 그 이름을 입에 담았다.

가필. 그것은 요 이틀간, 프레데리카의 입에서 여러 번 들은 경계 대상의 이름이다. 사실 그 이름만 따지고 보면 스바루도 여태까지 몇 번 들은 적이 있었다.

"로즈월이 몇 번쯤, 그놈을 만나러 간다는 식으로 얘기한 적이 있으니까 말이야. 애당초 이번 『성역』 피난 작전 때, 람도 그런 이름을 말했었고……."

람은 신용할 수 있는 상대 같은 뉘앙스로 그 이름을 주워섬겼었다. 다만 그래서는 프레데리카가 한 충고와 모순되기에 스바루는 판단하기 곤란했다.

람과 프레데리카, 단순하게 어느 쪽을 신용할 수 있느냐 같은 이야기는 아니지만.

"같이 지낸 시간으로 따지면 압도적으로 람인데, 평소 태도가 그걸 부정하게 해……!"

"프레데리카에게 더 자세한 얘기를 들었으면 좋았겠지만…… 서약 때문에 『성역』에 관해서 말할 수 있는 내용이 한정된대. 그런 말을 들으면 어쩔 수 없는걸."

"그것도 난 꽤 마땅찮았단 말이지. 서약이고 나발이고……."

스바루는 좌석에 꾹 체중을 싣고 불만스럽게 그르렁거렸다.

사실 그 이유 때문에 프레데리카는 『성역』에 관해 이야기해 준 것이 별로 없다. 그녀가 스바루 일행에 전한 것은 『성역』의 특수성과 위험인물의 이름, 그리고 장소 정도. 결계를 통과하는 데 도움은 주었지만, 협력은 어디까지나 그게 전부다.

"그 주제에 출발 전에도 그렇고, 가필을 조심하라는 소리만 실컷 반복하고⋯⋯. 그 저택에 사는 사람은 의미심장한 발언 관련으로 할당량이라도 있는 거야?"

"그렇진 않을 테지만, 그게 프레데리카가 할 수 있는 최선인 거야. 그게 간신히 서약을 깨트리지 않고도 할 수 있는 충고야. 고마워해야 돼."

"서약에 얽매이지 않아 줬으면 더 고마워했을 텐데."

"툴툴해도 소용없어. 서약인걸. 약정은 신성하며 불가침. 결코 침범할 수 없으니. 서약도 계약도 맹약도, 무게는 다를지언정 그 군건함은 동등하게 여길지어다."

에밀리아는 손가락을 세워 좌우로 흔들며 타이르듯 말했다.

약정. 그 말이 나왔을 때 에밀리아가 보이는 완고함은 말할 필요도 없다. 서약도 계약도 맹약도, 스바루에게는 말장난 같으니, 그 인식 차이는 평행선이다.

"맘대로 맹세를 어기라고 말하지는 못하겠는데⋯⋯ 때와 경우란 게 있잖아?"

"안 돼. 약정⋯⋯ 약속은, 소중한걸. 약속은 본래 그것을 지키게 하는 강제력이 없지만, 그래도 사람은 약속을 지키고, 지키기 위해서 노력하기 마련이잖아? 누가 보지 않아도, 몰라도, 상대도 그럴 거라고 믿고, 지킨다."

가슴에 손을 짚고, 에밀리아는 불만을 토로한 스바루를 가만히 응시했다. 그 어조는 부드러우며 결코 책망하는 느낌이 아니다. ──그렇기에 더더욱 말이 따갑다.

"그렇게 믿으니까 주고받은 약속을 지키고자 노력할 수 있어. 약속은 그런 신뢰를 서로 갖기 위한 의식 같은 거잖니?"

"그때는 정말 죄송했습니다──!!"

스바루는 진동이 느껴지지 않는 차내에서 바닥을 기며 정면으로 고개를 조아렸다. 바닥에 이마를 문지르는 스바루의 사과에 에밀리아는 "아." 하고 입에 손을 대었다.

"저기 있지, 딱히 스바루를 탓한 게 아니야. 그야 스바루는 나와 한 약속을 지키지 않았고, 그런데도 당당하게 뻗대니까 나도 발끈했었지만."

"따가워, 따가워, 귀가 따가워!"

"나중에 너무 감정적이었다고, 나도 반성했어. 바로 스바루와 화해하러 못 가서, 나도 고집부렸던 거야. 미안해."

"아파, 아파, 가슴이 아파!"

"그 왜, 난 정령술사니까, 계약 같은 게 엄──청 친근하거든. 정령술사에게 정령과의 계약은 중요하니까…… 그래, 약속은 중요한 거야. 역시 스바루는 반성해."

"아파, 아파, 마음이 아파!"

당시의 리얼한 갈등이 살아났는지 토라지기 시작한 에밀리아의 말에, 스바루는 엎드려 고개를 조아리고 있었다.

왕성 대기실에서 에밀리아가 그토록 격분한 이유도 지금이라면 이해한다. ──스바루는 자각도 없이, 이해심도 없이, 에밀리아의 마음에서 가장 중요한 부분을 짓밟았으니까.

"반성, 해 줬니?"

"반성했습니다. 바다보다 깊게, 산보다 높게, 하늘보다 넓게, 우주보다 장대하게."

"그럼 좋아. 용서하겠습니다. ……우주가 뭔진 모르겠지만."

에밀리아는 한심한 표정을 지은 스바루를 보고 고개를 끄덕이고, 자기 입술에 손가락을 대며 살며시 미소를 지었다. 그 미소에 분노의 낌새는 없고, 그 귀여운 몸짓에 스바루 또한 웃음이 절로 났다.

그날의 결별을, 이렇게 웃으며 용서해 주는 에밀리아에게 깊이 감사한다. 동시에 그날 일을 사과해야만 하는 상대는 에밀리아만이 아니라고, 재차 생각했다.

"──숲에 들어왔나 봐."

생각에 잠긴 스바루의 정신을, 문득 에밀리아의 목소리가 도로 돌렸다. 그녀는 창밖에 눈길을 돌리고 그곳에서 보이는 풍경의 변화를 통해 목적지가 가깝다는 사실을 깨달은 눈치다.

──심록색 숲 깊숙한 곳에서, 특수한 결계로 수호를 받는다는 『성역』.

그곳에 지금 스바루가 사과의 뜻을 전해야 할 람과 로즈월이 있을 것이다.

"뭐, 람은 어쨌든 로즈월에겐 사과하는 대신 그 낯짝을 한 대 때려도 용서받을 것 같은데."

"……응, 그러네."

"너 없이 얼마나 고생한 줄 아냐—부터 시작해서, 다음에는 그놈의 꿍꿍이를 하나하나 다 캐묻겠어! 그럴 권리는 있지?"

"……응, 그러네."

"——? 에밀리아땅, 근심하는 얼굴도 귀엽네. 껴안아도 돼?"

"……응, 그러네."

건성으로 나온 대답을 듣고서 『그럼 사양하지 않고.』라고 할 수 있을 배짱은 스바루에게 없다. 그저 에밀리아의 뺨이 굳어지고 눈이 강한 긴장을 띠고 있다는 사실에만 눈이 멎고.

"에밀리아땅, 혹시 긴장해?"

"——! 대단해. 어떻게 알았어?"

"나는 너의 모든 것을 알아, 라고 대답하고 싶지만, 방금 그건 누구라도 알걸."

놀란 표정으로 꺼낸 에밀리아의 말에 스바루는 쓴웃음을 짓고 자신의 뺨을 손가락으로 주물주물 풀었다. 그 동작에 에밀리아도 자기 뺨을 만지고 표정이 굳어 있음을 깨달았다.

"걱정하게 해서 미안해. 이제 곧 『성역』에…… 아인족만의 마을에 도착할 건데."

"……아아, 그렇군. 나야말로 미안해. 생각이 미치지 못했어."

스바루는 에밀리아가 긴장한 원인을 알아채고 자기 자신의 둔한 눈치가 한심해졌다.

프레데리카의 설명으로는, 『성역』이란 단순한 아인족의 촌락이 아니다. 『사연이 있는 아인족』이 사는 촌락인 것이다. 그곳에는 어쩌면——.

"에밀리아와 같은 처지의, 하프엘프도 있을 수 있나."

"……나 말고 다른 하프엘프는 만난 적이 없어. 그런 생각은 별로 해 본 적 없었지만. 그래도 『성역』에는."

에밀리아의 목소리는 긴장해서 떨리고 있다. 하지만 그 긴장이 기대와 불안 중 어느 쪽이 이유인지는 알 수 없다. 필시 에밀리아 본인도.

그것을 확인할 방법은 『성역』에서 해답을 찾아내는 것 말고는 없다. 하지만──.

"──윽! 에밀리아?!"

"어, 아…… 이건……?!"

그 직후, 차내에 발생한 이변에 스바루와 에밀리아는 동시에 소리를 질렀다.

이변의 발생점은 다름 아닌 허둥지둥하는 에밀리아였다. 그 가슴팍 안쪽에서 갑자기 빛이 부풀어 오르고, 그 빛은 용차의 내부를 한순간에 파랗게 물들였다.

에밀리아는 놀라서 품속에 손을 넣고── 빛을 내는 파란 휘석을 끄집어냈다.

"돌이 빛나…… 스바루!"

"이게 뭐야……. 무지 꺼림칙한 예감이 든다! 에밀리아, 가져갈게!"

세차게 빛나는 파란 휘석. 그것이 마치 폭발 직전의 마석 같아서 스바루는 순간적으로 에밀리아에게서 돌을 빼앗았다. 그리고 용차의 창문으로 달려가──.

"아무 일도 없으면 나중에 주우면 돼! 지금은 밖에다⋯⋯ 응, 허어?!"

"──아."

위험물을 던지기 직전, 희미한 신음이 들려 고개를 뒤로 돌린 스바루는 아연실색했다.

"에밀리아?!"

돌아본 시선 앞에서, 에밀리아가 용차 바닥에 힘없이 쓰러져 있었다. 사지를 팽개치고 고꾸라진 에밀리아에게 의식은 없다. 갑자기, 아무런 전조도 없이──.

"아니, 전조는 이건가?! 제길, 에밀리아, 괜찮⋯⋯."

에밀리아와 휘석. 어느 쪽을 우선할지 판단을 망설인 것은 한순간이다. 스바루는 곧장 에밀리아의 안전을 최우선으로 보고, 그녀에게 달려가려다가──.

"──아? 어이?!"

발을 내디딘 순간, 파란 휘석에서 더욱 세찬 빛이 터져 나와 스바루의 몸을 휩쌌다.

우선순위가 틀렸다고 후회할 겨를도 없다. 다음 순간에는 세계가 사라졌다.

"에밀리아──!"

손을 뻗으며 외친다.

그러나 그 목소리는, 그 팔은, 쓰러진 그녀에게 닿지 못한 채로 허공을 가르고, 연결고리가 끊겼다.

"────."

한순간에 벌어진 일이었다. 빛이 가신 감각이 있어 스바루는 주변을 둘러봤다. 아무것도 보이지 않는다.

세계의 소실—— 아니, 너무 강한 빛을 뒤집어써서 시력을 일시적으로 상실한 것이다. 눈을 거듭 깜빡여 뿌옇던 시야가 서서히 윤곽을 드러내자 자연히 그 사실을 깨달았다.

단, 시력을 되찾아도 그 혼란이 수그러들지는 않았다.

왜냐하면——.

"——어디야, 여기."

스바루는 본디 있어야 할 용차의 차내가 아니라, 본 적도 없는 숲속에 홀로 서 있었다.


4


"——큭! 그런 소리나 할 때냐! 에밀리아는?!"

멍청히 있던 것도 잠시. 스바루는 주위를 둘러보며 필사적으로 상황 파악에 힘썼다.

주위, 오른쪽이나 왼쪽이나 있는 것은 깊은 숲속이 연상되는 나무뿐이다. 발밑에는 이끼 낀 풀들이 제멋대로 자라 있어 사람의 손길이 닿은 기척이 털끝만큼도 느껴지지 않았다.

"볼…… 꼬집어도 아파! 꿈이 아니란 말은…….."

스바루는 현실도피의 선택지를 지우고 자기 몸에 무슨 일이 일어났는지를 대략 이해했다.

손아귀에는 파란 휘석. 그것은 이미 직전까지 내던 강렬한 빛을 잃었지만, 상황과 무관할 턱이 없다. 아마도 스바루는 이 파란 휘석이 원인으로──.

"──공간전이였어. 베아트리스의, 『징검문』처럼."

원리는 알 수 없지만, 상당히 비슷한 술식에 따른 전이라고 추측했다. 그것은 베아트리스와 교류하며 여러 번 『징검문』을 건넌 체험의 산물이다.

문제는 전이의 이유와 목적, 그리고 분단된 에밀리아 일행과의 합류──.

"마지막에 에밀리아가 쓰러진 문제도 있어. 서둘러 돌아가야 돼……!"

스바루는 급히 생각을 정리하고 1순위 목적을 에밀리아 일행과의 합류로 정했다.

전이가 『징검문』과 비슷한 마법이라면 스바루가 날아간 거리는 썩 멀지 않다. 적어도 세계지도의 저편이란 일은 없을 것이다. 기껏해야 같은 숲 어디일까.

"베아트리스도 아람 마을로 날리는 게 한도야. 이런 돌멩이에 그렇게 먼 곳까지 날려버릴 힘이 있을 리 없지."

스바루는 그렇게 결론을 내리고 초조한 마음에 애를 태우며 손바닥의 휘석을 내려다봤다.

전이의 원인이 된 휘석이다. 한순간, 버릴지 말지 망설이다가 결국 버리지 않고 품속에 집어넣었다. 가지고 다니는 데에 위험성은 있지만, 내버린 다음에 필요해졌을 경우가 무섭다.

그리고 이 휘석을 준 프레데리카의 진의를 알 수 없다.

──이 전이와 프레데리카는 관계가 있는가, 없는가, 그것조차 알 수 없다.

"젠장! 고민은 나중에 하자. 하다못해 해가 있는 위치로 방위를 짐작……."

스바루는 쓸데없는 생각을 털어내고 조금이나마 합류할 가능성을 높이고자 머리를 굴렸다. 최소한 숲속에 트인 장소라도 찾으려고 발을 내딛으려다가──.

"……아?"

그 직후, 고개를 쳐든 스바루의 정면. 그곳에 나타난 인영과 눈이 마주쳤다.

"────."

감정이 없는 눈과 눈이 마주치고, 예상 밖의 충격에 스바루의 사고가 완전히 정지했다. 가령 상대에게 해칠 뜻이 있으면 그 반응은 치명적인 빈틈이 됐으리라.

하지만 다행히도 상대는 무반응. 그것은 스바루가 뒷걸음질쳐도 똑같았다.

"너……는?"

한 발짝 물러선 스바루의 시야에 상대의 온몸이 들어오고, 그것이 소녀임을 이해했다.

연홍색 머리카락을 길게 기른, 10대 초반으로 보이는 소녀다. 눈매가 날카롭고 콧날이 오똑한 이목구비. 피부는 만지면 허물어질 것만 같이 덧없는 백색이었다. 키는 스바루의 가슴 아래에 닿을 정도, 작은 몸에 하얀 관두의 같은 옷만을 걸치고 있었다.

인형—— 그것은 아름다운 용모가 아니라 그 분위기에 품은 감상이다. 무감정한 눈과 변화가 없는 표정, 흐릿한 존재감과 의지력. 모두 사람이라는 생각이 들지 않는 영역에 있다.

딱 하나, 소녀에게 의식을 강하게 이끄는 특징이 있었다. 그것은——.

"그, 긴 귀……. 혹시, 엘프?"

"————."

스바루의 물음에 소녀는 인형 같은 표정을 고수하며 아무 대답도 하지 않았다.

그러나 그 연홍색 머리카락에서 살그머니 엿보이는, 평범한 인간과 비교해서 아주 살짝 길고 뾰족한 귀의 존재는 틀림없이 스바루의 의문에 대한 긍정이었다.

에밀리아 말고 다른 엘프와 조우할 가능성. 그에 관해선 대화를 나눈 직후였다. 그 너무나도 빠른 실현에 스바루의 사고는 놀람과 혼란의 극치에 있었다. 따라서——.

"아……! 자, 잠깐! 어디 가!"

소녀가 유령이나 귀신 같은 움직임으로 등을 돌리고 갑자기 달렸다. 창졸간의 일이라 반응이 늦어진 스바루는 멀어지는 소녀를 황급히 쫓기 시작했다.

"기다려! 기다려 줘……! 너…… 당신은, 『성역』하고 무슨 관계가……!"

소녀는 우거진 나무 사이를 경쾌하게 날아가듯 달려 나갔다. 익숙하지 않은 험로를 필사적으로 쫓아가는 스바루는 병상에서 막 일어난 몸이기도 해서 빠르게도 숨이 차기 시작했다.

"젠, 장…… 젠장맞을!"

이 숲과 『성역』의 관계, 애당초 소녀의 정체──.

질문은 괜히 체력만 소비한다고 생각한 스바루는 이를 악물고 다리에 힘을 주었다.

그대로 달아나는 등을 열심히 쫓아가기를 몇 분. 난데없이 스바루의 시야가 트였다.

"──! 숲을, 빠져나왔……는데, 여긴 뭐야."

스바루는 탁 트인 공간에서 멈추고 거친 호흡을 반복하며 무릎을 굽혔다. 이마에서 흐르는 땀을 닦고 숨이 막혀 찌푸린 얼굴을 드니, 정면에 기묘한 건물이 있었다.

석재를 쌓아 세운 그것은 매우 원시적인 건축양식에 따른 유적이었다.

외관 대부분은 녹색 넝쿨과 이끼에 뒤덮여 약간 드러난 벽면은 금이 거하게 가 있다. 만들어진 것이 몇 년 전인지는 알 수 없지만 건물의 절반가량은 숲에 삼켜져 있다. 당초에는 숲에 묻혀 있지 않았다고 치면 세운 지 백 년은 족히 됐으리라.

고요한 숲의 공터에 호젓하게 서 있는 유적. 그것은 신전인가, 아니면──.

"느낌은 묘지 같군. 한순간, 피라미드 같다 싶었고……. 아니, 그게 아니지!"

스바루는 유적에 품은 감상을 내던지고 다급하게 자신이 쫓아왔던 소녀를 찾았다. 이곳은 소녀를 쫓아가다 온 것이다. 원래 목적은 어디까지나 소녀 본인.

　그러나 아무리 주변을 둘러봐도 있어야 할 소녀는 아무 데도 없었다. 기척, 잔향, 발자국 등의 흔적도 없다. 놓친 것은 불을 보듯 뻔했다.

　"최악이다……. 전이된 끝에 단서까지 달아나고……!"

　스바루는 거칠게 머리를 쥐어뜯고 자신의 실수에 진심으로 실망했다. 하지만 여기서 낙담하며 고개를 숙이고 있을 겨를은 없다. 단서가 될 소녀는 사라졌다고 쳐도.

　"이 유적에, 뭔가 있는 건 기대할 수…… 있나? 신전 같은 이 분위기, 『성역』이란 말의 어감에 가깝다고 말할 수 있을지도 몰라."

　다소 희망적인 관측을 섞으면서 스바루는 신중하게 유적 쪽으로 발길을 놀렸다. 접근해서 더욱 자세하게 관찰해 봐도 그 석조 건물에 대한 인상은 크게 바뀌지 않았다.

　사람의 기척도, 사람의 손을 탄 흔적도, 누군가가 살고 있는 분위기도 전혀 없다.

　"저기, 누구 없어? 여기가 『성역』이라면 누가 대답해 줘──!"

　유적과 주위 숲에 큰 소리로 외치지만 목소리는 허무하게 허공에 메아리칠 뿐이었다. 스바루는 바라던 반응이 없다는 사실에 탄식하면서 유적 주위를 빙 돌아보고──.

　"──입구, 있는데."

　유적 주위를 반 바퀴 돌았을 즈음, 스바루는 이끼로 덮인 계단을 발견했다. 그 계단을 미끄러지지 않게끔 조심해서 올라가

자, 그곳에서 구멍이 뻥 뚫린 어두컴컴한 공간── 유적 안으로 이어질 듯한 입구를 발견했다.

당연히 유적 내부에 조명은 없고, 입구에서 보이는 통로에는 암흑만이 깔려 있다. 조심조심 안에다 말을 걸어도 외롭게 울려 퍼지는 자기 목소리만이 들릴 뿐이었다.

분명히 말해서 좋은 예감은 전혀 들지 않는다. 호랑이 굴에 들어가야 호랑이를 잡을 수 있다고는 하지만.

"호랑이는 별로 원하지도 않는다고……. 하지만 아까 그 아이가 날 여기로 데려온 거라면, 맘대로 여기서 철수할 순 없겠지."

여기까지 와서 소녀와 유적의 관계성을 의심하지는 않았다. 휘석에 의한 전이와 소녀와도 관계가 있다면, 이 유적과『성역』도 관계가 있을 터다.

무엇보다 원래대로라면 휘석을 챙기고 온 에밀리아 본인이 전이했을 터──.

"그럼 에밀리아 대신에 내가 오는 건 예상 밖……. 뭐가 튀어나올지. 상대의 반응을 지켜봐 주마."

전이된 시점에서, 이미 스바루 일행의 대응은 한발 밀렸다. 에밀리아와 합류하는 것도 희망이 보이지 않는 이상, 상대의 초대에 응하는 게 상책이라고 스바루는 판단했다.

"────."

숨을 집어삼킨 스바루는 이를 꽉 물고, 유적 안으로 발을 내디뎠다.

오른손으로 벽을 짚은 것은 어둠 속에서도 길을 잃지 않으려는 방편이다. 손에서 드는 감촉은 돌벽을 만지는 것이 아니라 촘촘하게 깔린 가는 넝쿨을 더듬는 감각에 가까웠다. 원래 벽을 알 수 없을 만큼 넝쿨로 뒤덮인 통로는 흡사 생물의 혈관──이 유적 자체가 거대한 생물의 몸속에 들어온 게 아닐까 착각하게 하는 기묘한 분위기가 있었다.

"———."

컴컴한 어둠 속에서 들리는 것은 자신의 숨소리와 시끄러운 심장 고동, 그리고 발소리뿐이다.

조명이 없으면 시각은 상실되고 맑고 차가운 공기는 후각의 기능도 앗아간다. 정신이 청각에 강하게 의존하고 있으려니 어느덧 만지고 있던 벽의 감촉을 놓쳤다.

혀에 꺼슬거리는 것은 공기에 섞인 모래와 먼지의 감촉일까. 그걸 감지할 미각은 없고, 스바루의 의식은 더욱더 청각에 모든 것을 맡겼다. 발소리가, 심장 고동이, 숨소리만이 생명줄.

그것만이 세계와 자기 자신의 연결고리, 그것만이 영겁 속에 있지 않다는 증거──.

초조함이 늘어난다. 마음이 다급해진다. 영혼이 해방을 원해 날뛰기 시작한다.

자신이 어디에 있는지, 뭘 하고 있었는지, 누구를 찾고 있었는지 애매해진다.

그저 멈출 수 없다는 강박관념만이 있다. 포기하지 말라고 누군가가 끊임없이 호소하고 있다. 짊어진 짐의 무게에 이를 악물고 버티라고. 어느덧 의식은 혼탁해진다.

계속 울리는 목소리와, 손에 닿는 온기와, 바라던 소망이 뒤섞여서——.

"——그렇군. 그것이 네 욕망의 근간인가. 제법 흥미로운 사실인걸."

——어둠 속, 나츠키 스바루는 즐거워하는 『마녀』의 목소리를 들었다.

5

——그리고 이야기는 첫머리로 돌아와, 스바루는 언덕 위에서 마녀와 대치하고 있었다.

"————."

미풍이 뒷덜미를 간지럽혀 스바루는 등줄기에 흐르는 공포를 재확인했다. 등을 흠뻑 적시는 식은땀은 심상치 않으며 압도적인 압박감은 조금도 풀리지 않는다.

하얀 의자에 앉아, 그저 티컵을 기울이기만 하는 소녀—— 에키드나를 상대로.

"그렇게 경계하면 마음이 아파. 이래 보여도 귀엽고 어여쁜 처자거든?"

"……미안한데, 만나자마자 『탐욕의 마녀』라고 자칭한 상대를 경계하지 말라는 건 말도 안 돼."

"하긴. 그건 맞는 말이군. 이건 또 내 과실이었어."

에키드나는 입가에 손등을 대고 쿡쿡 즐겁게 웃고 있다. 그런 아무렇지도 않은 소녀의 모습에 스바루는 언제든 뛰어나갈 준비를 빼먹지 않았다. 땀에 축축하게 젖은 손바닥을 오므렸다 펴기를 반복하며, 즉각 상대를 억누를 준비도 만반이다.

문제는 아마도 양쪽 다 에키드나 앞에서는 소용없는 준비일 거라는 점.

"묻고 싶은 게 무척 많다. 그러나 무슨 말로 역린을 건드릴지 알 수 없다. 그러므로 말없이 상대가 어떻게 나올지 살피고 있다. ……모이를 바라는 아기 새 같은 태도인걸."

"――――."

"무시라. 이거야 원, 본격적으로 상처를 받기 시작했어. 보는 바대로 난 일개 가냘픈 소녀에 불과해. 사내아이가 그런 눈으로 보는데 아무 생각도 없을 리 없다고."

"네가 머릿속에서 생각하는 소녀는 『소녀』<sup>사망 플래그</sup>라고 써? 미리 말하겠는데, 아까부터 내 안에 있는 위험 경계 센서의 반응이 심상치 않거든?"

이 세계에 온 이래로, 수도 없이 맛본 『죽음』의 체험에서 싹튼 위험에 대한 후각이다. 그런 데에 비해서 사망 횟수는 당최 줄지 않지만, 의식만은 항상 가지고 있다.

그에 따르면 이 소녀의 위험도는 백경과 『나태』에 필적―― 아니, 그 이상이다.

"네가 경계하는 것은 당연하지만, 네 소심함은 내가 어떻게 할 수도 없군. 하다못해 차가 식기 전에 자리에 앉아 주기를 바라는 바야."

그렇게 말한 에키드나는 자기 자리의 맞은편에 있는 빈자리를 스바루에게 권했다. 하얀 테이블을 사이에 둔 빈자리에는 아마 스바루를 위해서 탔을 차가 김을 내고 있었다.

자리에 앉아 차나 마시면서 나와 이야기하라──. 그것이 에키드나의 요구다.

거절해 봤자 사태에 진전은 없다. 그렇기는커녕 악화할 가능성이 크다. 스바루에게는 선택지가 없는 거나 마찬가지인 상태였다.

"한 가지만 묻자. ……난, 깜깜한 유적 안에 있었을 텐데. 이곳은 어디고, 어느 틈에 날 전이시킨 거지?"

"전이……. 아아, 음(陰) 마법의? 안타깝지만 그건 네 착각이야. 너는 육체적인 공간 이동을 체험한 것이 아니야. 너는 내 성의 다과회에 초대받았을 뿐이지."

"너의 성? 다과회……?"

스바루는 에키드나의 말에 눈썹을 모으고 새삼 언덕 주변에 눈길을 돌렸다.

바람에 살랑거리는 초원은 언덕을 중심으로 한없이 어디까지나 펼쳐져 있다. 사방, 지평선 저편까지 아무것도 막힘이 없는 세상은 개방감으로 가득해 아예 환상적일 정도였다.

그 희박한 현실감이 전이가 아니라는 에키드나의 발언에 설득력을 얹어 주었다.

"근데, 성은 없잖아. 네 영지, 담보로 잡혀서 의자와 테이블 말고 다 빼앗긴 거야?"

"후후훗. 넌 재미있는데. 날 앞에 두고 그만큼 입을 놀린 건 같은 마녀를 제외하면 헤아릴 수 있을 정도밖에 없어. 설마 사후에 그 숫자가 늘 줄은 몰랐군."

넉살에 웃고 손가락을 꼽으며 기억을 헤아리는 에키드나는 스바루의 대답에 흡족해했다.

그 모습, 그리고 무시할 수 없는 『사후』라는 말에 스바루는 얼굴을 찡그렸다.

애초에 자칭한 직함이 직함이다. 지금의 초상적인 상황과 맞추어 에키드나의 정체와 힘을 의심할 요소는 하나도 없을 것이다.

"아아, 제길! 알았어, 알았다고! 앉으면 되잖아! 차도 마셔 줄게!"

앞뒤가 꽉 막혀서, 스바루는 자포자기한 듯 에키드나의 맞은편 자리에 앉았다. 그리고 김이 모락모락 나는 잔을 낚아채듯 빼앗아 단숨에 내용물을 비웠다.

물도, 차도, 홍차도 아닌, 기이한 맛이 나는 음료다. 불쾌하지는 않다.

스바루의 그 막무가내식 행동에, 에키드나는 처음으로 놀란 듯이 눈이 동그래졌다.

"마녀가 내민 것을 단숨에 다 마시다니, 퍽 용감한걸."

"핫. 이제 와서 겁먹는다고 뭐가 되겠어. 애당초 네가 날 죽이자고 마음먹으면 다음 순간에는 숯덩이 아니야? 차 한 잔 가지고 경계할까 봐서?"

미소를 짓는 에키드나에게 손을 내저은 스바루는 "잘 마셨어." 하고 잔을 내려놓았다.

"맛있지도 맛없지도 않은데, 이거 뭔 차였어?"

"내 성에서 생성한 것이니까. 굳이 말하자면 내 체액이지."

"넌 대체 뭘 먹이고 앉은 거야?!"

스바루는 의자를 걷어차고 일어나 방금 마신 액체를 토하고자 무릎을 꿇고 여러 번 헛구역질했다. 스바루의 호들갑스러운 반응에 에키드나는 쿡쿡 웃었다.

"섭섭하군. 내 외모는 썩 나쁘지 않다고 여기고 있다만."

"아무리 미소녀의 체액이라도 각오하지 않고 마시는 건 싫다고! 아니 그보다 각오하더라도 체액이란 단어가 붙는 것을 마실 수 있겠냐! 내 성적 취향은 노멀해!"

침이나 땀 같은 분비물에 흥분하는 성질은 없다, 고 생각한다.

그것이 에밀리아나 렘의 것이라면, 하는 생각이 없지만도 않은 자기 자신을 옆으로 치우고.

"제길, 못 토하겠다……! 이봐, 몸에 안 좋다거나 그런 건 아니지?!"

"안심하는 게 어때? 한없이 몸에 흡수되기 쉬워. 어쨌든 체액이니 말이야."

"딱히 절묘한 말 아니거든, 그 얼굴 관둬!"

어째서인지 으스대는 에키드나의 태도에 스바루는 진저리를 쳤다. 그러자 그때까지 유지되던 긴장이 흐려진다. 되레 정색하며 대응하던 감이 있던 스바루에게 에키드나는 "그건 그렇고." 하고 말을 이었다.

"역시 넌 신기한 인물이군. 이렇게 아무렇지도 않게 내 앞에 있을 수 있는 게 그 증거야."

"뭐가 말인데. 자기가 완전 미소녀라서 보통은 상대의 눈이 먼다는 거야? 미리 말하겠는데 말이다. 난 내가 생각하는 최고의 미소녀로 항상 눈요기하고 있다고. 그래서 널 봐도 딱히 무지 귀엽다고 생각하는 횟수는 적어."

"아니, 보통 사람은 내 앞에 서면 토하거든. 재미있지?"

"하나도 재미없거든?!"

아까부터 불안해지는 말밖에 튀어나오지 않는 대화에 스바루는 심신 모두 피로를 느끼고 자리에 체중을 실었다. 그리고 다시 눈앞에 있는 마녀의 모습을 봤다.

색이 빠져나간 하얀 머리카락에, 상복처럼 검은 의상. 어딘가 위태위태하게 어린 면을 남긴 그 용모에는 기이한 요염함이 있어, 보는 사람의 마음이 술렁이는 미모임은 확실하다.

다만 역시 결코 흐려지지 않는 압박감이 그 존재를 평범한 사람과 동떨어지게 했다.

"자, 이렇게 이야기를 나누는 것만 해도 내게는 신선한 기쁨이지만, 너는 그럴 수도 없을 테지? 묻고 싶은 게 있지 않고?"

"……그래, 그렇다고! 분위기에 휩쓸렸지만, 그 말이 맞아.

너는…… 아니, 그 이전에 여기는 어디야? 난 묘한 유적에 있었을 텐데. 왜 네 성에?"

전이를 계기로, 스바루는 유적에서 『성역』의 단서를 찾아 움직였다. 그게 어떻게 굴러가야 에키드나의 성——『탐욕』의 마녀가 기거하는 영역에 흘러드는가.

"애당초…… 넌 정말로 마녀가 맞아? 들은 얘기로는, 이 세계의 마녀는 질투의 마녀 말고 전부 그 마녀에게 살해당했더라는 말이……."

"그 의문도, 그 인식도, 다 틀리지 않았어. 『질투』를 제외한 여섯 마녀는 사멸당했고, 그건 나도 예외가 아니지. 다만 이곳은 내 묘소라서."

"묘소……. 네, 무덤 속?"

담담한 에키드나의 대답에 스바루는 유적에 들어오기 전에 품은 감각—— 건물의 엄숙한 분위기에 신전이나 무덤 같은 이미지를 느낀 기억을 떠올렸다.

그 느낌은 옳았다. 유적은 진짜 무덤이었다. 단, 마녀의 무덤이다.

"이곳은 사후에 내 영혼이 갇힌 마녀의 묘소. 너는 육체가 아니라 정신이 이 성에 초대받았지. 말하자면, 이곳은 내 꿈속이야."

"정신만 오는 게 가능해? 내 몸은 밖에서 자고 있단 소리?"

"왜 불가능하지? 넌 이곳과 비슷한 공간을 알지 않나?"

"————."

스바루는 에키드나의 추궁에 숨을 죽이고, 그런 자신의 반응을 의아하게 여겼다.

　짚이는 구석은 없다. 그런데도 왜, 자신의 마음은 기묘한 망설임을 느낀 것인가.

　"……무슨 말인지 모르겠는데. 하지만 네가 하는 말도 틀리지 않아."

　에키드나의 말은 거짓말이 아니다. 그러나 스바루의 대답 또한 속이지는 않았다.

　이곳이 꿈속이라고 들었을 때, 스바루는 놀라면서도 납득했다. 이 세계에서 드는 인상을 이미 알고 있다고, 마음만은 이해한 것처럼.

　어째서 그렇게 생각하는지, 그 이유는 기억 어디에서도 찾을 수 없지만.

　"이곳이 꿈속, 네 무덤이란 건 일단 알겠어. 그럼 어떡해야 나갈 수 있지?"

　"꿈에서 깨는 방법은 간단하지. 깨라고 강하게 마음을 먹거나, 밖에서 깨우거나. 그러나 이곳은 특수한 꿈속이야. 내가 깨우려고 마음먹지 않으면 깨지 못할지도 모르겠군."

　"──큭! 그럼, 설마 너……!"

　스바루는 무감정한 에키드나의 발언에 전율하고 눈빛이 날카로워졌다.

　꿈속, 마녀의 성이라는 말이 돌연 무거워졌다. 이곳에 갇힌 게 스바루의 정신이라면, 스바루의 육체와 영혼은 그녀의 손바닥 위에 있다.

"나를, 밖에 보내지 않을 속셈인가……?"

"아니, 딱히. 돌아가고 싶으면 돌려보내 주겠는데? 왜냐면 내가 부른 게 아니라, 네가 맘대로 들어왔을 뿐이고."

"넌 내 긴장감 어떻게 할 거야? 시리어스 씨가 죽었잖아."

"시리어스 씨는 너와 달라서 내 앞에 서지 못해서 말이야. 나무 뒤에서 토하고 있는 거 아니야?"

선뜻 내뱉는 에키드나의 독설에 힘이 빠진 스바루는 완전히 페이스가 흐트러졌다. 결국 그녀는 뭘 하고 싶어서 스바루를 대접하고 있는 걸까.

아니면 정말로 마녀는 그저 방문한 손님을 응대해 주고 있을 뿐인가──.

"부른 건 네가 아니라고 했지. 즉, 밖에 있던 엘프와 넌 관계가 없다는 뜻이야? ……이 돌하고도."

품속을 뒤지니 스바루의 손에는 그 파란 휘석이 있었다. 정신만 불렸다는 말에 소지품이 있을지 불안감은 있었지만, 가지고 있던 물건은 그대로 반입된 모양이다.

단, 에키드나는 스바루의 말에 테이블에 한쪽 팔꿈치를 대더니,

"아쉽게도 혈색은 좋지만 난 죽은 사람이라서. 묘소 밖에서 일어나는 일은 잘 몰라. 그러니 네가 말하는 엘프와도, 그 파란 휘석과도 관계가 없어. 만족했을까?"

"수수께끼가 수수께끼로 남은 데에는 불만족. 물어볼 것은 대충 그런 것밖에 없어."

휘석을 도로 품속에 넣은 스바루는 에키드나의 대답에 고개를 끄덕이고 일어났다. 휘석 전이 사건에 마녀가 관여했는지, 그 진위를 알 수 없지만, 이곳에 오래 있을 이유는 없어졌다.

스바루의 1순위 목적, 에밀리아와의 합류는 여기서 차나 마시며 수다나 떨어 봤자 이룰 수 없다.

"아무튼 돌아갈 수 있다면 돌려보내 줘. 밖에서 놓친 애가 엄청 걱정되거든. 네 체액을 마시고 있을 짬이 있으면 1초라도 빨리 합류하고 싶다."

"그건 상관없지만, 넌 그래도 되겠어?"

"뭐가 말인데."

"내 다과회를 퇴석해도, 말이야. ──탐욕의 마녀에게 이야기를 들을 수 있는 기회는 너 말고 누가 원해도 썩 얻을 수 있는 것도 아니건만."

말을 듣고 나서야 스바루는 비로소 알아챘다.

이 자리에 불린 이래로, 사라지지 않고 마냥 맛보고 있던 기묘한 압박감── 에키드나의 존재에서 느끼던 위화감의 정체를.

"──────."

에키드나의, 끝이 보이지 않는 깊고 검은 눈동자가, 마치 스바루의 모든 것을 알아내겠다는 듯이 요사하게 빛나고 있다.

──위화감의 정체. 그것은 끝이 없는 에키드나의 호기심.

눈앞의 존재를 흥미롭게 관찰하는 마녀의 시선이 압박감의 정체였던 것이다.

"넌, 뭐지? ······내가 알고 싶은, 답을 알아?"

"내게 감히 지식의 유무를 묻는군. ——역시 넌 재미있는 존재야."

스바루는 급속하게 메마른 입을 움직여 쥐어짜듯이 물음을 던졌다. 그 말에 에키드나는 쿡쿡 웃고, 여태까지 이상의 압박감이 스바루의 온몸을 옭아매었다.

"문답을 주고받는 데에 필요한 것은 쌍방의 존재뿐. 괜한 낭비는 덜기로 하지."

그 즉시 대기가 일그러지고, 푸른 하늘이 펼쳐져 있던 초원의 풍경이 갑자기 무너지기 시작했다. 하늘은 갈라지고 초원은 용해되어 지평선 너머의 세상이 산산이 바스러진다.

소리도 없이 붕괴하는 세상에서, 스바루는 유일하게 확고한 존재에 매달리려고 테이블에 접촉했다. 그 테이블도 모래처럼 허물어지고, 스바루는 존재하지 않는 진동을 느껴 눈을 감았다.

"말만 있으면 돼. 너의 알고 싶다는 욕망을, 호기심을—— 탐욕을, 나는 긍정하겠다."

그리고 정신이 드니 꿈의 성에는 언덕만이, 두 사람을 위한 의자만이 남아 있다.

조심스럽게 눈을 뜨자, 스바루는 맞은편 의자에 앉아 있는 마녀의 모습을 봤다. 세상에서는 그녀와 하얀 의자 말고 모든 군더더기가 제거됐다. 사라진 초원에는 어둡고 탁한 어둠만이 펼쳐져서, 떨어졌다간 돌아올 수 없다는 확신만이 있었다.

그 사실에 등줄기가 얼어붙은 스바루. 흥이 오른 에키드나는 즐거운 듯이 손뼉을 쳤다.

"자, 넌 무엇을 듣고 싶지? 기아로부터 세계를 구하기 위해, 천명(天命)과 다른 짐승을 창조한『폭식의 마녀』다프네를? 세계를 사랑으로 채우자고, 사람 아닌 존재들에게 감정을 선사한『색욕의 마녀』카밀라를? 다툼으로 가득한 세계를 한탄하면서, 모든 사람들을 때려 치유한『분노의 마녀』미네르바를? 안식을 가져오기 위해 대폭포 저편으로 용을 쫓아낸『나태의 마녀』세크메트를? 어린 까닭에 천진함과 무자비로 끝없이 죄인을 심판한『오만의 마녀』튀폰을?"

들은 적이 없는── 아니, 현재의 세계에는 기록이 없는, 사라졌던 역사의 잔해.

잇따라 언급되는 마녀의 이름에 말을 못하는 스바루. 에키드나는 여전히 웃으며 말을 이었다.

"모든 이치를 꿰뚫어 보는 지혜를 갈구해, 죽은 뒤에도 세계에 미련을 남긴 지식욕의 화신,『탐욕의 마녀』에키드나를?"

자기 가슴에 손을 얹으며 자조하듯 말한 그녀는 "그리고."라고 말을 잇는다.

"──그 모든 마녀를 멸하고, 자신의 양식으로 삼아 세계를 적으로 돌린『질투의 마녀』. 그 저주스러운 마녀를?"

6

강렬한『죽음』의 기운이, 나츠키 스바루의 눈앞에서 소녀의 형상으로 버티고 앉았다.

본인이 마녀인 까닭을 증명한 에키드나의 모습에 스바루는 절망적으로 이해했다. 이만큼 단절된 존재라면, 상대가 품은 적의의 유무는 관계없다.

　진정으로 도망칠 수 없는 공포를 앞에 두면, 인간의 감정 따위는 봉인되기 마련인 법이다.

　"실수했군. 너무 겁을 준 것 같아. 옛날부터 나는 흥이 오르면 아무래도 입이 너무 가벼워져. 성가시기도 하지, 마녀의 성질이란."

　스바루가 입을 다물자 앉아 있던 에키드나는 반성의 말을 입에 담았다. 그러나 그 반성은 아무 변화도 부르지 못한다. 두 사람 사이에 가로놓인 단절은 여전히 절대적이다.

　깨닫기 전까지는 무의식중에 무시할 수 있었던 압박감의 정체, 그것은 다시는 걷히지 않으리라.

　"——그 인식은 서운한데. 하지만 곧 익숙해지기 시작할 거야. 그러면 내 얼굴을 직시할 수 없는 상황도 조금은 바뀔 거라고 기대하고 싶다만."

　절대적인 단절. 존재로서의 벽. 그것은 변할 리 없는 섭리다.

　에키드나의 기묘한 발언에 스바루는 몸이 얼어붙는 공포를 맛보면서 얼굴을 찌푸렸다. 하지만 이해하지 못한 기색을 드러낸 스바루에게, 에키드나는 검은 눈에 기대를 담고 갸웃거렸다.

　하얗고 색소가 없는, 아름다운 머리카락이 그녀의 어깨에서 흘러내렸다. 그 모습을 보면서 스바루는 영겁처럼 느껴지는 고행의 시간을 거치고—— 그것이 느닷없이 끝났다.

"——허, 어?"

"응. 생각보다 빨랐군. 역시 적합자는 적응이 빨라. 다행인걸."

"무슨, 소리를…… 하는, 거야."

만족스럽게 끄덕거리는 에키드나. 그 미소에 스바루는 비지땀을 흘리면서 가슴을 잡았다. 심장은 잊고 있던 박동을 떠올린 듯이 세차게 뛰고, 손발은 저리는 듯한 아픔을 호소했다.

그러나 조금 전전까지 공포에 얽매였던 경직은 풀렸다. 마치 마법처럼.

"차를 마셨잖아? 그걸로 마녀인자에 시동을 걸어 네 저항력을 강하게 했지. 이로써 나와도 대화를 할 수 있어. 거참, 피차 좋은 일 아닌가?"

"잠깐잠깐잠깐만……. 들은 적 있는 단어지만, 못 들은 척은 못 하겠어. 아까 그거, 네 체액이 무슨 작용을 했다고? 내 몸에, 무슨 짓을 했지?"

"오해하지 말았으면 좋겠는데, 난 네게 나쁜 짓을 하려고 차를 먹인 게 아니야. 오히려 난 네 존재에 호감이 가. ……좀 부끄러운걸."

희미하게 뺨을 붉히는 것이, 에키드나는 호의를 입에 올린 것에 수줍음을 느낀 듯했다. 하지만 지금의 스바루에게 그 반응은 영 거북했다. 원하는 것은 그 진의다.

"요 며칠 사이에 너는 마녀인자를 가진 이를 죽였겠지? 그가 죽었을 때, 마녀인자는 새로운 그릇으로 너를 택했어. 묘소에 들어와서 무사한 것도 그 덕분이지."

"이 꿈의 성에 불리는 조건이 마녀인자……라는 뜻이야?"

"아니지. 어디까지나 묘소에 들어올 수 있는 자격이 있는 자일뿐. 넌 예외 중의 예외야. 애초에 넌 절차를 꽤 건너뛰고 이곳에 온 모양이더군. ——본래라면 알고 있어야 할 것을 너무나 몰라. 나에 관해서도, 묘소에 관해서도, 성역에 관해서도."

"——! 너, 성역에 대해 알아?!"

튀어나온 단어에 반응한 스바루는 에키드나에게 다가가 그 어깨를 잡았다. 여린 어깨를 만진 스바루가 얼굴을 들이대자 아름다운 마녀는 시선을 피하고 말했다.

"……넌 용감한 건지 대담한 건지, 경험이 적은 나는 판단할 수가 없군."

"얼버무리지 마! 네가 『성역』에 대해 알고 있다면 말하기 편하지! 이곳은…… 아니, 이 밖이지. 유적 밖 숲에 대해서 알아? 그곳은 성역이라고 생각해도 되는 거야?"

"야박한걸. 하지만 질문받은 이상은 대답하지. ——그렇고말고. 네 바람대로, 유적의 밖은 성역이다. 정확히는 이 묘소를 지키기 위한 장소가 『성역』이라고 불리고 있지."

"그렇다면……!"

꿈의 성을 나가서 유적을 뛰쳐나가고, 숲을 뛰어다니면 에밀리아 일행과 합류할 수 있다. 꼭 에밀리아만이 아니어도 『성역』에 있는 주민과 합류할 수 있으면 조난 상태에서는 벗어날 수 있을 것이다.

그렇게 되면 역시 스바루를 이곳으로 인도한 엘프는 성역의 주민이었을까.

"갑자기 밖으로 나가고 싶은 욕망이 늘었다. 너한테 말하면 내보내 주는 거지?"

"어? 아아, 그건 보증해. ……보증은 하지만, 이대로 뛰쳐나가면 그건 무척 서운한데. 저기, 나한테 묻고 싶은 건 없나?"

"미안하지만 지금은 너랑 대화하는 것보다 밖에 있을 에밀리아와 합류하고 싶어. 그리고……."

불만스럽게 눈썹을 찌푸린 에키드나. 그녀의 말에 스바루는 코끝을 긁고 말을 이었다.

"너, 바깥은 잘 모르는 거지? 꽤 화려하게 연출해 줬는데 뭐하지만, 그러면 내가 너한테 묻고 싶은 건 솔직히 없다 싶어서……."

"……엑? 농담이지? 그럴 리 없어. 봐, 난 탐욕의 마녀라고? 온 세상의 모든 인간이, 기사가, 권력자가, 내 지식에 매달리려고 이 몸을 갈구해 왔어. 그런 나를 앞에 두고 자유로운 질문을 허락해 주었는데 그러는 거야?"

예상 밖의 대답이 날아와 에키드나의 표정이 처음으로 명확하게 무너졌다. 마녀는 손을 이리저리 흔들고 어떻게든 스바루를 잡아두려고 열심히 말했다.

"진정하고 대화를 나누자. 그야 난 지금 시대 사정에 어두울지도 모르지. 하지만 대신에 과거 시대에 모르는 게 없을 정도의 지식량을 자랑해. 400년에 걸쳐 풍화한, 누구의 기억에도 남지 않은 역사의 진실……. 넌 그것을 알 기회를 얻은 거야."

"근데 난 마녀는 별로 관심 없어서. 들어도 모두 고인이라 하고, 고민해야 할 게 무지 많아서 딱히……."

"에에에엑……!"

본격적으로 작별을 고하는 흐름에 들어가, 에키드나는 만족스럽지 못해 울상을 짓고 있다. 완전히 입장이 역전되어서, 스바루는 아까 느낀 마녀의 압박감에 헛물 켠 감각이었다.

이렇게 되어선 『탐욕의 마녀』의 체면도 엉망. 악의만 없으면 단순한 소녀가 아닌가.

알고 싶은 정보가 전혀 없는 것은 아니다. 그녀가 말한 마녀인 자에 관해서, 혹은 묘소를 지키는 역할을 가진 『성역』이란. 혹은, 혹은, 혹은———.

"———예를 들면, 그 뭐냐. 너, 마녀교의 대죄주교를 잘 알아?"

"대죄주교? 흠. 미안하지만 모르는 말인걸. 자세히 얘기해 주겠어?"

"완전히 입장이 역전됐잖아……. 뭐, 모른다면 됐다."

갸우뚱하는 에키드나의 태도에 스바루는 웃음을 띠고——— 가슴의 통증을 숨겼다.

"———아아, 됐어."

기대는 있었다. 하지만 그건 선뜻 배신당했다. 그러니 더 이상 이곳에 용무는 없다.

대죄주교에 무지하다면 그 권능에 관해서도, 피해에도 대책은 없을 터다.

———그녀는 렘을 구원할 방도를 모르니까.

"이만 밖으로 내보내 줘. 너랑 차나 마시며 수다를 떠는 건 다음 기회에 할 테니까."

"죽은 자에게, 그것도 마녀에게, 그렇게 쉬운 일처럼 약속을 잡는 건가……."

탈출을 서두르는 스바루의 말에 에키드나는 독기가 말끔히 빠진 얼굴로 탄식했다. 그러고 나서 그녀가 체념한 기색으로 팔을 휘두르자, 스바루는 등 뒤로 바람을 느꼈다.

뒤돌아보니 무너진 하늘과 바닥이 없는 어둠 속 세계에 문 한 짝이 출현했다.

"문을 지나면 넌 밖에서 깨어날 거야. 나 원, 이런 다과회는 처음 겪어."

"대접해 주는데 어울리지 못해서 미안하다. 내친김에 이 유적…… 묘소를 나가서 어느 쪽으로 가면 성역의 주민이 있는지 물어봐도 돼?"

"말했을 텐데. 바깥 사정은 잘 몰라. 그러니 당연히 촌락이 어디 있는지도 모르지."

"아예 상쾌할 만큼 척척박사 캐릭터 실격이군, 너……."

앙갚음할 셈인지 평범하게 도드라진 가슴을 펴는 에키드나의 말에 스바루는 어깨를 축 늘어뜨렸다. 그리고 그녀에게 손을 흔들고 이별의 말을 전한 뒤 퇴석하려고 했다.

처음에는 극심하게 경계했지만, 이로써 예상 밖으로 마녀의 다과회도 온당하게 끝을——.

"——자, 마녀의 다과회에서 돌아가는 것이니까. 끝으로 대가를 받아갈까."

마지막에 가서 날아온, 온당하지 못한 요구.

스바루는 그 말에 지독하게 마음을 쥐어뜯는 공포를 느끼고, 고개만 돌려 뒤돌아봤다.

에키드나는, 마녀는 고요히 악의 없이, 그저 상냥하게 미소 짓고 있어서——.

"……말해두지만, 난 만부부당의 알거지다."

"마녀의 대가다. 금전이 아니야. 내가 네게 바라는 건 서약이겠군. 이 다과회에서 있던 일의 발설 금지, 그게 조건이다. 비슷한 계약에 속박된 너라면 쉽겠지?"

"비슷한, 계약……."

보고 들은 사실의 발설 금지. 에키드나가 거론한 그것은 마치 ——『사망귀환』의.

"다과회 초대, 마녀인자의 정착. 흥미로운 너와 알게 된 행운을 감안하면 나도 얻은 게 많아. 그래, 마지막으로 선물이라도 들려서 보내주지."

백발을 쓸어 넘기며 일어난 에키드나가 그 하얀 손가락을 스바루의 가슴으로 뻗었다. 그 느릿한 움직임을, 스바루는 왠지 꿈쩍도 하지 못하고 두고 보기만 했다.

거부할 수도, 뿌리칠 수도 없다. 그것은 기묘할 만큼 매끄럽게 파고들어서.

"네게, 이 『성역』의 시련에 도전할 자격을 주겠어."

"성역의…… 시련?"

"지금은 아직 알지 못해도, 이 장소에 대해 알면 그 가치를 깨달을 거야. 그렇게 됐을 때, 네가 내게 무슨 감정을 품을지……그건 참으로 멋진 기대감인걸."

에키드나는 가슴을 건드린 손가락을 거두고, 그 손끝을 자신의 혀로 살그머니 핥았다. 그 동작이 오싹할 만큼 요염해서 스바루는 그녀의 마녀성을 재확인했다.

아무리 친밀하게 행동하며 소녀 같은 얼굴로 웃어도, 눈앞에 있는 것은——.

"너, 역시, 마녀로군."

"——암, 그렇고말고. 난 아주 못된 마법사인걸?"

그런 말과 함께 에키드나는 손가락으로 스바루의 이마를 가볍게 눌렀다.

등부터 넘어가듯이, 스바루는 뒤로 물러나다가 다음 순간에 열린 문에 빨려들었다.

"————."

떨어진다. 어둠 속으로. 사라진다. 빛 속으로.

꿈에서 튕겨 나가고, 나츠키 스바루의 존재가 부상하여——의식이, 밖에서 각성했다.


7


눈을 뜬 순간, 스바루가 처음으로 느낀 것은 이마에 닿는 딱딱하고 까칠까칠한 감촉이었다.

"……아, 으."

스바루는 잠이 덜 깬 듯한 목소리로 신음하며 자신이 엎어져 있음을 깨달았다. 몇 번쯤 반복해서 눈을 깜빡여 의식과 시야에 현실을 주입하고, 몇 초에 걸쳐 제정신을 차린다.

땅바닥에 팔을 짚고 느릿하게 몸을 일으키니——.

"여기는…… 어으, 음……?"

스바루는 뺨에 묻은 흙먼지를 손가락으로 떼어내고 어둠 속에 시력을 집중했다. 보니까 스바루가 쓰러져 있던 곳은 오랜 유적의 통로—— 들어가서 불과 10미터쯤 되는 지점이었다.

등 뒤에는 유적의 입구가 있고 그쪽에서 햇빛이 들어오고 있다. 덕분에 탈출은 힘들지 않지만 참으로 허술한 유적 탐색이다.

"좌우간 밖으로 나가야지. 에밀리아랑, 합류하자……."

무거운 머리를 내젓고 벽에다 손을 짚으면서 휘청휘청 일어선다. 이 유적에 용무는 없다. 『성역』은 밖에 있다. 놓치고 만 에밀리아 일행과 합류하는 길도, 밖에서 찾아야 한다.

왜, 그런 확신이 있는지 영 확실하지 않지만——.

"왠지, 누구한테 들은 것 같은데……."

"——여어. 그런 데서 당당하게, 아주 배짱 두둑하잖아, 외지인."

"아……?"

고민도 어정쩡한 채로 유적 밖으로 나와 빛에 눈을 가늘게 뜬 순간, 목소리가 들렸다.

암흑에 익숙해진 시야가 뿌옇다. 그 초점이 느릿하게 맞추어지니 스바루는 유적의 약간 높은 곳에서 그 주변의 경치를 내려다보고 있었다.

——유적 앞에 있는 용차 한 대와 그 차부석에서 처량한 표정을 지은 청년의 모습도.

"나, 나츠키 씨이……."

"오토? 너, 이런 곳에서 뭘 하고…… 아니, 그보다 에밀리아는?!"

"용차 안에 있어요! 그, 그 일이 있고 나서 난리도 아니었다고요! 전, 저는……!"

생각지도 못한 재회에 스바루가 언성을 높이니 오토는 그 이상의 목소리로 덩달아 소리쳤다.

그러나 덕분에 에밀리아의 존재를 확인할 수 있어 스바루는 안도감에 어깨를 늘어뜨렸다. 오토는 여전히 뭔가 호소하고 있었지만 일단 지금은 뒷전. 문제는——.

"——시끄런 형씨보다 내 볼일이 먼저 아니냐."

용차 바로 옆에 선 인영이 물어뜯는 듯한 목소리로 스바루에게 말했다. 스바루는 그 목소리의 주인을 돌아보고 어깨를 으쓱였다.

"우연이군. 나도 같은 생각 했었지."

"핫! 그건 말이 쉽겠어! 『생각하기보다 간그리온』이구만."

"간그리…… 엉?"

오가는 말에 섞인 의문의 관용구. 그 말에 눈썹을 모은 스바루 앞에서 상대는 한 발짝 앞으로 나섰다.

막되어 먹은 말씨에 적의가 어린 눈빛. 상대의 겉모습은 그 사나운 인상을 배신하지 않았다.

곤두선 짧은 금발. 이마에는 눈에 띄는 하얀 흉터. 날카로운 녹색 두 눈은 사나우며, 야만인이라는 소리가 절로 나오게 넝마를 걸쳤다. 구부정한 몸은 남자치고는 작지만, 덩치가 작다고 타인이 얕잡아 보지 못할 만큼 농밀한 패기를 온몸에서 흘리고 있었다.

그리고 무엇보다 그 인물의 특징으로 뗄 수 없는 개성이 한 가지 있다. 그것은——.

"쫄지 마, 짜샤. 확실히 니들은 재수가 없어. 누가 뭐래도 들어가면 안 될 곳에 들어간 끝에, 요렇게 이 어르신한테 딱 걸렸으니 말이야!"

말하면서, 남자는 눈을 가늘게 뜨고—— 아주 특징적인, 날카로운 송곳니를 입에서 한가득 드러내며 웃었다.

지극히 최근, 스바루는 그 방면의 웃음에 기시감이 있었다.

"니가 재수 없는 거나 실컷 원망해라. 『오른쪽으로 왼쪽으로 흐르는 바조마조』 같이 되셔!"

"잠깐! 너, 우리 얘기를…….."

"『벗겨도 벗겨도 카를란의 파란 피부』…… 안 들린다고!"

제지하는 목소리에 귀도 기울이지 않는다. 이를 드러낸 남자가 발을 내디디고, 다음 순간에 모습이 사라졌다.

충격에 스바루가 숨을 집어삼켰다. 정신이 든 순간에는 목덜미를 채인 감촉이 왔다. 놀라서 옆을 보니, 단숨에 접근한 남자의 사나운 눈빛이 지척에 있으며── 다리가 떠 있었다.

"으, 억──!"

시야가 거꾸로 뒤집히고 강렬한 부유감을 맛보며 던져진 것을 이해했다. 스바루는 그대로 힘차게 용차를 향해 일직선으로 날아갔다. 이대로 차체와 격돌하면 크든 작든 부상은 모면할 수 없겠지만──.

"세상에──?!" "어, 후──!"

경악한 목소리는 스바루가 아니라, 얼굴을 손으로 가리고 손가락 틈으로 보고 있던 오토가 지른 것이었다.

손쓸 방도도 없이 용차에 충돌해 온몸의 뼈가 부서질 줄 알았던 스바루. 그러나 그것은 기적 같은 우연── 아니 필연적인 대응으로 가까스로 구원받았다.

"파트라슈 양 정말 대단해!"

오토의 칭찬에 칠흑의 지룡이 울부짖어 공적을 과시했다.

용차에 격돌할 스바루를 구원한 것은 다름 아닌 파트라슈의 적절한 판단이었다. 지룡은 자신이 끄는 용차를 교묘하게 움직여 스바루가 부딪힐 부분을 문으로 맞추었다. 그 결과, 문을 뚫고 객차에 들어간 스바루를 좌석이 받아 무사히 넘어갔다.

"제길, 지금 건…… 어, 잠깐, 파트라슈!"

좌석에서 굴러떨어져 용차 밖을 살핀 스바루는 포효와 함께 남자에게 덤벼드는 지룡의 모습을 목격했다. 몸을 뒤틀어 용차와의 연결을 스스로 풀어낸 파트라슈는 마치 스바루를 다치게 한 것에 대한 분노라는 듯이 남자의 목덜미에 이빨을 겨누고──.

"핫, 쩌는 판단력이군. 좋은 지룡…… 아니, 좋은 여자인데."

그러나 지룡의 깨물기는 빗나가서 앞으로 내민 남자의 왼팔을 잡는 데 그쳤다. 그럼에도 파트라슈는 턱에 힘을 주고 남자의 팔을 끊어내려 목을 움직였다.

——그 목이, 턱이, 남자의 단순한 완력에 눌려 꿈쩍도 하지 않는다.

"아프게는 안 한다. 좀만 자빠져 자라."

경악으로 동공이 가늘어진 지룡에게, 남자가 의기양양하게 일렀다. 그리고 지룡의 굵직한 목에 손을 얹고, 팔을 물린 채 그 커다란 몸을 내던졌다. 호쾌한 장면에 어울리지 않을 만큼 부드럽게 추락한 거구. 지룡은 조용히 무력화됐다.

"파트라슈를, 던졌어……?!"

"자, 장난이 아닌 고수? 어어?!"

그 광경에 눈을 의심하는 스바루와 오토. 그 두 사람 앞에서 남자는 높이 도약해 용차의 차부석에 올라탔다. 습격자가 접근하자 오토는 황급히 자세를 잡았다.

"야, 얕보지 마시죠! 이래 보여도 저도 행상인! 여행 도중에 왈패에게 습격받을 때를 대비하고 살아요! 스웬 가문류 왈패 격퇴술의 위력을…… 따흥!"

"시꺼, 생초짜. 지룡을 봐서 반만 죽이고 끝내 주마. 자빠져 자."

위세 좋게 자세를 잡은 오토가 남자의 손가락이 이마를 튕기자 몸부림쳤다. 딱밤에 가까운 일격이지만, 소리도 못 내고 몸을 꺾는 오토를 보면 그 위력을 한눈에 알 수 있다.

파트라슈, 이어서 오토가 함락되고, 용차로 가는 길을 가로막는 장애물은 아무것도 없다.

"──큭."

스바루는 입술을 깨물며 용차 안을 돌아봤다. 용차의 내부, 렘을 재워두기 위한 간이침대 노릇을 하던 좌석에 지금은 다른 소녀── 에밀리아가 누워 있었다.

스바루가 전이한 뒤 오토가 눕힌 것인지 지금도 의식이 돌아오지 않은 에밀리아. 스바루는 무슨 수를 써서든 그녀를 지켜야만 한다.

"지룡의 분전에나 감사해라. 니들은 반만 죽이고 숲 밖에다 버린다. 이곳에 대해 아무에게도 말 안 하겠다고 맹세시킨 다음에 말이야!"

스바루의 각오와 동시에 남자가 이를 드러내고 객차로 올라탔다. 치켜든 팔 끝에는 날카롭게 빛나는 손톱이 있어 반죽임 선언의 설득력을 말끔히 앗아가고 있었다.

그런 남자의 흉행 앞에서 스바루가 에밀리아를 감싸고 두 팔을 펼치면서 외쳤다.

"잠깐만! 너, 프레데리카의…… 로즈월의 관계자지?!"

"──윽! 아앙?"

목소리에 얼굴을 요란하게 찌푸리며 남자의 일격이 스바루의 코앞에서 정지했다. 남자는 물끄러미 스바루를 보다가 놀람과 분노를 반반씩 눈에 드리웠다.

"……왜, 니 입에서 그것들 이름이 나와?"

"왜 같아? 자—알 생각해 보셔."

"——생각했다. 모르겠구만. 때려눕힌 다음 생각하마."

"충동적인 사고방식은 관둬!! 우리도 로즈월의 관계자라서 그런 거야!"

진짜로 한 걸음 내딛은 상대에게 스바루는 허겁지겁 두 팔을 들며 호소했다. 그 말에 남자는 날카로운 이를 딱 부딪치고 잠시 묵묵히 생각하다가——.

"——아아? 혹시 안에서 자고 있는 여자가 소문으로 듣던 에밀리아 님이란 녀석이냐?"

"에밀리아의 이름, 아는 거야?"

남자가 경칭을 붙여 잠자는 에밀리아를 부르자 이번에는 스바루가 놀랐다. 그 반응에 남자는 팔짱을 낀 채 득의만면하게 끄덕이고 말했다.

"엉, 들었지. 로즈월 자식이 떠맡고 있는 은발의 반마, 맞지?"

"——하프엘프다. 본인 앞에서, 다시는 그딴 식으로 부르지 말라고."

"핫! 뭐야, 뭐. 패기 있는 소리도 할 줄 아는구만."

멸칭을 듣고 날이 선 스바루의 눈초리에 남자는 이를 딱 부딪치고 뒤돌아섰다. 그러고 나서 그는 용차 밖으로 나가고, 스바루가 격돌해 어긋난 문을 잡아 억지로 다시 고정시켰다.

그 난폭한 행동을 본 스바루가 움찔하자, 그는 어깨를 으쓱이며 돌아보고 말했다.

"안심하셔. 이 어르신한테 더 할 맘은 없다고. 람한테 한 소리

듣는 건 사양이걸랑.”

“그 마음은 엄청 이해하겠는데…… 맨 처음 질문에 대답해 주지 않았다만.”

“아앙?”

남자는 두 팔을 벌리며 싸울 맘이 없다고 어필하지만 스바루는 경계를 풀지 않았다. 그 태도에 남자는 잠시 골똘히 생각하다가 “아아.” 하고 이해한 기색으로 끄덕였다.

“──이 어르신은, 가필이다. 들은 적은 있는 거 아니고?”

“네가, 가필……!”

가필. 경계해야 하는 인물로 저택에서 실컷 들은 이름이다.

그 당사자와 일찍부터 조우해, 스바루는 정신없는 전개에 미간을 주물렀다. 그 반응에 가필은 혀를 차다가 스바루를 확 쳐다보더니,

“그럼 이 어르신도 묻고 싶다만. 어떻게 이 어르신이 프레데리카의 관계자라고 알았지?”

“……그거, 진짜로 묻는 거야?”

스바루가 되묻자 가필은 언짢게 이를 딱 부딪쳤다. 말없이 긍정하는 것을 본 스바루는 허탈함을 느끼며 머리를 긁고 대답했다.

“얼굴 보면, 알 거 아니야.”

──송곳니로 가득한 입. 그 얼굴 생김새는, 프레데리카의 혈연임을 나타내는 확실한 증거였으니까.

# 제3장 『고대하던 재회』

1

"저는 순 손해만 봤는데, 이 분노는 어디에 발산하면 되죠?!"

"시끄런 차부구만. 쪼잔한 거 신경 꺼. 사과했잖냐."

"언제 사과했어요? 설마 아까 『미안타, 등신아. 헛다리 짚었어.』라는 발언 말하는 거 아니겠죠? 그건 사과가 아니라 새로운 매도잖아요?"

주행을 재개한 용차의 차부석에서 오토가 가필에게 과감하게 덤벼들었다. 직전에 아픈 꼴을 본 상대에게 이 태도, 의외로 거물일지도 모르겠다.

그런 스바루의 감상을 제쳐두고 오토는 한탄하듯 하늘을 우러러 보면서 말했다.

"용차가 빛나고 에밀리아 님이 쓰러지지, 나츠키 씨는 없어졌지! 도대체 제가 얼마나 황당했는지 아세요? 급기야 대놓고 산적 행색을 한 사람한테 잡히고!"

"그건 정말로 미안했고, 도움이 됐어. 네 덕분에 에밀리아가 무사하잖아. 감사하고 있어."

"오, 오오……. 아니, 뭐, 고마워하실 줄만 안다면 말이죠, 네. 딱히……."

"쉬운 놈……."

오토가 분단 직후의 고생담을 토로하자 스바루는 순수한 마음을 담아 감사를 표했다.

실제로 오토를 덮친 혼란은 상상하기 어렵지 않다. 그 뒤, 그가 에밀리아를 지키고 무사히 스바루와 합류해 준 것은 아무리 감사해도 모자란 큰 은혜였다.

"근데 말이다. 그 대놓고 산적이란 건 설마 이 어르신 말하는 거 아니겠지?"

"달리 누가 또 있어요, 누가 또! 억지로 용차를 세우고, 손톱으로 위협하고, 나츠키 씨가 있는 곳까지 억지로 연행하고……."

"맞아. 그것도 의문이었지. 너희는 어떻게 내가 거기 있는 걸 알았어?"

휘석의 힘으로 전이했다고 추측되는 스바루. 그 소재지를 정확하게 잡아내는 건 어려울 터다. 봉화를 올린 기억도 없는데 어떻게 유적에서 합류할 수 있었는가.

스바루가 의문을 드러내자 용차에 동승한 가필이 자기 코를 손가락으로 문질렀다.

"그야 이 어르신의 코로 외지인 냄새를 맡았을 뿐이지. 설마 묘소에 숨어들었을 줄은 몰랐다마는. 솔직히 열라 초조했지."

"──내 냄새를, 코로 따라왔단 뜻이야? 특별한, 냄새라도?"

흘려들을 수 없는 발언에 스바루의 목소리가 살짝 낮아졌다.

스바루를 둘러싼 독특한 냄새—— 그것은 마녀의 잔향이라고 하는 특이체질이다. 렘과 마녀교도는 감지할 수 있던 그것을, 가필도 맡을 수 있다면.

그러나 스바루의 우려에 가필은 고개를 가로젓고 대답했다.

"좋든 나쁘든, 니한텐 평범한 냄새밖에 안 나. 단지 맡아본 적 없는 냄새여서 따라갔을 뿐이다. 『메이메이도 성수기일수록』 이란 거지."

"……미안. 가끔 나랑 너 사이에 통역 버그 생기지 않냐?"

이해할 수 없는 관용구가 튀어나와 스바루가 갸우뚱했지만, 가필도 무슨 소리냐고 콧잔등에 주름을 잡았다. 여태까지 통하지 않는 언어와 맞닥뜨린 적이 거의 없었지만, 여기에 와서 갑자기 이세계 통번역의 한계를 깨달은 느낌이다.

어쨌든 스바루의 염려와 가필의 코는 무관한 모양이다. 그렇다면 다음 의문은 유적, 혹은 전이에 관한 일이지만—— 거기서 차내에 변화가 발생했다.

"——아, 후."

희미하게 숨을 내쉬고 간이침대에서 자고 있던 소녀가 눈을 뜬 것이다.

"아…… 에밀리아!"

침대에서 상반신을 일으키고 남보랏빛 눈을 끔뻑이는 에밀리아. 스바루는 그녀에게 잔달음질로 달려가 그 손을 잡았다. 체온을, 에밀리아의 존재를 확인하듯이.

"무사해서 다행이야. 아니, 진짜로 살아도 산 것 같지가 않아서……."

"스, 바루……? 저기, 어."

에밀리아는 안도하는 스바루를 올려다보며 무슨 일이 일어났는지 모르는 표정을 짓고 있다. 하지만 그녀는 용차 안을 둘러보다가 낯선 남자가 있는 사실을 알아채자 벌떡 일어났다.

그리고 스바루를 등에 감싸고 가필과 대치하며 외쳤다.

"──누구?! 미리 말하겠는데, 스바루에게는 손가락 하나 못 대게 할 거야!"

"잠깐, 에밀리아땅! 기쁘지만 무지 복잡하고, 괜찮으니까!"

"핫, 퍼 잤으면서 잘 짖는데. 재밌어……!"

"너도 너대로 의욕 내지 마! 진정해! 대화나 하자고!"

에밀리아가 뜻밖에 그럴듯한 자세를 잡자 투쟁심이 촉발된 가필이 덩달아 편승하려고 했다. 그래서 스바루가 둘 사이에 끼어들어 에밀리아의 어깨를 잡았다.

"안심해, 에밀리아땅. 네가 잠든 사이에 이런저런 일이 있었는데, 얘기는 이미 정리됐으니까. 저 녀석은 가필. 그러면 알겠지?"

"가필……이면, 그? 프레데리카가 말한?"

스바루의 말에 에밀리아가 눈을 여러 번 깜빡이다가 가필을 쳐다봤다. 그러자 그는 가슴을 펴고 대답했다.

"오냐. 이 어르신이 가필. 세계 최강의 남자다."

"그래그래, 세계 최강의…… 엉? 방금, 뭐? 세계 최강이라고 그랬어? 맨정신으로?"

"말했는데? 뭐 이상한 데라도 있냐?"

에밀리아에게 설명할 생각이었는데 예상 밖의 큼직한 발언이 튀어나와서 놀라는 스바루. 그 반응에 가필은 마뜩잖은 듯 콧잔등에 주름을 잡았다.

"로즈월한테서 이 어르신의 이름을 들었으면 그런 거 아니냐."

"유력자 같은 뉘앙스로 네 이름은 들었는데…… 유력자가 설마 진짜로 힘을 쓴다는 의미는 아니지?"

무력적인 의미로 『유력자(有力者)』라고 부른 거라면, 그건 기적적인 오해다. 그러나 현시점에서는 그 가능성은 꽤 농후하고 애초에 아군인지 아닌지도 확증이 없었다.

프레데리카 경계하라고 한 말이 그런 모양새일 줄은 생각도 못했지만.

"다시 묻겠지만, 너는 『성역』에서 사는 가필. 로즈월의 관계자로, 지금의 성역에는 람과 아람 마을 사람들도 있다. 그건 믿어도 되는 거지?"

"의심이야 니네 자유지만 말이야. 어쨌든 간에 결계는 벌써 넘어버렸어. 이제 와서 물리지도 못해. 안 그래?"

"어, 벌써 결계를 넘은 거야? 어느 틈에?"

결계를 넘은 사실에 실감이 없어 에밀리아가 놀라서 눈이 동그래졌다. 참고로 스바루 또한 똑같이 놀라고 있었지만, 그런 두 사람에게 가필은 "이보셔들." 하고 말을 이었다.

"작작 좀 하라고. 애초에 니는 결계에 접근해서 자빠져 갔던 거 아니냐."

"결계 때문에 잠들었다고⋯⋯? 그러고 보니 그 돌이 빛난 것도⋯⋯."

"타이밍이 같았지. 그렇단 말은 이게 결계에 반응했던 건가!"

차내에서 휘석이 빛을 낸 계기에 수긍이 가서 스바루는 손가락을 딱 퉁겼다. 품속에 넣은 휘석을 손바닥에 굴리자 에밀리아도 그것을 보고 깊게 끄덕였다. 그리고――.

"――? 왜 그래? 가필."

문득 나온 에밀리아의 의문성에 덩달아서 스바루도 고개를 들었다. 그러자 그녀의 시선이 가는 곳, 가필은 복잡한 표정으로 휘석을 보고 있었다.

마치 그 파란 빛에 싫은 추억이라도 있는 듯한 표정으로――.

"뭐가 있는 거야? 이 돌에는 아마 꽤 무서운 맛을 봤었는데. 그리고 에밀리아땅이 쓰러진 결계에 나랑 오토는 아무 일도 없었던 것도 신경 쓰여."

"돌에 관해선 암것도 아니야. 결계가 에밀리아 님한테만 반응한 건 당연하지. 결계는 더럽혀진 피에 반응하는 시금석이니까 말이야."

"――으."

"어이, 가필. 더럽혀진 피라니, 뭔 뜻으로 한 말이야."

가필의 말투에 에밀리아의 뺨을 아픔이 타고 흘렀다. 그 사실에 분노를 느껴 스바루는 가필에게 진의를 캐물었다.

"몇 번씩 말하게 하지 마. 넌 하프엘프란 데에⋯⋯."

"핫. 니들 쪽이야말로 덤비지 마시지. 딱히 이 어르신은 에밀리아 님만 특별하게 걸린다는 소리 안 했잖아. 더러워진 피란 건 하프엘프만이 아니지. 이 어르신이나 다른 놈들도 예외가 아니라고. ……튀기니 말이다."

"튀기…… 혼혈이란, 거야?"

에밀리아의 질문에 가필은 침묵으로 긍정했다. 그 대답에 스바루는 사전에 들었던 『성역』의 특수성, 『사연 있는』 아인족이란 의미를 이해했다.

"즉, 『성역』이란 곳은 아인족 중에서도 혼혈인 사람들이 사는 장소란 말이군."

"잘 맞추셨다. ……그나저나 니들은 『성역』에 온다는데 프레데리카한테서 중요한 건 암것도 못 들은 거냐?"

"끝까지 자세한 이야기는 할 수 없다고만 해서. 얘기할 수 있는 범위에서 조심해야 할 사항을 배웠지만…… 너에 관해서도 얘기할 수 없는 서약 때문에 이름만 들었어."

"서약, 서약……. 핫, 번드르르한 변명이군. 기르는 주인이랑 판박이잖아."

혀를 찬 가필의 대답은 악의보다 악담에 가까운 것이었다.

그와 프레데리카의 혈연은 의심할 여지가 없지만, 물어봐서 대답해 줄 분위기는 아니다. 프레데리카가 그에 관한 설명을 거부한 것도, 어쩌면──.

"프레데리카하곤 별로 사이가 안 좋았니?"

"에밀리아땅?!"

"사이가 좋으냐 나쁘냐 묻는 거라면, 안 좋지. 그리고 이제부터 그 녀석은 관계없어. 이다음부턴 이 어르신네랑, 결계를 넘은 니들만의 얘기지."

직설적으로 개인 사정을 묻는 에밀리아의 말에 스바루는 놀라지만, 가필은 뜻밖일 만큼 냉정하게 대답하고 좌석에 깊이 허리를 묻으며 용차 밖을 턱으로 가리켰다.

그 동작으로 이해했다. ——목적지인 『성역』의 근처까지 왔다고.

"환영하마. 에밀리아 님과 그 시종들."

경칭은 붙인다. ——단, 거기에 경의나 호의는 일절 포함되지 않은 환영 인사. 그 말을 입에 담은 가필은 스바루와 에밀리아의 미심쩍어하는 눈초리에 이를 딱 부딪쳤다.

그대로 그는 주위 일대를 가리키듯이 두 팔을 크게 펼쳤다.

"로즈월은 『성역』이라고 점잔 빼며 부르고야 있는데…… 여긴 그렇게 예쁘장한 말이 어울리는 곳이 아니야. 반편이 일당이 사는, 갈 곳 없는 실험장이다."

"실험장……?"

"——반편이."

스바루와 에밀리아는 서로 다른 단어에 의식이 쏠리고 동시에 눈썹을 찡그렸다. 그런 두 사람에 대해 가필은 프레데리카와 다르게 그 입을 가리지 않으며 웃었다.

"이 어르신은, 『탐욕의 마녀』의 묘지라는 호칭 쪽이 맞다고 본다만."

"——탐욕의 마녀?!"

이어진 가필의 발언에 『들은 기억이 없는』 스바루는 갸우뚱하지만, 대신에 호들갑스럽게 반응한 것은 차내의 대화에 귀를 기울이던 오토였다.

　몹시 당황한 오토는 차부석에서 차내를 들여다보며 물었다.

　"저, 저, 저, 저기…… 설마 진짜로, 이곳은 『탐욕의 마녀』와 관계가……?"

　"잠깐잠깐잠깐! 네가 엄청 놀라는 바람에 반응이 늦었는데, 애초에 『탐욕의 마녀』가 뭐야? 마녀는 『질투의 마녀』 말하는 거 아니야?"

　세계를 공포의 수렁으로 빠트리고 지금도 두려움을 사고 있는 최악의 재앙, 『질투의 마녀』.

　스바루가 아는 것은 그 『질투』의 이름을 단 마녀뿐. 그것 말고는 들어본 적도 없다. 그런데도 예상 밖의 단어가 튀어나와서 스바루의 뇌리에 최악의 가능성이 스쳤다.

　"설마, 마녀교는 각 마녀마다 복수 존재하진 않지? 마녀가 일곱 명, 대죄주교도 각 일곱 명이라거나 그러지 말자?! 한 명 쓰러뜨리는데 얼마나 고생한 줄 알아?!"

　"그것도 무지막지 무서운 얘기인데요. 그럴 걱정은 아무래도 없죠. 다만 여기서 『질투』 외의 마녀가 거론된 게 문제 중의 문제라서……."

　최악의 예상이 부정되어 스바루는 안심했지만, 오토의 걱정은 불식되지 않았다. 그 반응을 의아하게 여긴 스바루에게 옆에 있는 에밀리아가 "저기 있지." 하고 말을 붙였다.

"엄—청 옛날, 400년 전 일인데…… 그 시절, 『질투의 마녀』 외에도 여섯 명의 마녀가 있었다고 해. 하지만 모두 『질투의 마녀』가 무찔러서……."

"잡아먹혔다고 하더구만. 실제로 『질투의 마녀』에게 당한 다른 마녀의 기록은 거의 안 남았어. 근데 예외도 있단 말이지."

"이곳이 그 예외 중 하나란 뜻인가. 다른 마녀의 이름이 위험하단 이유는?"

에밀리아의 말을 가필이 보충하고, 남은 의문을 마지막으로 오토가 이어받았다. 그는 탄식하고 입에 담는 것도 질색이란 태도로 말했다.

"그다지 화제로 삼고 싶진 않지만, 마녀교도의 습성이에요. 아시는 바대로 그들은 『질투의 마녀』를 신봉해 마지않는데…… 다른 마녀는 존재조차 인정하지 않아요. 그 이름을 듣기만 해도 터무니없이 과격하게 난동을 부리는 까닭에."

"터무니없이 과격……."

"남쪽에 있는 볼라키아 제국에서 『질투의 마녀』 말고 다른 마녀의 이름이 소문에 오른 적이 있어요. 마녀와 연고가 있는 『미티어』가 나왔다나. 진위는 모르겠지만요."

남쪽 제국과 마녀교——. 그 부합에 스바루의 기억에 짚이는 게 있었다. 그것은 페텔기우스 토벌 도중, 동행한 율리우스 일행에게서 전해 들은 이야기다.

"대죄주교가 도시를 하나 없앴다는, 그 얘기야?"

"그거예요. 『미티어』의 소문은 진실이었는지, 그냥 값을 올리고 싶어서 허풍을 떨었는지…… 뭐가 맞든 그 대가는 도시의 멸망. 이후로 마녀 이야기는 어디든 금지어라고요."

질린다는 듯 이야기를 매듭지은 오토의 말에 스바루도 공감하여 끄덕였다. 마녀교 따위 스바루도 끔찍하게 싫지만, 지금 이야기로 더 싫어할 요소가 추가됐다고 해도 무방하다.

"그렇게 화근이나 마찬가지인 이야기를 퍼뜨리는 건 위험하지 않냐?"

"딱히 밖에다 나불대진 않는다고. 그냥 여기를 『탐욕의 마녀』의 묘지라고 안에 사는 할멈이 부르는 건 틀림없어. 『들은 순서대로 문드러지는 펠로미오』 정도로."

"뭐가 문드러지는지 흥미가 그치지 않지만, 너도 자세하게 알지는 못하는 건가."

"자세히 알고 싶으면 로즈월 멱살 잡고 물어라. ──지금 할 수 있을 진 모르겠다만."

"──? 그건 무슨 뜻이야? 로즈월에게 무슨 일이……."

"저기요. 아무래도 마을…… 마을인가? 촌락에 도착한 것 같은데, 들어가도 될까요?"

의미심장한 가필의 말을 에밀리아가 추궁하려고 했지만, 그보다 일찍 차부석의 오토가 도착했음을 알렸다. 그 말에 밖을 보니.

"이곳이, 『성역』……."

속삭이는 듯한 에밀리아의 음색에 스바루도 비슷한 한숨을 내쉬며 눈을 가늘게 떴다.

그곳은 길게 이어진 깊은 숲을 벗어나 탁 트인 공간에 존재하는 한적한 촌락이다. 『성역』이란 호칭에서 받은 이미지와 비교하면 몹시 한산해, 신성함이 부족한 느낌을 씻어낼 수 없다.

　촌락 입구에는 이끼가 낀 돌탑이 쓰러진 채로 남아 있고, 멀찍이 곳곳에 흩어진 돌로 지은 거처는 모두 다 외관이 넝쿨과 이끼로 덮인 예스러운 것이었다.

　유적에서 받은 인상과 가깝지만, 촌락으로서 더욱 단적인 감상을 읊자면——.

　"갑갑한 분위기가 돌고 있군……."

　"말해두는데, 안에 있는 놈들은 더 갑갑하다고? 이놈이고 저놈이고 낯짝이 우중충한 늙다리뿐이야. 『사람도 케겔모도 언젠가 늙는다』는 기분이 되지."

　"처음으로 뜻을 알 만한 관용구가 나왔지만, 엄청 사정없이 말하는데."

　본인이 사는 촌락일 텐데도 가필의 말은 너무 무자비하다. 자신의 고향을 낮춰서 겸손을 떠는 경우도 있지만, 그 목소리에서는 그런 배려도 느껴지지 않았다.

　그가 진정으로 이곳을, 『성역』을 싫어하는 것은 사실 같다. 어쨌든——.

　"이대로, 용차 타고 적당한 곳까지 가서……."

　"——돌아왔어? 가프. 꽤 늦은 것 같구나."

　"아."

　각자가 받은 『성역』에 대한 인상은 뒤로 미루고 촌락 안쪽으로 용차를 몰려고 했을 때, 스바루 일행은 들은 적 있는 목소리에 일제히 놀랐다.

목소리는 용차의 진로, 촌락 안쪽에서 들려왔다.

그쪽에서 모습을 드러낸 것은 의젓하게 몸을 똑바로 세운 한 소녀. 그 모습에 가필은 날렵하게 용차에서 뛰어내려 손을 들고 웃음을 보였다.

"여어, 일부러 마중을 다 나오다니 별일도 다 있구만. 슬슬 그 자식이 뒤졌냐?"

"만약 그게 현실이 되면, 이곳은 람의 화풀이로 허허벌판으로 변했을 거야. 그렇게 되지 않은 걸 로즈월 님께 감사해."

"끝내주는 논리야! 뭔 소린지 모르겠어!"

낯익은 급사복을 입은 소녀의 악담에 가필은 유달리 즐겁게 접하고 있다. 그 모습을 멀찍이 지켜보면서 스바루의 입술은 안도로 미소를 띠고 있었다.

"하아, 저 애가 말로 들은 언니인가요? 옳거니……. 당연하긴 하지만 자고 있는 렘 씨랑 똑 닮았네요."

처음으로 소녀를 본 오토가 감개무량하게 중얼거렸다. 그의 말대로 모습을 드러낸 것은 렘과 용모가 판박이인, 그러나 내용물은 완전히 다른 인물이었다.

사람들이 말하길, 로즈월 저택의 일하지 않는 사용인. 람과의 며칠만의 재회였다.

"——람!"

용차에서 몸을 내밀어 손을 흔드는 스바루를 람이 알아챘다.

그 연홍빛 눈이 슥 가늘어지더니, 알기 쉽게 어깨를 으쓱였다.

"어디 사는 바루스인지 모르겠사오나, 지나치게 늦게 도착해서 실망했어. 더 일찍 이변을 깨닫고 달려올 줄로만…… 아아, 기대한 람이 바보였지 뭐야."

"곱상하게 말할 거면 끝까지 그 설정을 관철해! 그리고 로즈월도 그렇지만 너희 요구는 알기 어렵다고. 나중에 본인에게도 직접 말하겠지만!"

변함없는 대응에 반론하는 스바루. 람은 "핫." 하고 콧방귀를 뀌고 인사. 그리고 그녀의 시선은 스바루의 바로 옆에 있는 에밀리아로 돌아갔다.

"에밀리아 님, 잘 오셨습니다. 안에서 로즈월 님께서 기다리고 계시니 람이 안내해드리겠습니다. 가프는 용차와 차부를 아무 데나 안내해."

"대접이 안 좋으셔! 그거야 상관없다만. 야, 차부놈. 안내할 테니 따라와."

"그거 저 말하는 거예요?! 여태까지 중에서 가장 최악의 인식인데요!"

이름을 밝혔을 텐데 차부놈 취급. 덤으로 가필과 단둘이 될 듯한 상황에서 오토가 구원을 바라듯이 스바루 일행을 쳐다봤다.

애걸하는 듯한 그 시선에 스바루는 이해한다고 크게 주억였다.

"뼈는 챙겨 주마!"

"그거 절대로 좋은 의미로 쓰는 말 아니죠?!"

비명 같은 한탄을 남기고, 오토는 막무가내인 가필에게 용차째 끌려갔다. 헤어질 때, 파트라슈가 걱정스럽게 스바루에게 코를 들이대고 갔지만, 그녀가 있으면 오토도 안심되리라. 지룡에게 인간을 부탁하는 것도 참 이상하지만.

"파트라슈는 엄—청 야무져서 믿음직하니까."

"그리고 오토에게는 아무리 걱정해도 불안 요소가 남아 있을 듯한 뭔가가 있고."

그런 차부와 지룡을 배웅한 스바루는 "자, 그럼." 하고 람을 돌아봤다. 가만히 그 대화를 바라보고 있던 그녀는 스바루의 눈길에 무감정한 얼굴을 돌리고 물었다.

"왜?"

"……아니, 건강한가 싶어서. 마지막에 헤어진 안건이 안건이잖아. 그 뒤로는 연락이 되지 않아서 솔직히 엄청 안달복달했었거든."

"그건 그러네. 보는 대로 람은 오늘도 예쁘고 건강해. 함께 『성역』으로 피난한 마을 주민들도 피해가 없어. 그건 안심해."

"그렇구나. 그건, 응. 정말로 안심했다. ……안심했어."

"——?"

안도감에 어깨를 떨어뜨린다. 그러나 미묘하게 어미에 힘이 없는 스바루의 말에 람이 미심쩍게 쳐다봤다. 그 반응에 스바루는 어금니를 깨물고 목까지 치민 감정을 말로 꺼내려고 했다.

"————."

"저기, 람. 계속 서서 얘기하는 것도 이상하잖아? 안내, 부탁해도 돼?"

순간적으로 말이 나오지 않아 입을 다문 스바루를 대신해서
에밀리아가 람에게 말했다. 그 말에 람은 희미하게 눈썹을 모았
지만, 바로 "알겠습니다." 하고 묵례하고 등을 돌렸다.

그대로 깊이 추궁하지 않고 곧장 걷기 시작하는 자세가 참으
로 그녀답지만.

"스바루, 괜찮니? 맘대로 끼어들어서 화났어?"

"아니, 멀쩡. 내가 한심할 뿐이니까. ……이 지경에 이르러서
람에게 렘 이야기를 묻는 게 겁나서 그래."

스바루는 힘없이 고개를 젓고, 에밀리아의 배려에 씁쓸하게
웃었다.

확인하는 것이 두려웠다. 이미 몇 번씩, 에밀리아와 페트라를
비롯한 사람들을 통해 맛본 상실감—— 익숙해질 게 아니다.
개중에서도 람에게서 듣는 건 최대급 위력일 것이다.

이 상황에서 렘의 소재를 물어보지 않는다는 사실이, 충분하
고도 남도록 그 망각을 증명하고 있어도.

"에밀리아?"

"무서운 게 당연한 거야. 그런 걸 한심하다고 여기지 않아."

에밀리아가 고개 숙이려던 스바루의 손을 잡고 진지한 목소리
와 눈으로 스바루에게 말해 주었다. 남보랏빛 눈에 떠오른 것은
깊은 우려와 큰 자애—— 약간, 위안 받은 기분이 들었다.

사라지려던 용기를 그러모아 다음에야말로 물음을 말로 꺼내
자고 생각할 정도로는.

"가 보자. ——렘도, 다른 일들도, 전부 잘되게끔."

"……알았어. 무슨 일이 있어도 나는 인간 방패가 되어서 에밀리아땅을 지킬게."

손을 잡은 채로 스바루와 에밀리아는 람의 등을 쫓아 『성역』의 안쪽으로 걷기 시작했다.

부끄럽다고 손을 푸는 것보다 지금은 상대의 온기에 용기를 받을 수 있다.

──그 용기를 받고 있는 게 자기 자신만이 아니라고 스바루는 깨닫지 못한 채로.

2

──그 가옥은 『성역』에서 가장 멀쩡한 모양새를 유지한 건물 중 하나였다.

석재로 구축된 거처의 크기는 원래 세계의 기준으로 따지면 단층집 단독주택에 해당한다. 집 안은 간단한 칸막이로 방이 구분되어 살기에는 그럭저럭 편하다고 할까.

스바루는 로즈월 저택과 왕도의 귀족가 같이 호화로운 저택만을 봐왔지만, 이 정도 규모의 건물 쪽이 친근감이 솟았다. 그런 스바루의 감상을 아랑곳하지 않고──.

"여—어, 에밀리아 님에 스바루. 꽤애—나 오랜만의 재회 같은데에—."

임시 숙소에서 수상쩍은 웃음과 함께 두 사람에게 손을 흔드는 로즈월이 풍기는 이질감은 대단했다.

기발한 광대 분장에, 해괴한 언동과 행동거지. 그 본인이 가진 일반인과는 일선을 긋는 존재감도 있어 일반 가정 안에 그가 있다는 사실의 위화감이 예사롭지 않다.

──단, 그 위화감과 이질감도 지금의 로즈월 앞에서는 사소한 일이다.

"우선은 에밀리아 님께서 무사하셔서 다아─행이군요. 람에게 사정은 들었습니다만, 에밀리아 님 신변에 무슨 일이 있을까 해서 사는 게 사는 것 같지 않았답니이─다."

"그렇게 생각하면 더 나은 대응을…… 아니, 그보다, 네가 어떻게 된 건데."

에밀리아의 무사에 로즈월은 안도하고 있지만, 스바루 일행 쪽은 곤혹스러울 따름이다.

왜냐하면 로즈월은 침대에 누워서 온몸에 피가 밴 붕대를 감고 있는 애처로운 모습으로 두 사람을 맞이했기 때문이다. 그 헐벗은 상반신은 빈틈없이 붕대를 감고 있어 중상도 이런 중상이 없는, 빈사의 중태였다. 그런데도 얼굴의 분장은 빼먹지 않는 건 꿋꿋함 이전에 비정상적인 고집이다.

다만 로즈월 본인은 상처의 낌새는 털끝만큼도 느껴지지 않게 평소처럼 익살스러운 몸짓과 함께 말했다.

"이러─언이런, 그걸 묻는 거야? 나도 이래 보여도 한 사람의 사내야. 이렇게 추태를 드러내고 있는 것도 사실은 괴로워. 이유는, 묻지 않는 게 인저─엉이지 않을까?"

"그럴 수는 없잖아! 정말로 어떻게 된 거야? 로즈월. 이렇게 크게 다치다니…… 그것도, 당신이."

넘어갈 리도 없는 넉살에 진심으로 화낸 에밀리아도 행동하기 난처해했다. 실제로 다그치는 것도 망설여질 정도의 중상이다. 이야기는 듣고 싶지만 무리하게 만들고 싶진 않다.

그런 에밀리아의 갈등에 로즈월은 좌우 색이 따른 눈 중 한쪽, 파란 눈을 감고 말했다.

"어디부터 이야기를 할까—아요. 제 부상에 관해선…… 명예로운 부상이거나, 아니면 내친걸음에 별수 없었다고 대답드리이—겠습니다만."

"그렇게 얼버무리지 말아줘. 난 진지하게 묻고 있는 거야. 당신도, 진지하게 대답해 줘."

"흠. ……아무래도 에밀리아 님 역시 기분이 언짢으신 모양. 그것도 이곳에선 하는 수 없는 일이라고 여기지만, 말이죠."

힐문하는 투의 에밀리아에게 스바루가 위화감을 품었다. 그건 로즈월도 같은 의견이었는지 그의 지적에 에밀리아는 말을 머뭇거리다가 단념한 분위기로 한숨지었다.

"이곳에 도착하고…… 아니, 결계에 접촉한 뒤부터 계속 가슴이 술렁이며 진정이 안 돼. 여기는, 대체 뭐야? 『성역』이라 불리는데, 나는 전혀 그렇게 느껴지지 않아. 오히려 그보다도……."

"마녀의 묘지라고, 그렇게 부르는 편이 휘얼—씬 납득할 수 있다?"

"——웃!"

로즈월이 입에 올린 『성역』의 별명에 에밀리아가 세차게 숨을 집어삼켰다.

가필 말고 다른 사람이 그 단어를 주워섬김으로써 갑자기 그 의미가 무거워졌다. 단, 그것은 더욱더 물어봐야 할 정보가 증가했음을 뜻하기에———.

"가만, 일단 묻고 싶은 사항을 정리해 보자. 이대로 나가면 이야기 방향이 뒤죽박죽 튀어서 정리를 못할 것 같아. 결론이 안 나온다고."

"이러———언, 멀쩡한 제안이군. 스바루도 한동안 보지 못한 새에 심경의 변화라도?"

"그 얘기를 시작하면 엄청 길어지니 나중에 한꺼번에 자랑하겠어. ……아, 한 가지만."

농담하려는 로즈월에게 스바루는 손가락을 들이밀고 그를 가만히 노려보다가 말했다.

"크루쉬 씨와 동맹을 맺었다. 이걸로, 날 두고 간 결과에 만족하냐."

"———아아, 만족이다마———아다. 참으로 정녕코 넌 얻기 힘든 대망의 횡재였어."

"……그러시냐."

생각 이상으로 실감이 담긴 긍정을 듣고 스바루는 놀라면서도 납득이 갔다.

예측했던 사실이지만, 역시 왕도에 남은 스바루의 분투는 로즈월의 의도가 맞았던 것이다. 그것을 이용한 측면은 있지만, 영 탐탁하지가 않다.

하물며 그 사실은 그의 마녀교 대책 부족을 더욱 두드러지게 하는 것이니 더더욱 그렇다.

그런 불만을 일단 옆에 치워두고, 스바루는 처리해야 할 질문을 정리하고 물었다.

"우선, 아람 마을의 사람들이다. 람에게 무사하다고는 들었지만 정말로 괜찮은 거지?"

"안심하게나. 이 꼬락서니로는 신용하기 부족하─아겠지만, 나도 영주 나부랭이니까아. 그들을 위해서 필사적으로 교섭해서 대성당을 피난소로 개방하게 했지."

"대성당이라. 그 장소의 자세한 내역은 나중에 듣기로 하고, 그렇다면 다음은……."

"아까 말한 『마녀의 묘지』가 무슨 뜻인지, 가르쳐 줘."

스바루의 진행에 에밀리아가 끼어들어 다음 화제로 그것을 선택했다.

차근차근 질문해야 할 내용 중 하나가 그것임은 동의한다. 다만 스바루는 살짝 딱딱한 투로 캐묻는 태도가 에밀리아답지 않다고 여겼다.

그렇듯 팽팽하게 긴장한 에밀리아의 질문에 로즈월은 흐릿하게 웃으며 한쪽 눈을 감았다.

"뜻이고 뭐고, 그 말 그대로지요. 이곳은 한때, 『탐욕의 마녀』라고 불린 존재── 마녀 에키드나가 최후를 맞은 장소이며, 제게 있어 성역이라고 불러야 마땅한 땅입니다."

"마녀, 에키드나……."

질문에 대한 대답과, 그것을 입에 담은 로즈월의 음색에 스바루는 숨을 집어삼켰다.

그 대답은 잔잔하고 나긋하다. 그러나 마음을 쥐어뜯는 애절함으로 가득했다. 거기에 평소의 광대 같은 어조는 없으며 심하게 가슴을 울리는 감정이 담겨 있었다.

에키드나의 이름을 부른 순간, 로즈월의 표정이 처음으로 볼만큼 부드러웠던 것도.

"_____."

그 옆모습에 침대 옆에 시립한 람이 살짝 눈을 내리깔았다. 스바루는 그녀의 반응을 알아채지 못하고 대신에 자기 가슴에 손을 짚고 있었다.

어째서인지 에키드나의 이름에 이상한 감개를 느껴서. 『모르는』 이름이어야 하는데.

"스바루, 괜찮아? 무슨 일 있어?"

"아니, 아무것도 아니야……. 그보다 이곳이 마녀가 죽은 장소라는 건 알았어. 근데 왜 그런 속사정이 있는 곳을 로즈월이 관리하고 있지? 마녀와 무슨 관계가 있는 거야?"

"그건 간단. 이 땅은 대대로 우리 메이더스 가문의 당주가 관리를 물려받고 있지. 역대 당주…… 우리 가문에는 당주가 로즈월이란 이름을 계승하는 전통이 있거든. 요컨대 역대의 로즈월을 계승하는 자가 이 『성역』 또한 물려받게 돼."

마녀와의 관계에 놓인 공백 부분을 스바루의 지적에 따라 로즈월이 메운다. 그 설명에 에밀리아는 자기 입술을 만지며 고운 눈썹을 찌푸렸다.

"역대의…… 그럼 그 『탐욕의 마녀』와 메이더스 가문은 옛날부터……."

"——에키드나."

"응?"

별안간 이름만이 끼어들어와서 에밀리아가 눈을 크게 떴다. 그런 에밀리아를 보며 로즈월은 확인하듯이 "에키드나."라고 한 번 더 반복한 뒤 말을 이었다.

"모쪼—오록, 그녀를 부를 때는 이름을. 『탐욕의 마녀』라는 호칭, 참으로 사악한 느낌이 들어서 좋지 않지이—요? 길고 말이죠오—."

"응, 어, 알았어. 그래서 이곳이 에키드나가 최후를 맞이한 땅이고, 그녀와 관계가 있었던 메이더스 가문이 옛날부터 쭈— 욱 관리하고 있다……는 거면 돼?"

"네, 맞습니다. 그렇다고는 해도 관리 같이 거창한 일은 딱히. 에키드나의 결계 때문에, 헤매는 숲은 정식 수속을 밟지 않으면 외부인을 지나가게 하지 않지요. 더군다나 결계는 피의 조건을 충족한 자에게는 특별한 효과를 발휘합니다. 그건, 에밀리아 님께서도 체감하시지 않았는지?"

"결계와 접촉해서 정신을 잃은 건 사실이야. 하지만 가필의 말로는 그 결계에 접촉해서 곤란한 건 나 같은 혼혈뿐이래. 스바루는 아무렇지도 않았잖아?"

"아니, 사실은 나도 아무렇지도 않았던 건 아닌데……."

"어? 그건 무슨 소리야?"

볼을 긁는 스바루의 말에 에밀리아가 놀라서 고개를 들었다.

결계 효과 때문에 의식을 잃어 잠들었던 그녀는 스바루의 전이를 모른다. 오는 중에 이야기할 타이밍을 놓친 이유도 있지만, 스바루가 망설인 탓이 더 크다.

왜냐하면 전이는, 휘석과 프레데리카의 관계를 언급하지 않고 얘기할 수 없는 일이기 때문이다.

가필을 위험인물이라고 전달하고 에밀리아에게 휘석을 맡긴다. 그런 다음에 전이하도록 꾸몄다고 한다면, 프레데리카는 무엇이 목적이었는가.

프레데리카와의 접점은 불과 이틀가량이지만, 적의가 있는 상대라고 여기고 싶진 않았다.

"스바루, 무슨 일이 있었는지 얘기해 줘. 중요한 건 대화를 나누겠다고 결정했잖니."

"그건 그렇긴 한데, 이건……."

"——스바루."

진지한 시선과 목소리로 호소 받은 스바루는 체념하고 어깨를 늘어뜨렸다. 그리고 품속의 파란 휘석을 꺼내고 실내에 있는 전원에게 사정을 밝혔다.

——결계에서 휘석이 반응해 스바루만이 『성역』의 다른 장소로 전이한 일. 거기서 소녀와 만나 유적으로 인도 받아 안에 들어갔다가 의식을 잃은 일. 그 뒤, 가필에게 잡혀서 연행되어 지금에 이른다, 등이다.

"돌은 출발 전에 프레데리카에게 건네받은 물건이야. 이게 결계에 반응해 전이가 일어난 건 틀림없어. 원래 돌을 들고 있던 건 에밀리아니까……."

"목적은 에밀리아 님이었을 터. 바루스는 그렇게 말하고 싶은 거구나."

사정을 설명한 스바루를 대신해 마지막 부분을 매듭지은 사람은 람이었다. 그녀의 지적에 스바루는 턱을 주억이고 숲에서 만난 어린 소녀를 머리에 떠올렸다.

무감정한 인형 같은 소녀였다. 그녀는 스바루에게 위해를 가하지 않고 유적으로 인도하려고 도망쳤지만── 그건, 상대가 에밀리아가 아니었기 때문이 아닐까.

"본래라면 결계의 힘으로 의식을 빼앗긴 에밀리아 님께서, 다시 휘석으로 전이됐을 거였다고. 그렇다면, 날아간 사람이 스바루였던 건 요행이었구운─."

"무사히 합류할 수 있었고 말이지. 몸에 이상도…… 특별히 없어."

스바루는 팔다리를 빙빙 돌려 건재함을 어필하고 에밀리아 쪽을 보며 웃었다. 하지만 그 웃음을 보는 에밀리아는 고개 숙이고 쭈뼛쭈뼛 로즈월에게 물었다.

"프레데리카는, 결계를 지나가려면 돌이 필요하다고 했었어. 그래서 내게 이 돌을 줬는데…… 그건, 사실이야?"

"……안타깝게도. 결계를 지나가는 데에 필요한 것은 올바른 길 순서이지, 도구가 아닙니다. 그 돌은 프레데리카가 뭔가를 꾸미고 있다는 증거가 되겠군요오—."

로즈월의 대답에 목이 턱 막힌 에밀리아는 힘없이 어깨를 떨어뜨렸다. 당연하다. 지금 이야기로 프레데리카의 배신은 거의 확정적인 것이 되고 말았으므로.

"프레데리카와는 오래 알고 지낸 거지? 10년 이상이라고 들었는데."

"……그 아이가 아직 어릴 적에 집에 들인 이래로 알고 지낸 사이였지이—. 바르게 큰 아이로, 내 의향에 거스르는 짓은 하질 않았는데 말이야아—."

에밀리아를 대신한 스바루의 질문에 로즈월은 안타깝게 고개를 내저었다. 그리고 그가 의미심장한 눈을 옆으로 돌리자, 그 눈길을 받은 람이 준엄하게 끄덕였다.

"프레데리카의 꿍꿍이는 실패, 고소해라……는 농담이지만."

"진짜로 농담? 꽤 진심 같지 않았어?"

"농담이야. 하지만 제재는 농담으로는 안 끝나. ——프레데리카가, 『성역』의 현재 상황에 깊이 연관됐다고 알았는걸."

람에게도 프레데리카는 오랜 동료일 것이다. 그녀는 동료의 배신을 알았음에도 그 사실에 동요를 드러내지 않은 채로 담담하게 말했다.

"성역의 현재 상황이라니, 무슨 소리야? 여기서 지금 무슨 일이 벌어지고 있는 거니?"

"에밀리아 님께선 이상하게 여기시지 않았습니까? 『성역』으로 도망쳐 온 주민들, 그리고 저와 람이 이렇게, 저택으로 돌아가지 않고 이 자리에 머물러 있는지."

"어? 그건…… 로즈월의, 부상이 원인인가 해서."

로즈월이 던진 의문, 그 대답으로 에밀리아는 그의 부상을 이유로 들었다.

실제로 침대에 누운 로즈월의 상처는 깊다. 저택에 요양하러 돌아가려 해도 최소한 회복하지 않으면 움직이는 것도 여의치 않을 터다.

그러나 그 이유가 아니라고, 로즈월은 고개를 가로저었다.

그리고——.

"——지금, 우리이—는 전원, 이 『성역』에 연금당한 상황이야. 나도 람도, 아람 마을의 인간도. ……아, 여기에 들어온 시점에서 스바루와 에밀리아 님도 말이지이—."

"——뭐?"

생각도 못한 폭탄 발언에 스바루와 에밀리아는 동시에 얼떨떨해졌다.

3

"……연금이란 말은, 그, 뭐냐. 온건하지 못한데."

처음의 충격에서 마음을 추스른 스바루는 어떻게 그 말만을 쥐어짰다. 그 말을 듣고 에밀리아도 놀람을 집어삼키고는 부상입은 로즈월을 애처롭게 응시하며 말했다.

"그럼 설마, 로즈월의 그 부상은……."

먼저 한 발언과 부상당한 모습을 더해서 당연한 상상을 떠올린 에밀리아가 말문을 잃었다. 그녀와 같은 발상에 이르러 스바루 또한 전율을 숨기지 못했다.

"로즈월을 힘으로, 그것도 이만큼 크게 다치게 해서 연금할 수 있는 놈이 이 마을에 있다는 건, 자못 웃지 못할 상황이군."

턱에 손을 짚은 스바루는 막아서는 상상 속의 강적에 초조감을 품었다.

로즈월은 왕국 최고봉의 마법사이며, 그 실력은 마수 소동 때에 증명이 끝났다. 그런 로즈월이 이렇게까지 혼쭐이 나다니 쉽사리 믿을 수는 없었다.

대관절 누가 그런 재주를——.

"——뭐야. 아직 주절주절 떠들고 있었냐. 환자를 너무 무리하게 하면 못쓰지. 『달리던 얼룩부리가 거무칙칙』하다곤 해도."

"——윽."

느닷없는 목소리에 놀라서 스바루는 허둥지둥 뒤돌아봤다. 시선이 가는 곳, 방 입구에 나타난 것은 가필이다. 그는 방을 빙 둘러보고 에밀리아 쪽에 휘파람을 불었다.

"이보셔, 갑자기 뭔 태도가 그래. 왜 그렇게 열불이 났어?"

"방금까지 듣던 이야기로, 가장 위험하게 느껴진 게 당신이었으니까, 노파심에."

즐겁게 이를 딱 부딪치는 가필. 그런 그에게 에밀리아는 스바루와 로즈월을 뒤에 감싸듯이 서서 경계하고 있었다.

에밀리아에게 비호받는 상황도 상황이지만, 스바루는 다른 문제로 눈이 휘둥그레졌다. 그것은——.

"너, 오토는 어쨌어? 같이 있었잖아."

"아앙? 그 시끄런 형씨 말이냐. 그놈이라면…… 알잖아?"

도발적으로 턱을 내밀고 날카로운 눈매를 더욱 예리하게 세우는 가필. 그 발언에서 끝 모를 위협을 느껴 스바루의 등에 난 솜털이 오싹 곤두섰다.

그 감각은 에밀리아도 느꼈는지, 마찬가지로 몸을 낮추며 가필과 대치했다.

——일촉즉발. 양자 사이에서 전투는 피할 수 없는 분위기가 고조된다.

"핫! 좋아. 니들이 한판 뜨자면 이 어르신이 상대…… 떠헉?!"

"좋을 리 없잖아. 분별을 지켜, 바보 가프."

하지만 그 폭발 직전의 공기는 쇠로 된 쟁반의 강렬한 타격음으로 박살 났다.

인정사정없는 일격으로 가필을 꿩침시킨 것은 대화 중에 그 등 뒤로 돌아간 람이었다. 람은 몸부림치는 가필을 내려다보며 탄식과 함께 말했다.

"에밀리아 님과 바루스도, 지레짐작은 볼썽사나워. 로즈월 님의 부상과 가프는 관계가 없어……. 단세포로 보여도 그렇게까지 생각이 없진 않아."

"……그래?"

"네, 관계가 없다—압니다. 지금 바로 그 말을 하려는 참이어서요."

로즈월이 유들유들하게 거짓말하자 에밀리아는 황망해하며 팔을 내렸다. 그리고 황급하게 바닥에 무릎을 꿇은 가필에게 달려갔다.

　"미, 미안해! 나도 참 착각해버려서…… 철석같이 당신이 오토를 잡아먹었을지도 모른다 싶어서!"

　"에밀리아땅의 발상 엄청나네! 나도 그 생각은 안 했는데?!"

　생명의 위기까지 의심한 건 사실이지만, 그 부분에 관해서는 언급하지 않았다.

　안절부절못하는 에밀리아에 이어 스바루도 가필의 상태를 살폈다. 람의 호쾌한 일격에 머리를 내젓는 가필은 그런 두 사람의 발언에 큼직한 입을 벌리고 말했다.

　"그 형씨를 왜 잡아먹겠냐. 그치는 시끄럽고, 본인도 마음의 준비가 안 됐다고 지껄여서 그대로 용차에 두고 온 거거든."

　"넌 사람 헷갈리게 하고, 오토는 없어도 소동을 부르는 놈이구만……."

　변죽 울리는 태도가 오해를 낳아 하마터면 대참사를 부를 뻔했다. 그렇게 되지 않고 끝난 건 직전에 막아준 람 덕분이었다.

　"살았다, 람. 조금만 더 갔으면 괜한 피가…… 쟁반 다 찌그러졌네?!"

　"가프를 말리는 데에 필요한 손해야. 다음부터는 바닥이 아니라 모서리로 때려야겠어."

　찌그러진 쟁반을 휘두르는 람. 다음 기회를 대비하는 데에 여념이 없다.

그런 람의 태도를 아랑곳하지 않고 얻어맞은 피해자인 가필은 방 한구석에 있는 의자에 털썩 주저앉았다. 그리고 그는 머리를 문지르면서 람을 쳐다보고 말했다.

　"람, 미안하다 생각하면 차 내놔."

　"잠깐 바깥에서 낙엽을 주워 올 테니 기다려 봐."

　거만한 요구에 람은 콧방귀를 뀌고, 진짜로 집 밖으로 나가버렸다. 과연 주워 온 낙엽으로 무슨 짓을 할 작정인지 궁금하다. 그리고 밖으로 나가는 람을 가필이 유난히 열성적인 눈으로 좇는 모습도 신경 쓰인다.

　"마을 입구에서 대화하면서도 생각했었는데…… 뭐야? 너, 람 좋아해?"

　"좋은 여자잖아? 수컷이면, 강하고 우수한 암컷에 끌리는 것도 이상할 게 없지."

　"수컷이니 암컷이니, 병아리 선별이 아니니까 삐약삐약거리지 마라……."

　스바루가 묻자 가필은 당당하게 굴었지만, 그 사랑의 앞길은 험난하다. 로즈월을 향한 람의 애정은 뿌리가 깊다. 그야말로 저주처럼.

　연애란 뭐든 그런 측면이 있다고 하면 틀린 말은 아니지만—.

　"그래서 말이다. 아까 반응을 보면, 아직 중요한 얘기는 안 했나 보군. 니가 걸레짝이 되는 거야 자유지만…… 에밀리아 님한텐 똑바로 얘기해야지."

　"——나?"

람이 자리를 비운 방 안에서, 가필이 다리를 떨면서 화제의 초점을 바꾸었다.

그 발언 중에 자신의 이름이 나온 것에 에밀리아가 놀라지만, 가필은 놀라든 말든 험악한 시선을 로즈월에게 찌르고 있었다.

"이 여자가 결계를 넘은 시점에서, 이 어르신네까지 일에 말려들었다고. 그런데 뭐어? 화기애애하게 환담이시라…… 니들, 놀러 온 거냐?"

"네가 왜 열이 받았는지 모르겠는데…… 그 말려든 사정이란 게 우리 쪽 연금 이야기하고 무관하지 않은 건 상상이 간다."

물어뜯을 자세를 고수하던 가필의 동공이 스바루의 지적에 가늘어졌다.

그, 맹수를 맞상대하는 듯한 위압감 속에서 스바루는 지금까지 나온 이야기를 정리했다.

"로즈월 말로는, 연금은 힘으로 누른 게 아니야. 너도 겉모습과 언동은 뭣하지만, 그런 단락적인 망나니만은…….."

순간, 스바루의 뇌리에 가필에게 내던져진 공방이 스쳤다.

"……만은, 아닐 테지."

"방금 스바루, 엄—청 망설이지 않았어?"

에밀리아의 귀한 딴지를 받으면서 스바루는 가필을 똑바로 봤다. 그는 그 시선을 받으며 "계속해." 하고 스바루에게 뒷말을 촉구했다.

"들어주마. 니가 반마 시중을 드는 좀도둑이 아니라면."

"하프엘프다. 다음엔 로즈월을 부추겨서 엉덩이를 태워 주마."

타인의 힘으로 앙갚음하겠다고 스바루가 당당하게 말하자 가필은 머쓱해졌다. 그 반응에 손가락을 세운 스바루는, 그 손가락을 밖으로, 『성역』을 가리키듯 돌렸다.

　"계속하지. 힘으로 연금했다는 선택지가 사라지면, 그 밖에 무슨 방법을 생각할 수 있지? 솔직히 정보 부족은 부정할 수 없지만…… 딱 한 가지, 걸리는 단어가 있더군."

　"……결계, 말이야?"

　"맞아. 에밀리아땅, 똑똑해."

　스스로도 염두에 두던 일인지 자신감 없는 에밀리아의 의견에 스바루는 찬동했다.

　『성역』에 연금된 원인이, 가필의 완력도 로즈월의 부상도 아니라면 가능성으로 떠오르는 건 결계―― 본래, 『성역』을 지키기 위한 특수한 술식의 영향이다.

　단순히 결계의 존재뿐이라면 이렇게까지 비약된 의견은 나오지 않았을지도 모르지만.

　"결계와 접촉해 에밀리아는 기절했어. 가필 말로는 그건 에밀리아에게만 한정된 게 아니야. ――이 성역에 사는, 태반의 인사들이 그렇단 거지."

　"즉, 스바루는 결계의 영향 때문에 로즈월 일행이 안에서 발목이 잡혔다. 그러니까 저택에도, 마을에도 돌아올 수 없었다. ……그렇게 생각한단 뜻이야?"

　"또 정답! 뭐야, 오늘의 나랑 에밀리아땅, 호흡이 딱 맞는데!"

　고찰이 맞물리자 스바루는 기뻐하며 하이 터치를 청했다. 하지만 갸우뚱한 에밀리아와 그 부분은 맞물리지 않아 스바루는 풀이 죽어 손을 내리고 가필을 쳐다봤다.

"나야 이렇게 생각해봤는데…… 정답은?"

"……나쁘지 않아. 좀도둑이란 평가는 취소해 주마, 똘마니."

"그 평가도 꽤 뭣하다만. 뭐, 서서히 랭크 업을 목표로 삼기로 하고."

완곡하게 긍정했다고 받아들인 스바루는 고개를 끄덕이면서 로즈월을 바라봤다. 그러자 로즈월은 스바루와 에밀리아의 고찰에 한쪽 눈을 감고 노란색 눈에 환희를 드리웠다.

"아아―니, 정말 고작 며칠 만에 몰라볼 만한 변화로군. 스바루도, 에밀리아 님께서도, 그 긍정적인 변화는 실로 든든해. 나도 마음을 모질게 먹고 방임한 보람이 있어."

"그 『방임』에 관해선, 나중에 하고 싶은 말이 산더미처럼 있다고. 다쳤다고 내 분노의 철권이 누그러질 거란 생각은 마라."

"그거―언 무섭군, 무서워."

기분이 좋아 우쭐대는 로즈월에게 스바루는 움켜쥔 주먹을 보이며 겁을 주었다. 그 행동을 그가 진심으로 받아들였는지는 다른 문제지만, 그 발언에 짜증이 난 것은 사실이다.

부재중의 마녀교 대책, 그에 관해서는 나중에 단단히 이야기를 들을 것이다.

"다만 지금만은 결계 얘기가 우선이지. 반응으로 봐서 그게 연금의 원인이군?"

"엄밀하게는 정확하다고 할 순 없지. 하지만 크게 보면 옳다마다. 우리가 『성역』에 발목이 잡힌 원인이, 결계를 둘러싼 사정에 있는 건 사아—실이야."

"둘러싼 사정이란 말은, 결계는 직접적인 원인이 아니다? 음, 그건 당연한가. 결계에 걸리는 건 혼혈…… 아인과의 혼혈뿐이라고 했으니."

결계는 『튀기』의 의식을 빼앗아 침입자의 존재를 숲에서 헤매게 하는 힘이 있다. 하지만 이미 안에 들어온 순혈에는 무해── 결계 자체에 로즈월 일행의 발목을 잡을 힘은 없는 것이다.

"그런데도 결계 때문에 발목이 잡혔다는 건……."

"──결계의 영향을 받는 쪽이, 방해하고 앉았다 이 말이지."

의문의 답변은 다름 아닌, 당사자 본인의 입에서 당당히 밝혀졌다. 그 사나운 단언에 고개를 돌리니 금발의 『튀기』는 날카로운 녹색 눈으로 스바루 일행을 깔아봤다.

"가필……."

"이 어르신의 말씀은 쉽다. 결계가 있는 한, 이 어르신네는 이 『성역』 밖에 못 나가. 니들과는 관계없는 결계지만…… 그건 좀 불공평하지 않냐."

"……그럼 넌 자기가 밖에 나가고 싶은데 나갈 수 없으니까, 그 분풀이로 사람들을 가뒀다는 거냐? 이렇게 큰 부상까지 입혀서?"

갑자기 문제의 수준이 작아진 느낌에 스바루는 그 불합리한 동기에 분노마저 느꼈다. 그러나 가필은 그 추궁에 불쾌한 듯 얼굴을 찌푸리고 말했다.

"말하는 방식이야 천차만별이지. 근데 말이다. 이건 니한테
도 남 일이 아니거든?"

"……우리도, 같은 이유로 밖에 내보내지 않을 속셈이기 때
문이냐?"

"틀려, 틀려! 더 단순한 얘기다! 니 소중한 공주님도, 이 어르신
이랑 할멈들이랑 같은 조건이라 『성역』 밖으론 못 나가잖냐!"

"아……."

크게 웃으며 에밀리아를 손가락으로 가리킨 가필의 발언에 스
바루는 말문을 잃었다.

정말로, 듣는 순간까지 그 가능성을 깨닫지 못한 자기 자신에
게 기가 막혔다. 가필의 말이 맞다. 『튀기』가 접촉함으로써 결
계는 그 효과를 발휘한다. 이미 그것은 에밀리아도 실증이 끝났
고, 그녀 또한 『성역』에 사로잡힌 한 사람인 것이다.

"그건 어떻게 안 되는, 거냐? 예를 들면…… 그래! 결계에 접
촉해 기절한다면, 그 사람들을 결계의 영향을 받지 않은 사람들
이 운반한다거나……."

"아, 스바루, 대단해! 진짜네. 그 방법이라면 모두 밖에……."

"——유쾌한 제안이네만, 그만두는 편이 무난한 걸세. 나는
영혼이 빠진 껍데기가 되고 싶지 않으이."

그건 오늘 여러 번 있는, 대화에 참견하는 제3자의 말이었다.

들은 적 없는 목소리의 참가에 방 안의 사람들은 집 입구를 돌
아봤다. 그곳에는 조금 전의 가필과 마찬가지로 자그마한 인영
이 서 있어서—— 스바루는 "엥?" 하는 소리를 흘렸다.

긴 연홍색 머리카락에, 인형 같은 미모와 뾰족하고 긴 귀, 모두 다 본 적이 있었던 것이다.

그 특징으로 봐서, 틀림없이 스바루가 숲에서 조우한 엘프 소녀로——.

"너는, 아까…… 어, 쁘아뜨뜨뜨뜨뜨뜨?!"

"자, 바루스. 바라던 차야."

재회에 놀라 순간적으로 말을 걸려던 스바루. 하지만 그 볼에 갑자기 뜨거운 찻잔이 눌리고, 스바루는 데는 통증에 절규하면서 방을 굴렀다.

그 범인, 돌아온 람이 스바루의 모습을 조롱하듯 내려다보며 말했다.

"호들갑스럽긴. 남자가 꼴불견이야."

"남자고 뭐고 관계없지 않아?! 뺨이 뎄거든?! 뭔 일인가 했다!"

인정사정없는 매도에 스바루가 일어나서 눈물 어린 눈으로 원망을 토로했다. 람의 폭거는 어제오늘 시작된 일이 아니지만 지금 건 지금까지 중에서 가장 큰 부조리였다.

그 횡포에 노발대발한 스바루의 볼에다 람은 못 말리겠다는 투로 젖은 걸레를 눌러대고 말했다.

"——아까 엘프에 관해선, 비밀로 해두렴."

"뭐?"

맞닿을 거리에서 귀띔한 말에, 스바루는 동그란 눈으로 얼떨떨해졌다. 그러나 람은 그에 관해선 아무 말도 없이 다른 찻잔을 가필에게 건네고,

"변변찮은 차 그 자체야."

"보통은 더 겸손 떨며 말하지 않냐?"

"주운 이파리즙인걸. 람이 손수 탄 것을 감사하며 다 비워."

자신에게 정을 보내는 남자에게 야멸찬 대응을 보였다.

"스바루, 괜찮아? 볼, 얼음으로 식힐래?"

"아, 아아, 멀쩡해. 괜찮아. 람의 부조리한 행패에는 이골 났고, 일상다반사 같아서."

"그, 그렇구나. ……내가 안 보는 곳에서, 늘 저런 식으로 해?"

염려하는 에밀리아에게 대충 맞장구를 치는 바람에, 스바루의 사용인 생활에 비참한 상상이 따라붙었다. 하지만 스바루의 의식은 그 오해가 아니라 람의 귀엣말에 쏠려 있었다.

엘프 소녀에 관해서 비밀로 하라고? 하지만 그 의문은 금세 풀렸다.

"가 도령이 또 바깥 인간을 끌어들였다고 들었네만…… 떠들썩한 도령이로고."

그렇게 말하며 그 엘프 소녀가 눈웃음을 지었다. 그 목소리와 표정에 먼저 만난 인물에게서는 찾아볼 수 없던 감정——유달리 노숙한 분위기지만——을 엿볼 수 있었다. 그 인상은 숲에서 만난 소녀와는 겹치지 않았다. 믿기 어렵게도 다른 사람인가, 하고 스바루는 어안이 벙벙했다.

"저기, 응, 당신은……."

"인사가 늦었습니다, 에밀리아 님. 저는 류즈 빌마. 일단 이 촌락의 대표라는 입장에 있는, 보는 바대로 늙은이올시다."

"네, 네에…… . 보는 바대로, 어르신…… ."

묵례하고 이름을 밝힌 소녀── 류즈의 발언에 에밀리아가 곤혹한 표정을 지었다.

스바루도 그 반응에 동감이다. 아무래도 류즈가 어린 소녀로만 보여서, 늙은이 발언에 이상해하는 사람은 자신만이 아닌 모양이다.

10대 초반 같은 외모에, 깜찍하고 단정한 용모. 하얀 로브를 쑥 뒤집어쓰고, 소매와 옷자락에서는 손발이 보이지 않는 얍삽한 사양이다. 그리고 그 나이 감각에 어울리지 않는 언동──.

"그야말로 로리 할망구……! 언젠가 나올 거다 싶었지만, 스테레오타이프이로군…… ."

"초면에 할망구 소리를 듣다니. 이건 가 도령과 로즈 도령보다 버릇없는 애송이구먼."

"할망구에 수식어로 로리가 붙으면, 그건 욕에서 칭찬으로 변하는 거야. 우리 고향이면 엄청나게 존중 받는 신분이라고. 아니 진짜로."

적당한 넉살로 대꾸하면서, 스바루는 마음속 혼란을 어떻게 덮으려 했다.

류즈와 숲에서 만난 소녀의 외모는 판박이다. 하지만 그 분위기는 명확하게 다르다. 그리고 소녀의 존재를 발설하는 행위는 람에게 금지되고 말았다.

무언가가 있다. 스바루의 본능은 경종을 치고 있지만.

"흠…… . 뭐, 괜찮겠지. 자네가 바루스…… 즉, 스 도령이렷다."

"가 도령도 그렇고, 뭔가 형제끼리 일기예보 시작할 듯한 호칭인데, 그거면 돼. 단, 내 정확한 이름은 나츠키 스바루였다고, 그것만은 기억해 줘."

람을 거쳐 잘못된 전달된 이름을 정정하면서 자기소개. 그 말에 류즈는 참으로 노인답게 "알았네, 알았어." 하고 허리를 두드리며 대답하고.

"욘석, 눈치가 없는 가 도령 보게. 늙은이가 왔으면 얌전히 자리를 양보 못하겠느냐."

"평소는 할멈 대접하면 화내면서, 편할 때만 늙다리가 되고 앉았어……."

"뭐라 했는고?"

"안 했어."

가필은 혀를 차고 앉아 있던 의자를 류즈에게 양보했다. 그때 의자의 먼지를 가볍게 털고 앉기 쉽도록 류즈에게 손을 빌려주고 있었다. 괜스레 헌신적이다.

"뭔가, 네가 입만 험한 시골 양아치처럼 보이기 시작했다."

"시꺼, 똘만아. 니가 이 어르신의 뭘…… 으어! 차 맛 드러! 풀 맛이다!"

람이 탄 낙엽차를 마시고 가필이 요란하게 얼굴을 찌푸렸다. 그런 한 장면을 거치고 나서, 스바루는 재차 "그래서?" 하고 화제를 수정했다.

"류즈 씨도 함께 해서 아까 하던 이야기…… 내 명안이 안 된다는 근거는?"

"아까, 류즈 씨는 엄—청 무서운 말 하던 것 같은데…….

힐끔 류즈를 곁눈질한 에밀리아. 그녀의 말에 스바루도 끄덕였다.

"영혼이 빠진 껍데기랬던가. 그건 무슨 의미인 건데?"

"말 그대로의 의미일세.『튀기』가 결계에 접촉하면 의식을 빼앗겨. 그런데 이 인식은 정확하다고는 못하지. 정확히 말하면 『튀기』는 결계에 영혼이 튕겨나는 것이야."

"영혼이 튕겨난다……? 으, 응?"

결계에 의식을 빼앗기는 메커니즘, 그 해설에 에밀리아는 느낌이 오질 않는 눈치지만, 어떻게 곱씹어서 이해한 스바루는 흠칫 놀랐다.

"그 말인즉슨, 혼혈이 결계를 억지로 지나려고 하면, 육체와 영혼이 분리된다. 그리고 영혼이 결계 안에 남는 처지가 되어서…… 껍데기가 된다고 이해하면 돼?"

"허허—, 제법 이해가 빠른 도령이로고. 간단히 말하자면 그런 뜻일세."

자기 나름대로 해석한 스바루의 답에 류즈가 감탄한 표정으로 웃었다. 그 말에 에밀리아도 놀라서 눈이 동그래진 채로 로즈월 쪽을 쳐다보고 물었다.

"하, 하지만 그게 로즈월이 다친 거하고 무슨 관계야? 결계의 힘이 혼혈 말고 작용하지 않는다면, 로즈월의 상처는 또 다른 누군가에게…… 가필은 아니지?"

"방금 람이 말한 대로, 그도 그렇게까지 생각이 없지는 않다—

아마다요. 가필이라면 절 이렇게까지 만들 수 있습니다. ──그
건 부정하지 않겠습니다아──만."

"레알이냐……."

"레알이야."

에밀리아의 의문에 어깨를 으쓱이는 로즈월. 그 대답에 스바
루가 아연실색하고, 람도 짧은 말로 긍정했다. 로즈월 지상주
의이자 현실주의이기도 한 람의 긍정은 강력하다.『세계 최강』
을 자칭하는 가필, 그 실력은 보증수표라는 뜻이다.

그 대화는 언외로『힘으로 연금 상태에서 벗어나기는 불가
능』하다고 말하고 있다.

"이 어르신이 그만큼 할 수 있으면 기분 죽이겠는데…… 람,
무서운 얼굴 하지 마! 암튼 이 어르신이 아니야. 그놈 상처는
『시련』에 부정당한 결과다."

스바루의 놀람을 아는지 모르는지, 가필은 거칠고 담담하게
이야기를 진행했다. 스바루는 그 전율을 침과 함께 삼키고, 다
소 마음을 다스리고 나서 말했다.

"……『성역』에 마녀에 결계, 다음으로는『시련』이라. 잇따
라서 문제가 불어나는군."

새로운 화제의 수만큼 문제도 불어난다. 그 사실에 질린 표정
인 스바루에게 "그러게에──." 하고 대답한 로즈월이 붕대 위로
가슴을 어루만지며 말했다.

"하아──지만, 불어난 정보는 이게 아마 마지막일 거야. 자격
있는 자가『시련』에 도전해,『성역』을 해방할 권리를 얻는다.

내가 입은 상처는 그 전제에 거스른 증거어—니 말이지."

"『시련』의 전제에, 거슬렀다……?"

"그 전제는, 결계에 간섭할 수 있는 피를 가질 것. ——즉, 『튀기』일 것이지. 그 외의 존재가 『시련』에 도전하면 육체는 거절로 말미암아 찢어져."

"——흡."

놀라서 스바루와 에밀리아가 동시에 숨을 집어삼켰다. 그것은 로즈월이, 자신의 몸을 감은 붕대의 매듭을 푼 것이 원인이다. 피로 더러워진 붕대가 사륵 풀리고, 로즈월의 부상당한 나신이 노출됐다. ——그것은 너무나도 끔찍한 몰골이었다.

그 상반신은 안쪽에서 터진 듯한 열상이 무수히 퍼져서, 지금도 질금질금 피가 배어 나오고 있다. 치유 마법의 효과도 희박하거나, 아니면 상처 자체가 살아 있는 것처럼——.

"알기 쉽게 니들한테 이 어르신네의 요구를 제시해 주마."

그렇게 말한 가필은 경악하는 스바루에게—— 아니, 에밀리아에게 손가락을 들이댔다. 이 『성역』을 둘러싼 사정, 그 해결에는 에밀리아야말로 필요하다고.

그 손끝을 바라보며 숨을 죽인 에밀리아에게, 가필은 이어서 말했다.

"이 『성역』을 에워싼 결계를 풀어. 그러기 위한 『시련』을 니가 받아라. 그게 안 풀리면 아무도 밖에 못 나간다. ——니부터가 나갈 수도 없겠지만."

# 4

대성당이라고 불린 장소에 발을 디딘 순간, 스바루는 공기가 변하는 것을 느꼈다.

나쁜 변화가 아니다. 그때까지 대화가 없는 고요한 공간이었던 곳에 놀라는 기척이 생기고, 이어서 주목과 기쁨이 몰려들었을 뿐이다.

"스바루 님!" "오오, 용케 무사하셨습니다!" "다른 사람들은 건강한가요!"

모습을 드러낸 스바루를 환영한 것은 이 대성당을 임시 숙소로 삼고 있던 사람들── 람과 함께 마녀교로부터 도망치기 위해 『성역』으로 피난했던 아람 마을의 주민들이었다.

그 모습은 스바루를 보고 기운을 찾았다는 이유도 있지만, 마을에서 헤어졌을 때와 비교적 변함이 없다. 『성역』에서 나쁜 대접은 받지 않았다고, 그 점에는 안도했다.

로즈월의 주장을 의심한 건 아니지만──.

"이곳에 피난하도록 말한 사람은 나니 말이지. 다들, 무사해서 다행이야."

"스바루 님이야말로 무사하셔서 다행이지요. ──마을과, 다른 쪽에 간 사람들은?"

"아아, 안심해 줘. 위험한 놈들은 쫓아냈고, 왕도에 피난한 사람들도 마을에 돌아왔어. 아무도 다치지 않았고 팔팔해."

"오오──!"

가슴을 치며 보증하는 스바루의 말에 주민들은 일제히 표정이 환해졌다.

그런 그들의 반응에 웃음을 돌려주면서도 스바루는 대성당을 슥 훑어봤다. 돌로 지은 건물은 천장이 높고 성당이란 이름에 부끄럽지 않은 맑은 공기와 고요함으로 가득했다.

스바루의 지식으로는, 교회의 예배당에 가까운 분위기일까. 성당의 부지는 꽤 커서, 피난한 주민 약 50명을 이곳에 한꺼번에 수용할 수 있다고 한다.

솔직히 불편한 일도 많이 있을 테지만, 그들은 스바루에게 불만을 발산하지 않았다.

"남겨둔 밭과 가축이 걱정되네요. 그리고 아이들과도 떨어졌으니까요."

"영주님, 다치신 곳은 괜찮을까요? 저희 때문에 심한 상처를……."

일상을 위협하는 불평보다 순수한 내일의 걱정을 하는 발언에 스바루는 마음이 아팠다.

따로 떨어진 가족에, 상처를 입은 영주. 그들이 품은 우려의 원인은 끝이 없다. 하지만 그런 상황을 끝내기 위해서 스바루는 이 자리에 발길을 옮긴 것이다.

"아, 다들 내 말 좀 들어줘! 알다시피, 마을을 습격한 위험분자를 쫓아냈어! 피난한 다른 그룹도 마을로 돌아와 지금은 모두의 귀가를 기다리고 있고!"

귀가를 기다리고 있다고 스바루가 전한 순간, 마을 사람들의 표정에 불안의 그림자가 졌다. 당연하지만 그들도 자신들이 『성역』에 머물고 있는 사정은 알고 있는 것이다.

그 때문에 로즈월이 부상당한 사실도, 해방될 전망이 서지 않는다는 사실도.

그러나——.

"이곳을 나가는 게 어렵다라는 건 다들 아나 봐. 하지만 걱정마! 왜냐하면 모두를 해방하기 위해 『시련』에 도전해 줄 아이가 있기 때문이야!"

"그건…… 혹시, 스바루 님이?!"

"워워워…… 아니, 내가 아니야. 나라도 괜찮으면 얼마든지 했겠지만……."

패기에 감화된 마을 사람의 반응에 스바루는 머리를 긁으며 쓴웃음 지었다.

그 말에 거짓은 없다. 도전자가 자기 자신으로 괜찮다면, 『시련』에 도전하는 건 인색하지 않다.

하지만 결계는 스바루를 도전자의 조건에서 제외했다. 따라서 『시련』에 도전하는 것은——.

"모두 알고 있을 거야. ——왕선 후보자인 에밀리아. 그 애가 『시련』에 도전해."

"————."

다시 한 번, 스바루의 선언에 마을 사람들이 숨을 집어삼켰다. 그들의 반응에 스바루가 끄덕이고 성당 입구—— 그곳에서 대기하던 소녀를 손짓해 불렀다.

한순간의 망설임 뒤, 천천히 모습을 드러낸 것은 은발을 바람에 살랑이는 에밀리아였다. 그녀는 긴장으로 뺨을 굳히고 스바루 옆에 서서 마을 사람들을 둘러봤다.

한 번은 거절당한 시선이다. 그리고 『인식 소외』 로브 없이 마주 보려면 용기가 필요하다. 그런데도 에밀리아는 입술을 깨물고 그 자리에서 깊이 고개를 숙이며 말했다.

"기, 기다리게 해서 죄송해요. 영주, 로즈월 L. 메이더스를 대신해, 이 『성역』의 『시련』에는 제가 도전합니다. 미덥지 못할지도 모르지만…… 꼭 극복해서 모두 다 결계에서 해방해 보이겠어요."

쭈뼛쭈뼛, 처음에는 자신 없게 시작하다가 끝에는 말이 빨라졌음에도 단언했다.

에밀리아의 선서에 마을 사람들은 당황하면서 얼굴을 마주 봤다. 그들에게 에밀리아와의 관계는 복잡한 것이었다. 그들은 마을에서 마녀교를 멀리하고자 에밀리아가 내민 손을 거부했었다. 그 균열 자체는 메워진 것이 아니다.

스바루가 억지로 덮어서 균열이 보이지 않게끔 뒤로 미뤘을 뿐이다. 마을 사람들과 하프엘프인 에밀리아 사이에 깔린 도랑은 지금도 남아 있다.

"————."

에밀리아는 고개 숙인 채로 마을 사람들의 반응을 기다렸다. 입술을 세게 꼭 깨문 옆모습에선 거절당하는 것에 대한 각오와 공포가 아련하게 엿보였다.

하지만 그런 에밀리아에게 한 걸음 접근하는 인영—— 아람 마을의 촌장이자 곧잘 스바루의 엉덩이를 만지던 노파다. 그 기척에 에밀리아가 고개를 들자 노파는 끄덕이고 말했다.

"지난날에도 당신께선 저희에게 고개를 숙여 주셨죠. 그 손을 내친 것은 저희입니다. 그럼에도 불구하고 또 이렇게 손을 내밀어 주셨어. 왜죠? 왕선을 위해서?"

"_____."

"영민의 지지를 얻고 싶어서, 머리까지 숙이며 구해 주시겠다고 해 봅시다. 그건 자연스러운 일입니다. 그건 상관없어요. 그렇게 말씀해 주신다면 말이지요. 다만 저희가 두려운 건, 이유를 알 수 없다는 점이에요."

"이유를, 알 수 없다는 점……?"

"하프엘프이기에, 저희는 당신을 거부했습니다. 그런데도 하프엘프인 당신께서 아직 이러시는 이유를 모르겠어요. 그래서 알고 싶어요."

곤혹감에 눈동자가 일렁이는 에밀리아에게 노파는 그 얼굴을 보면서 곧게 물음을 던졌다.

"당신께서, 저희가 이해할 수 없는 마녀가 아니라는 사실을."

마녀와 정면으로 비교되고, 하지만 그걸 부정하라는 말을 듣고, 에밀리아는 놀랐다. 필시 그것은 그녀가 처음 경험하는 것이다. 에밀리아를 괴롭히는 차별 의식은 언제나 반론을 허락하지 않고, 일방적으로 단정했을 것이다.

"_____."

순간, 에밀리아의 눈이 옆에 서 있는 스바루 쪽으로 돌아갔다. 그 매달리는 듯한, 해답을 요구하는 시선에 스바루는 고개를 끄덕이고 말없이 그녀를 밀어냈다.

이 자리에서 요구되고 있는 건 에밀리아 본인의 말, 남에게 빌린 말로는 의미가 없다.

"저는…… 지금, 어엿한 대답을 할 자신이 없어요. 설득력이 엄—청 있어서 모두가 수긍할 만한 말은, 아무것도."

더듬더듬, 스바루의 수긍에 등이 떠밀린 에밀리아가 말하기 시작했다. 치졸해도, 자신의 말로 왜 그러고 싶은지를 전하기 위해서.

"다만, 저는 며칠 정도…… 짧은 시간이지만, 이곳에는 없는 모두의 가족과 함께 보냈어요. 그래서 새삼 생각했죠. 가족은 함께 있어야 하는 법이라고."

에밀리아는 자신의 가슴을 더듬듯이 만지고, 빛이 희박한 결정석을 손가락으로 쓸었다. 그 안에 잠들어 있을 그녀의 가족은, 지금은 어째서인지 말을 주고받을 수 없었다.

그러나 가족을 아끼는 마음에 다른 건 없다고, 에밀리아는 전원의 얼굴을 둘러봤다.

"저는 여러분을 가족들 곁에 돌려보내고 싶어요. 그렇게 약속을…… 그 마을에서 하고 온 건 아니지만, 자기 자신의 가슴에 맹세했어요. 그걸 지키고 싶어요. 그뿐이에요."

"————."

"지지해 주길 바란다는 생각은 건 별로 안 했어요. 하지만 가능하면 모두와…… 음, 저기, 친해지고 싶다……는, 생각은 해요.”

마지막에 가서, 급속하게 어조가 약해지는 에밀리아. 그녀의 말에 마을 사람들은 서로 말이 없었다. 그대로 침묵이 몇 초, 십여 초 흘렀을까.

“에밀리아 님.”

“…… 네, 넷.”

“형편 좋게 군다고 여겨질 건 알고 있습니다. ——하지만 잘 부탁하겠습니다.”

그 말뜻을 이해하지 못하고 에밀리아는 한순간 멍하니 생각이 빠져나간 표정을 지었다. 하지만 눈앞에서 노파가 고개를 숙이는 모습을 보고 그제야 의미를 이해했다.

“아…… 저, 저야말로 부족한 몸이지만 잘 부탁해요!”

“부족한 몸이라니, 요즘 못 듣는 말일세.”

순간적으로 튀어나온 사어(死語)를 듣고 평소의 대화를 떠올린 스바루가 쓴웃음을 지었다. 에밀리아는 그 말에 상관할 여유도 없고, 그 뒤에도 조금씩 말을 걸어 오는 마을 사람에게 대응하느라 바빴다.

“에밀리아 님, 좀 변한 것 같아. 바루스가 무슨 바람을 넣어서 저러시는 걸까?”

“스스로 생각한 결과겠지. 그런 식으로 뭐든지 에밀리아의 결의를 남 탓으로 넘기지 마라.”

“……그러네. 지금은 람이 잘못했어.”

입구에서 방금 있었던 대화에 대해 살짝 차가운 감상을 읊은 람이 그 말을 사과했다. 보기 드문 사과를 받고 스바루가 놀라자, 람이 "왜?" 하고 연홍색 눈을 가늘게 떴다.

"잘못했다고 생각하면 람도 사과해. 그럴 일이 좀처럼 생기지 않을 뿐이야."

"자신감이 넘치는 그 자세가 가끔 진심으로 부러운데."

"자신감은 무슨. 람이 거의 틀리지 않는 이유는, 단순한 자연의 섭리야."

팔짱을 끼고 단순한 자신감 과잉보다 훨씬 더 장대하게 자기 자신을 긍정하는 람을 보고, 스바루는 어깨를 으쓱였다.

"이로써 에밀리아 님은 『시련』에 임할 수 있어. 마을 사람들의 성원도 받아서……. 로즈월 님께서 바라시는 대로 됐구나."

"그런 표현도 관둬. 에밀리아에게 그런 타산은 없으니까."

"그래서, 궂은 역할은 악랄하단 자각이 있는 자기가 지겠다고? 갸륵하기도 해, 바루스."

작은 입술에 빈정대듯 웃음을 머금고, 람은 그렇게 스바루를 야유했다. 하지만 그 눈과 목소리에 본질적으로 스바루를 조롱하는 감정은 없다. 있는 것은 걱정일까.

어울리지 않는다는 말은 하지 않는다. 람의 다정한 마음씨는 그저 알아채기 힘들 뿐이다.

"너도 에밀리아를 염려해 주는 거냐. 좀 뜻밖이군."

"……람은 자비와 자애로 똘똘 뭉쳤는걸. 그리고 에밀리아 님께서 기대에 맞춰 활약할 수 있느냐에 로즈월 님께서 살신성인한 의미도 달렸어. 염려하는 게 당연하지."

"로즈월도 제법 자기 몸을 내던지는 짓을 다 하지……."

언짢아하는 람의 말투에 스바루는 씁쓸한 표정으로 그렇게 뇌까렸다. 속마음에 있는 건 『성역』에서 로즈월의 행동과 그 진의에 대한 경탄이었다.

자격이 없는 몸으로 『시련』에 도전해 술식에 가로막혀 빈사의 중상을 입은 로즈월. 그 무모한 도전의 뒷면에는 일반인의 발상이 아닌 광기 어린 타산이 있었다.

『성역』의 결계를 풀려면 『시련』의 돌파가 필수——. 그 사실에 대해 로즈월은 스스로 솔선해 상처를 입어서 영주의 역할을 완수하려 했다는 사실과, 『시련』이 로즈월도 달성할 수 없는 난제라는 사실을 관계자들에게 강하게 각인시켰다.

본인의 평가와 이름에, 그리고 육체에 상처를 입히는 것을 주저하지 않는 어필 행위——.

"그리고 거기서 당당하게 나타난 에밀리아가 『시련』에 도전해 『성역』을 해방한다……."

"이 『성역』의 주민과 갇힌 피난민……. 양쪽 다 에밀리아 님께 오죽 감사하겠어. 하프엘프라는 사실을 사소하게 여겨 줬으면 좋겠는데."

"사람 마음을 그렇게까지 쥐락펴락할 수 있진 않지. ……그리고 에밀리아에게 그런 타산은 없어. 그 사실은 나와 넌 꼭 알아 줘야 해."

대성당 중앙에서 딱딱하게 웃으며 마을 사람과 교류하는 에밀리아를 멀찍이 지켜봤다.

로즈월의 생각은 이해한다. 이건 앞으로 있을 왕선에서 살아남기 위해서 필요한 도전이다. 에밀리아가 들었던, 『언젠가 필요할 장소』의 진의도 수긍은 할 수 있다.

　단, 그래도 쌍수를 들고 찬성은 못한다. 그것도 스바루의 오기였다.

　"그런데 바루스……. 정말로 몸에는 아무 이상도 없어?"

　"아, 응. 문제없음. 그에 관해선 전이 얘기했을 때부터 거짓말 안 했어. 로즈월이 걸레짝이 됐는데, 난 기절했을 뿐이란 건 뭐하지만."

　"허름한 게이트밖에 없어서 다행이네."

　"사실이라 대꾸는 못하겠지만!"

　대놓고 하는 소리에 언성을 높인 스바루는 그 자리에서 크게 허리를 돌리면서 말했다.

　"그, 전이한 곳에 있던 유적이 『시련』을 위한 장소라는 말에는 놀랐어. 자격이 없는 사람이 들어가면 지독한 꼴을 당한다는 것도……. 완전히 초짜 잡는 함정이군."

　"로즈월 님의 상처를 봤지? 보통 사람 수준으로 게이트의 축복을 받았으면 호된 벌이 떨어졌을 거야. 에밀리아 님도, 아무 것도 모르고 들어갔더라면 어떻게 됐을는지."

　"……넌, 프레데리카가 꾸민 일이라고 생각해?"

　스바루는 목소리를 낮추고 내내 품고 있던 의문을 입에 올렸다. 그 말에 람은 잠시만 생각에 잠겼다가 "글쎄." 하고 한쪽 눈을 감고 대답했다.

"상황은 프레데리카가 뭔가 꾸몄음을 증명하고 있어. 실제로 에밀리아 님께선 아슬아슬하게 변고를 피하셨지. 바루스의 고귀한…… 비교적 고귀한 희생 덕분에."

"고쳐 말하지 마. 아니, 희생되지는 않았으니 고쳐 말해도 되지만, 희생됐더라면 거짓말이라도 고귀하다고 여겨라."

"생각해 볼게. ——그래서 프레데리카의 관여 말인데, 바루스에게 말해둘 게 있어."

그렇게 운을 뗀 다음, 람은 그 날카로운 시선으로 주위 상황을 확인했다. 마치 아무에게도 하는 말을 들려주지 않게끔 주의하듯이. ——아니, 마치가 아니다.

람은 스바루에게 반 발짝 다가붙어 목소리를 죽이며 말했다.

"『성역』의 해방을 이곳 주민 전원이 찬성하는 건 아니야."

"윽——. 그건 또, 무슨 소리?"

"류즈 님이나 가프, 숨은 엘프가 그렇고, 프레데리카의 행동도 그렇지만…… 『성역』의 해방은 류즈 님을 필두로 가프 같은 강경파가 주장하며 주도하고 있을 뿐. 개중에는 『성역』의 해방을 바라지 않고 결계 안에 틀어박히는 쪽을 선택하는 사람도 있는 거야."

"결계 안에 틀어박히다니…… 그래서 어떻게 된다는 말인데."

람의 충고에 눈썹을 모은 스바루는 그러한 활동을 하는 배경을 이해하지 못하겠다는 태도를 드러냈다.

가필의 설명이 맞다면 『성역』에 사는 주민은 모두가 『튀기』다. 당연히 결계의 영향을 받는 그들은 밖에 나갈 수 없다. 결계가 있는 한, 영원히.

"그거면 족한 거야. 남고 싶은 이들에게 바깥과의 교류는 최소한인 지금이 이상적이지. 그걸 굳이 깨트리려고 하다니, 우리는 민폐다……. 그런 거야."

"프레데리카가, 그런 패거리에게 협력하고 있다 싶어?"

"가능성이 있지. 현재 있는 정보로는 그렇게 추측할 뿐이야."

정에 휘둘리지 않는다는 말이라도 하듯 람은 물고 늘어지는 스바루를 딱 잘라냈다. 그러나 스바루는 그 말에 입술을 뒤틀고 속으로 초조감을 품지 않을 수 없었다.

자연히 손은 자신의 손목에 감긴 하얀 손수건을 만지고 있었다.

"그건? 꽤 낡아빠진 주술인걸."

"페트라가…… 아, 마을에 있는 귀여운 여자애야. 그 아이가 출발 전에 줬어. 프레데리카가 저택의 도우미로, 새 메이드로 채용했거든. ……그래서 걱정이야."

만약 프레데리카에게 악의가 있다면, 페트라의 신병은 충분히 인질이 된다. 좋은 뜻으로 협력하고 나선 소녀에게 무슨 일이 있으면 면목이 서질 않는다.

그리고 무엇보다 저택에는 렘이 남아 있다. 저택 사람들에게, 스바루에게, 그녀가 얼마나 소중한지 프레데리카에는 온갖 말로 설명하고 말았다.

다만 그런 스바루의 우려에는, 람이 "그런 거 가지고." 하고 한숨지으며 대답했다.

"안심해. 프레데리카가 저택의 신입에게 못된 짓을 저지를 일은 있을 수 없어. 그렇게까지 악독한 길로 빠질 리도 없고. 그 아이는 걱정할 필요 없어."

"……넌 프레데리카를 믿는 거야, 안 믿는 거야? 어느 쪽이래?"

"의도는 몰라. 하지만 프레데리카가 프레데리카라는 사실은 의심하지 않아."

람은 그 말만 강하게 단언하고 스바루의 얼굴에서 시선을 피했다. 그녀는 호리호리한 팔로 팔짱을 끼고 성당 안쪽—— 에밀리아를 가리키듯 턱짓하고 말을 이었다.

"조심해, 바루스. 『성역』의 해방에 반대하는 놈들에게 가장 확실한 방법은 에밀리아 님께 위해를 가하는 거야. 누가 적인지는 알 수 없어. 항상 긴장하도록 해."

"그래서, 류즈 씨와 가필에게도 비밀로 한 건가. ……그 두 사람이 해방에 반대하고 있단 건, 좀 억측 아니야?"

"그 두 사람은 안 해도, 그 두 사람과 관련된 누군가는 하고 있을지도 모르지. 비밀은 알고 있는 사람이 적을수록 좋아. 알고 있는 사람의 입이 아무리 가벼워도 말이지."

은근슬쩍 아무나 상관 않고 털어놓지 말라고 못을 박아서, 스바루는 끽소리도 내지 못했다.

어쨌든 람의 충고는 이 『성역』에서 지내는 데에 있어서 매우 중요하다. 특히 해방 반대파의 존재는 듣지 못했으면 알 도리가 없다.

"실제로 류즈 씨와 그 애는 똑 닮았고 말이야……."

류즈 본인이라고 생각할 수는 없지만, 판박이인 두 사람에게 관계가 없다고는 생각할 수 없다. 귀가 긴 그녀의 내력도 그렇고, 묻고 싶은 내용은 산더미처럼 있는 게 실정이다.

단, 어느 의문이나 물어볼 수 있는 건 지금이 아니고——.

"밤에 로즈월 님께서 시간을 마련해 주실 거야. 그걸로 만족하렴."

"그 상처를 보면 뭐라 말도 못하지. ……그것도 계산한 거라고 의심하고 싶어지지만."

"그거야말로 억측이야. 로즈월 님의 상태를 진단한 건 가프……. 걔한테 로즈월 님과 속셈을 맞출 만한 머리가 있는 것처럼 보이더니?"

"자기한테 반한 남자에게 신랄하셔라!"

"헛수고인데 말이지."

마지막 한마디야말로 가장 신랄해서, 스바루는 이 자리에 없는 가필에게 동정했다.

"밤에, 말이군."

그리고 동정하기를 마친 뒤, 대화하기로 약속을 잡은 시간을 입안에서만 중얼거렸다.

『성역』주변의 사정만 듣다가 진짜 듣고 싶은 말을 그다지 듣지 못한 낮을 대신해, 로즈월은 이번에야말로 대화를 나눌 시간을 마련한다고 한다.

——단, 그 약속의 시간은 에밀리아가 『시련』을 받은 다음이된다.

"——슬슬, 해가 저물겠어."

람이 성당 밖으로 고개를 돌리고 저녁놀 색에서 밤의 색으로 물드는 하늘을 쳐다보며 읊조렸다.

──밤이 온다.
『성역』의 해방을 위해서, 『시련』으로 사람을 시험하는 밤이.


5


일몰 후 『성역』의 분위기는 낮의 그것에서 크게 돌변한다.

원래 적적한 한촌이나 마찬가지인 촌락이다. 야음에 대비한 조명은 최소한 필요한 것밖에 없어, 집에서 나오는 희미한 빛을 제외하면 평소에는 달빛 말고 밤의 외출을 거드는 존재는 없다.

따라서 촌락 전체에 화톳불을 피워 묘소로 이어지는 길을 밝히는 오늘 밤은 이례적이라고 할 수 있다.

"덕분에 무사히 우리와 합류할 수 있어서 다행이지. 불꽃 덕톡톡히 봤어! 안 그래? 오토!"

"그 소리, 제 눈을 보고 한 번 더 말해 보실래요? 젠장할!"

밤의 『성역』, 화톳불로 밝힌 광장에 분노로 얼굴을 붉힌 오토의 고함이 울렸다. 그는 발을 동동 구르며 그 떨리는 손가락을 스바루에게 들이대고 말했다.

"잠깐 대화 나누다가 끝나면 마중을 나올까 싶었더니 이 꼴이에요! 이거 완전히, 제가 안 움직였으면 용차에서 아침을 맞을 흐름이었잖아요?!"

"그렇게 말해도 가필에게 말하고 용차에 남은 건 본인이잖아? 파트라슈와 애룡도 있었고, 외롭지는 않았을 텐데…….뭐, 까먹었던 건 사실이지만."

"그 사실이 빈속에 사무쳐!"

찔리는 내색도 없는 스바루의 대꾸에 어두운 밤을 화톳불에 의지해 돌파한 오토가 분개했다.

『성역』에 도착한 후, 오토는 용차를 모양뿐인 마구간에 맡기고 정신통일하고 있었지만, 대화가 달아오르는 바람에 완전히 존재가 잊혀 이제 와서 자력으로 합류한 상황이었다.

참고로 시간은 완전히 밤중으로, 대성당에서 먹는 저녁 식사 시간은 일찌감치 지났다.

"덮어놓고 맛있다 할 만한 밥은 아니었지만, 사치스러운 말은 못하지."

"전 사치는커녕 현실에서 청빈함을 실천하는 판이거든요오! 진짜로 원망할 겁니다!"

"미안해, 미안해. 나중에 제대로 사과할 테니…… 지금은 이쪽 좀 집중하자."

스바루는 바싹 다그치는 오토의 이마를 밀어내고 쓴웃음과 함께 시선을 다른 쪽으로 돌렸다. 그 시선을 따라간 오토는 광장 중심에서 희미한 빛에 휩싸인 소녀를 보고 눈을 가늘게 떴다.

"미정령과 에밀리아 님이네요. 제가 모르는 사이에 대체 무슨 어려운 문제가?"

"어려운 문제라니…… 만날 말썽만 떠맡는 것처럼 말하지 마."

"그럼 어려운 문제가 아닌가요?"

"어려운 문제 맞아. 심지어 에밀리아가 혼자서 도전해야만 하는, 울트라 하드 문제다."

스바루는 다 안다는 얼굴을 한 오토에게 콧방귀를 뀌고, 에밀리아에게 걸어갔다. 눈을 감고 미정령의 축복을 받고 있던 소녀는 그 기척을 느끼고 고개를 들고 미소를 머금었다.

"미정령들의 응원, 만족할 만큼 받았어?"

"응, 괜찮아. 하지만 마지막으로 하나 더 필요할 것 같은데."

"내 거면 돼?"

"스바루 게 필요해. 부탁할게."

"힘내. 지지 마. E·M·T(에밀리아땅·무지·도전자)——!"

기합을 넣은 스바루의 성원을 받은 에밀리아는 자그맣게 웃음을 터트리더니 "고마워." 하고 짧게 말한 다음, 지금부터 도전할 묘소를 돌아봤다.

그 옆에서 스바루도 마찬가지로 묘소를 올려다보며 낮과 크게 인상이 다른 유적에 입술을 핥았다.

"묘소라는 값은 해서, 밤의 으스스함은 낮하고 비교가 안 되네. 에밀리아땅, 문제없어?"

"약간 불안하지만 끄덕 없어. 이건 내가 해야만 하는 일인걸."

에밀리아는 하얀 주먹을 쥐고 기합 넘치게 숨을 내뱉었다. 그 모습에 스바루가 너무 부담스러워 하지 않나 걱정했을 때.

"핫, 위세가 좋기도 하지. 그 정도가 아니면 기대도 못한다만."

"가필, 류즈 씨."

목소리가 들려 돌아보니 광장 입구에서 걸어오는 것은 자그마한 두 그림자──한쪽은 어린 소녀, 다른 한쪽은 청년이라는 차이는 있어도, 『성역』의 두 대표가 틀림없었다.

　또, 가필과 류즈 뒤에는 람도 뒤따르고 있다. 아무래도 『시련』에 도전하는 에밀리아를 지켜보는 사람은 이뿐인 듯싶다.

　"이걸로 관전자가 끝이라는 건 좀 섭섭하군."

　"아람 마을 사람들에겐 야간 외출을 금지했어. 심야는 조명이 없고……."

　"그리고 괜한 소동이 일어나도 난처해서 말일세. 늙은이는 밤에 약한 게야."

　"아침은 골 때리게 빠르지만 말이지."

　스바루의 술회에 잇달아 응답하고, 람을 비롯한 관전자들도 각자 묘소 앞에 번듯하게 섰다.

　람은 다친 로즈월의 대리, 가필과 류즈는 『성역』 대표다. 거기에 에밀리아의 시종인 스바루와 외부인인 오토를 합쳐서 집결.

　오토만은 당최 이 자리에 있을 필연성이 희박하지만──.

　"네 도전을 지켜볼게. 마을 사람들도 사실은 응원하고 싶었을 테니, 대표로."

　"응, 고마워. 스바루도, 마을 사람들…… 다른 보고 있는 사람들의 기대에도 꼭 부응할 수 있게끔 노력할게."

　"──?"

　마지막, 덧붙여 말할 때만 에밀리아의 눈길이 광장 바깥쪽을 향했다. 그 몸짓에 의문을 느끼지만, 그걸 따질 시간은 없다.

에밀리아는 숨을 작게 내쉬고, 묘소 쪽으로 돌아서서 입구 계단에 발을 올렸다.

그러자 다음 순간――.

"――묘소에, 빛이."

중얼거린 사람은 오토였지만, 놀라움은 그 자리에 있는 모두가 공유했다.

다섯 명이 지켜보고 에밀리아가 도전하는 묘소의 벽면이, 마치 도전자를 환영하는 것처럼 흐릿하게 빛나, 녹색의 인광(燐光)이 밤의 어둠에 잠긴 옛 마녀의 종착지를 비추고 있었다.

"『시련』에 도전할 자격이 있노라고 묘소가 에밀리아 님을 인정한 증표일세."

류즈가 인광에 휩싸인 묘소를 쳐다보며, 그 아름다운 광경의 이유를 말로 표현했다. 스바루와 다른 사람들은 그 광경을 말도 못하며 응시했다. 에밀리아만이 망설임 없이 계단을 오른다.

그리고 계단 위에 도달하자 어둡고 깊은 묘소의 입구가 그녀를 맞이하고, 때를 기다리고 있다.

"――갑니다."

그렇게, 작은 목소리로 한 말이 스바루에게 들린 것 같았다.

그대로 에밀리아의 뒷모습이 서서히 보이지 않게 되고, 그녀가 묘소의 통로로 들어간다. 묘소 전체를 에워싼 인광은 그대로 남았다. 아마도 『시련』이 시작됐을 것이다.

로즈월의 몸을 너덜너덜하게 찢어발기고 스바루 또한 의식을 잃으며 혼절하게 한 묘소. 그곳에 에밀리아가 들어서는 것에 심장이 잡힌 듯한 불안이 스치지만——.

"안심하거라, 스 도령아. 묘소는 에밀리아 님의 존재를 똑똑히 받아들였다. 이렇게 빛나고 있는 게 그 증거야. 로즈 도령처럼 터질 걱정은 없으이."

"터지다니, 그 표현이 빵 터지는군. ……아니, 죄송합니다. 걱정해 줬는데."

"허허, 사과할 줄 알면 너무 화내지는 않네. 가 도령은 버릇을 잘못 들였을지도 모르겠다만."

노숙한 웃음을 짓는 여아의 모습에 스바루는 극심한 어색함을 느끼며 쓴웃음을 지었다. 말과 함께 류즈가 곁눈으로 보는 사람은 떨어진 곳에서 묘소를 지켜보는 가필이었다.

그는 팔짱을 끼며 이를 딱 부딪치고, 조마조마한 듯 발끝으로 땅바닥을 찍었다.

"생각을 해 봤는데."

"응? 무어냐?"

"이 묘소의 『시련』에 도전할 수 있는 건 결계의 영향을 받는 『튀기』뿐이지? 그건 다시 말해, 류즈 씨랑 가필도 도전하자고 마음먹으면 도전할 수 있는 거야?"

"도전뿐이라면, 이론상으로는 가능할 게지. 하나 『성역』의 해방은 못한다. 그건 이 땅에 면면히 이어져 내려오는 우리네 『성역』 주민의 계약이야."

"……또 계약인가."

스바루가 꺼림칙한 단어에 씁쓸한 표정을 짓자 류즈는 "어허." 하고 눈썹을 치켜들었다.

"스 도령은, 계약을 싫어하는고?"

"좋은 인상은 없지. 참고로 이 몇 주일 동안에 시련이란 단어에도 꺼림칙한 기억밖에 없다고. 내가 세상에서 가장 싫어하는 놈이, 그거 계속 들먹였거든."

"그건 또 참, 팔자가 안 좋구먼. 정령사 아이랑 있는 것도 고생이 있을진대."

정령술사는 약정을 중시한다. 류즈의 말은 그것이 공연한 사실이라는 증거가 됐다.

실제로 계약이니 맹약이니 하는 문제 때문에, 스바루와 에밀리아는 한차례 결별했었다. 물론 스바루의 내면에서 그건 내가 잘못했다고 결판을 지은 일이긴 하지만.

"납득한 거랑, 좋고 싫음은 다른 문제지. 앞으로도 사전에 빨간 줄을 그은 채로 놔둘 거라고."

"고집 보게나. ……뭐, 스 도령만한 소년이라면 그 오기도 귀여운 법이다만."

소년이라고 표현하니 도무지 근질근질하다. 그와 동시에 스바루는 류즈의 옆얼굴에 희미하게 갑갑함 같은 게 스치고 지나가는 것을 봤다.

그것은 어쩌면 『시련』에 도전할 기회를 사전부터 빼앗겨 외부 사람에게 결계의 해방을 맡길 수밖에 없는, 그녀의 내면에 간직된 무력감이었을지도 모른다.

그렇게 생각하자니 짜증이 어린 가필의 모습도 이해가 간다.

단기간에 파악한 바로, 그 성격을 감안하자면 남에게 떠맡기는 행동은 죽도록 싫어하는 타입이 틀림없는 것이다.

"_____."

그대로 이렇다 할 일 없이 침묵하며 에밀리아의 귀환을 기다리는 시간이 흘렀다.

가필은 변함없는 기색이고, 류즈도 말없이 스바루 옆에 있다. 살짝 시선을 틀면 놀랍게도 오토와 람 사이에 우호적인 듯한 대화가 성립하고 있었다.

람과 우호적인 대화의 경험이 적다고 여기는 스바루에게는 묵과 못할 사태였다.

나중에 대(對) 람용 회화술의 요령이라도 듣자고, 시시한 생각을── 한 순간.

"──아?"

그 변화를 목격하고 그 자리에 있던 전원이 순간적으로 숨을 집어삼켰다.

반사적으로 연거푸 눈을 깜빡인 이유는 그때까지 있었을 광원이 꺼졌기 때문이다. 그것은 다시 말해, 눈부실 정도의 인광에 휩싸여 있던 묘소의 침묵을 뜻한다.

"빛이 꺼졌다고?! 이봐, 이거 괜찮은 거야?!"

"『시련』이 이어지는 동안은, 묘소의 빛이 끊어질 일은 없을 테네만……."

"그렇단 말은 돌발 상황이 발생했단 뜻인가! 에밀리아!"

돌연한 이변에 소리친 스바루가 두말없이 묘소로 달렸다. 그

등에 류즈가 손을 뻗으며 절박한 목소리로 외쳤다.

"기, 기다리거라, 스 도령! 스 도령에겐 묘소에 들어갈 자격이…… 웃?!"

"아앙? 어떻게 돼 먹은 거야?!"

류즈의 목소리가 경악에 끊기고, 이어서 가필도 곤혹감에 침을 튀기며 고함쳤다. 같은 경악은 람과 오토도 공유하고, 스바루 또한 희미하게 숨을 죽였다.

——스바루가 계단에 발을 디딘 순간, 묘소에 녹색 인광이 켜지고 빛나기 시작한 것이다.

"에밀리아 님과 마찬가지…… 어, 나츠키 씨!"

"들어갈 수 있다면야 바랄 나위가 없지! 다른 사람들은 밖에 있어! 무슨 일 있으면 소리 지르마!"

"바루스——!!"

스바루는 불러 세우는 목소리도 뿌리치고 계단을 뛰어 올라가고, 묘소로 단숨에 뛰어들었다.

차갑고 메마른 유적의 공기. 발소리가 메아리치는 통로는 외벽과 비슷하게 녹색 인광이 에워싸고 있어 넝쿨과 이끼에 빽빽하게 덮인 내부의 모습이 훤히 내다보였다.

한 걸음, 내디딜 때마다 기묘한 감각이 가슴을 쥐어뜯었다. 마치 이 광경, 이 장소를 익히 아는 것 같은, 머릿속이 모르는 기억에 강간당하는 고통이다.

"아는 게, 당연하지……. 낮에 한 번, 왔었으니까……!"

그때의 기억이 원인이라고, 머릿속에 흙발로 내디디는 충동을 밀쳐내며 안으로.

유적 안은 공기가 탁하고, 먼지 자욱한 냄새에 코와 입 안이 침범됐다. 호흡 한 번 할 때마다 폐가 상하는 감각을 맛보며 머리를 내저으면서도 더욱 안으로, 안으로, 안으로——.

"——방인가?"

이윽고 통로의 종단에 이르자 스바루는 눈앞에 작은 방으로 통하는 문을 봤다. 이미 열려서 쇠한 돌문은, 침입자를 막는 소임을 내버려서 쉽사리 안에 들어갈 수 있었다.

"——————."

뛰어든 방은 사방이 돌벽으로 뒤덮인 좁은 석실이었다. 이상하게도 이곳에는 넝쿨과 이끼의 침식이 없어 세월에 상한 유적과 다름없는 상태에 있었다. 썩 넓지 않은 석실 안에는 아마도 더욱 안쪽으로 이어지는 닫힌 문이 있고, 그 코앞에——.

"——에밀리아!!"

은발을 바닥에 퍼뜨린 소녀가 마치 그 자리에 사지를 내팽개치듯 쓰러져 있었다.

방 입구에서는 얼굴이 보이지 않아 스바루는 필사적으로 그 옆으로 뛰어갔다.

무슨 일이 일어났는지는 모른다. 다만 당장에라도 그녀를 들어서 묘소에서 탈출을——.

『——먼저 자신의 과거와 마주하라.』

다음 순간, 스바루는 귓전에 속삭이는 목소리를 듣고 숨을 집어삼켰다.

　"────."

그 목소리가 무엇이었는지, 생각할 겨를도 없이 힘이 빠졌다.

무릎이 꺾이며 대비도 못 취한 채로 스바루의 몸은 인형처럼 넘어졌다. 달리는 기세를 타고 바닥을 굴러 대(大) 자로 누운 몸은 우연히도 에밀리아 바로 옆으로.

　"────."

문득, 전에도 이렇게 그녀 옆에 쓰러졌던 적이 있었다고, 생각했다.

그것이 최초의, 『죽음』의 기억이었다고 떠올리기 전에, 스바루의 의식은 어둠에 삼켜져──.

<br>

6

<br>

──잠에서 깰 때, 스바루는 늘 수면에 얼굴을 내미는 것처럼 숨이 막히는 감각을 느꼈다.

그것은 무의식의 바다에서 현실이라는 공기를 원해 부상하는 감각에 가깝다. 그렇게 기상의 폐 안에 현실을 충분히 빨아들임으로써 스바루의 의식은 각성으로──.

　"굿──── 모닝, 아들──!!"

　"함무라비법쩡?!"

그런 아침의 산뜻하며 시적인 기상이, 가공할 충격에 파괴적으로 부서졌다.

수직으로 짓누른 무게에 온몸의 공기가 밀려나와 스바루는 마치 개구리가 찌부러진 듯한 비명을 지르면서 이불을 박차고 요란하게 기침했다.

"야, 야, 인마. 왜, 왜, 왜 그래. 아침 기상에 사랑이 듬뿍 담긴 다이빙 프레스! 단골 메뉴라고. 방심금물, 유비무환 아니야?"

"크헉, 콜록……. 자는, 사람한테…… 그런 기대를…… 아니, 지금 거……."

무슨 일이 있었는가. 울상을 하면서도 고개를 들었다.

침대에서 상반신을 내민 스바루 앞에서, 그 상대는 천장을 향해 손가락을 치켜들었다.

그리고——.

"왜 또 그러냐. 아침부터 알몸 아저씨라도 본 듯한 얼굴이잖아!"

그렇게 말하며 포즈를 잡고 아침부터 반라의 아저씨——나츠키 켄이치는 낄낄 웃으며 아들의 기상을 축복한 것이었다.

# 제4장 『부모와 자식』

1

끼낄 귀를 찌르는 웃음소리에 스바루는 평소 같은 아침의 방문을 실감했다.

낯익은 자신의 방이다. 벽면에는 만화와 라이트노벨이 꽉꽉 담긴 책장. 어릴 적부터 사용하던 공부용 책상에는 다양한 취미의 산물인 잡다한 소도구가 정신없이 흩어져 있다. 방 안쪽에는 게임 전용이 된 낡고 큰 텔레비전이 있고, 눈앞에는 낯익은 반라의 아저씨가 있다.

개지도 않은 이불 위에서, 나츠키 스바루는 그런 아침 풍경 속에 있었다.

"――――."

다만 그런 낯익은 풍경 속에 있다는 사실에 기묘하게 가슴이 술렁여서――.

"이봐―. 무시하지 마라! 무시당하면 운다고? 나잇살 먹은, 피가 이어진 친아버지가! 그런 상황에서 버틸 수 있나? 나라면 못해. 창피해서 죽을 거야!"

"그럼 나도 똑같아! 아니 그보다 방금 프레스 때문에 죽었어. 이대로 영원히 잠들래."

반라의 부친이 한 말에 스바루는 아무렇게나 대꾸하고 이불을 뒤집어썼다. 그런 아들의 야박한 태도에 부친—— 켄이치는 "뭐—냐—고—." 하고 불만스럽게 신음했다.

"반항기냐! 제길, 언젠가 오겠다 싶었지만, 설마 오늘 아침 오는 건 예상 밖이군. 아침밥 준비 같은 거 하지 말고 아들과 대화할 준비를 더 해뒀어야 했어……!"

"그런 소리나 하면서, 남의 다리 잡고 뭘…… 이보쇼, 잠깐, 아야! 아야야야!"

"좋았어. 오늘은 너랑 차분하게 대화하기로 결심했다! 우선은 육체 언어다! 내 사랑이 담긴 4자 꺾기에서 빠져나가 봐라! 우오, 우오오오오——!"

널브러진 다리를 4자로 꺾고, 마침 스바루와 반대 방향에 드러누운 켄이치가 관절기를 걸었다. 거스르지 못할 통증에 절규하는 스바루. 그 모습을 켄이치가 비웃으며 말했다.

"으하하하! 왜 그래, 왜 그래. 덩치만 커져 가지고, 매일 그토록 운동하면서 중년 한 명한테 고전하다니 창피하다는…… 아, 잠깐 기다려! 아야! 아야야야!"

"멍청하긴! 반격기에 약한 4자를 선택하긴. 이젠 늙었군, 아버지! 몸을 휙 뒤집기만 해도 대미지가 반사된다! 내게 4자를 건 것이 악수가…… 아, 잠깐! 뒤집기에 뒤집기는 없기로…… 아파파! 파파파파!"

다 큰 남자가 둘이서, 이불 위에서 발을 꺾으며 공수를 교체한다. 그때마다 피해자와 가해자가 교대로 비명을 지르고, 아침의 나츠키 가족의 집을 소란스러운 목소리가 지배했다.

그런 아침부터 부자 싸움 같은 장난을 치는 두 사람에게——.

"——여보, 스바루. 엄마 슬슬 배고파서 아침밥 먹고 싶은데."

태평한 목소리와 리듬이 안 맞는 노크가 방에 날아들어서, 어지럽게 관절 공격을 주고받고 있던 두 사람의 움직임이 정지했다. 아파서 울상이던 두 사람이 방 입구를 쳐다보니, 그곳에는 한 여성—— 눈매가 사나운, 중년 여성이 서 있었다.

언뜻 보아 상당히 언짢은 기색이 느껴지는 험악한 눈매지만, 실상 속으로는 딱히 아무 생각도 없는 인품인 것을 17년의 인연으로 스바루는 훤히 알고 있다.

그 사나운 눈매 때문에 한눈에 스바루의 어머니라고 알 수 있는 여성, 나츠키 나호코의 등장이다.

그런 나호코의 말에 켄이치는 "큰일 났네!" 하고 혀를 내밀면서 벌떡 일어났다.

"미안미안. 그만 스바루와의 스킨십에 푹 빠져버렸시유. 먼저 먹고 있어도 되는데."

"——? 가족끼리 모여서 밥 먹을 수 있는데 왜? 다 같이 먹는 편이 좋잖아."

어림짐작한 켄이치의 말에 나호코는 이상하다는 듯이 갸우뚱했다. 비아냥거리는 것도 빈정대는 것도 아니라 그녀의 본심이다. 그런 아내의 대답에 켄이치는 힘차게 연거푸 끄덕였다.

"그렇지, 그렇겠지. 역시 우리 마누라! 잘 알고 있군. 아침밥은 다 같이 얼굴을 보며 먹는 편이 맛있는 법이니까!"

"맛은 똑같지. 모두가 한꺼번에 밥 먹으면 한 번에 설거지할 수 있잖아."

"아, 설거지 얘기인가. 뭐야, 미안. 좀 혼자 들떠버렸네."

좋은 소리를 했다는 표정을 지었던 켄이치가 멀뚱한 나호코의 발언에 격추당했다. 나호코는 그 일격에 어깨가 축 늘어진 남편을 이상하게 보다가 스바루를 보더니,

"자, 스바루도 아침밥. 오늘은 스바루를 위해서 엄마가 힘 좀 썼으니까."

친밀한 사람밖에 알 수 없을 만큼 썩 좋은 기분으로 희미하게 미소 지은 것이었다.

2

"오오, 스바루. 굉장한데. 네 접시, 초특별 메뉴잖아. 녹색 숲이잖아."

이는 반라에서 갈아입고 스바루와 같이 1층으로 내려온 켄이치의 발언이다. 패션으로 도수 없는 안경을 쓴 아버지 옆에서 스바루는 식탁을 바라보며 탄식했다.

"단적으로 고마워. 응. 진짜 그런 느낌인데…… 왜 그래, 엄마. 왜 내 접시만 완두콩을 이렇게 많이 쌓았어?"

켄이치가 지적한 대로 식탁에서 스바루의 고정석——그곳에

는 대량의 완두콩으로 장식된 특별 메뉴가 놓여 있다. 참고로 스바루는 완두콩이 질색이다. 녹색 야채는 전체적으로 싫어하지만, 그중에서도 각별하게.

"그 왜, 예전에 스바루가 완두콩 싫다고 했었잖아? 그런 편식 안 좋다는 생각에, 이 기회에 많이 먹고 극복해 줬으면 해서."

"언제쯤이었는지도 모르는 그런 기억을 믿고 내 편식을 고치려 해 줬구나. 그런데 이 기회라니…… 딱히 무슨 특별한 날도 아니지 않아?"

"후후. 미숙하군, 스바루. 오늘이라는 날은…… 아니, 어떤 날이라도, 어떤 시간이라도, 일생에 한 번밖에 찾아오지 않는 소중한 시간이란다. 그러니 오늘도, 특별하지 않은 특별이……."

"지금은 그런 거 됐고요."

가볍게 춤추면서 대화에 끼어드는 켄이치를 스바루가 밀어내고 포기한 얼굴로 자기 자리에 앉았다. 그리고 일단 완두콩이 쌓인 접시를 스스로 멀리 밀었다.

"좌우지간 나를 생각해 준 마음만은 고맙게 받고, 완두콩은 사양하겠어. 설령 아마겟돈이 와도 절대로 안 먹어."

"나 참, 그렇게 편식이나 하면 인생 크게 손해 본다. 아, 여보. 내 샐러드에 넣고 있는 토마토, 안 먹으니까 대신 먹어 줘."

"역시 우리 아버지……. 발언의 앞뒤가 대놓고 모순됐어."

자기 샐러드의 토마토를 아내에게 건네고 대신에 아내의 샐러드에서 삶은 달걀을 강탈하는 남편. 나츠키 가족의 부부 사이에는 늘 이루어지는 트레이드다. 스바루는 그 모습을 본체만체하며 완두콩 접시 말고 다른 메뉴 앞에서 손을 맞댔다. 오늘 아침은 두부 된장국과 벌꿀을 듬뿍 바른 허니 토스트였다.

"항상 생각하는 건데, 왜 이렇게 동서양 퓨전이야?"

"엄마는 된장국에는 미역. 빵에는 딸기잼이 좋아."

답변이 되지 못할 뿐더러 오늘 아침 메뉴와도 모순된 대꾸다. 다만 그걸 지적해 봤자 나호코는 이상하다는 표정을 지을 뿐이리라. 그러므로 구태여 번거로운 지적은 하지 않았다.

"음, 이 된장국……. 보아하니 여보, 잠깐 못 본 새에 실력이 늘었군?"

"알겠어? 사실은 어제, 점심 3분 요리 방송을 녹화했거든."

"절대로 안 봤군."

켄이치의 무지무지 적당한 느낌의 발언에, 나호코의 대답도 부적당한 느낌이 강하다.

게다가 나호코의 발언은 꽤 정확하게 사실을 따르기에 『녹화했다.』고 말한 이상은 진짜로 녹화만 했을 뿐이리라. 아마 그대로 두고 다시는 보지도 않을 것이다.

"그거야 어쨌든, 이 완두콩 접시는 어쩌려고. 아까부터 난 아빠, 아빠는 엄마, 엄마는 내게로 빙빙 돌고 있는데."

"하지만 엄마 완두콩 싫어. 보는 것도 싫단 말이야."

"남의 편식 극복시키려고 해 놓고서?!"

"아, 하지만 착각하지 마. 엄마가 싫은 건 완두콩만이 아니라, 뭐랄까, 조그맣고 동그란 음식은 다 그러니까. 입에 들어가면 기분 나빠서."

"아무 착각도 안 했고, 오히려 불신감이 늘었는데?!"

어머니의 충격적인 발언에 허탈해진 스바루는 별수 없다고 완두콩 접시를 켄이치에게 밀어 주었다.

"그럼 아내 책임은 남편이 지는 걸로 해서, 패전 처리는 아빠한테 맡길게."

"서운한 말 하지 마라, 스바루. 우리는 요즘 보기 드물게 사이 좋은 가족이잖아? 즉, 너와 엄마가 싫어하는 건 나도 싫단다."

"이 녹색 숲, 아무도 행복해질 수 없는 배려였구만!"

결국 완두콩은 켄이치가 "이렇게 되면 없어질 때까지 필라프만 만들어주마. 헤헤헤." 하고 악동 같은 얼굴로 처리를 결정. 완두콩만 있는 게 아니라면 괜찮겠다고 스바루는 처리 작업에 협력하기로 약속, 나호코는 "보는 것도 싫어."라고 완전한 거부를 선언했다.

결과적으로 남자 둘이서 완두콩을 처리하기로 결론을 내고, 일가족의 아침 식사가 끝났다.

"잘 먹었습니다."

"변변치 못했수! 좋아. 그럼 싱크대에 식기 치우고 소화도 할 겸 학교까지 경주하자, 스바루!"

"물 흐르듯이 등교를 촉구하는 패턴은 그만 포기해. ——점심때까지 잘 거야."

식기를 쌓고 이를 빛내는 켄이치의 권유에 스바루는 힘없이 고개를 가로젓고 대답했다. 그대로 부모가 지켜보는 가운데 스바루는 머리를 긁으면서 자기 방으로 가려다가—— 발이 멈췄다.

“……아윽.”

관자놀이 부근이 욱신거려서, 스바루는 눈시울을 세게 주물렀다. 따끔따끔 눈꺼풀 안에 빛이 깜빡이고, 가슴속을 뜨거운 것이 지지직 태우는 소리가 들렸다.

——뭔가, 이상하다. 오늘 아침은, 뭔가, 이상하다.

“——스바루?”

부모의 시선이 뒤통수에 고정되는 것을 느꼈다. 아버지의 시선, 어머니의 시선, 그 양쪽에 무슨 감정이 담겨 있는지 스바루는 알고 있다.

뒤돌아볼 수 없다. 그저 머리가 뜨거워져 도망치듯이—— 아니, 말 그대로 자기 방으로 도망쳤다.

“뭐지? 왜, 왜 이렇게 기분이 이상해……?”

가슴에 손을 짚는다. 심장이 뛰는 속도에 공포마저 느꼈다. 허물어지듯 이불 위에 무릎을 꿇자 진정되지 않는 의식을 벽시계에 집중했다.

시간은 아침 8시 전—— 학교 수업이 시작되는 시간은 8시 30분. 집에서 걸어서 20분 걸리는 거리다. 지금부터라도 옷을 갈아입으면 아슬아슬하게 지각하지 않을지도 모른다.

“————.”

하지만 스바루는 옷을 갈아입는 시늉도 하지 않고 이불 위에서 시곗바늘의 움직임을 응시했다.

똑딱똑딱 초침이 지나고 분침이 열 바퀴 돌자—— 데드라인을 넘었다.

지금부터 나가도 수업 시간에는 맞추지 못한다. 아무리 발버둥을 쳐도, 절대로.

"……그러니까, 어쩔 수 없어. 그래. 어쩔 수 없는 거야."

만약 각오가 될 때까지, 조금만 더 시간이 남았더라면 등교할 수 있었을지도 모른다. 그러나 현실은 비정하게도 스바루에게 시간제한을 걸었다.

그 제한을 넘어간 것이다. 그러니 오늘은 더 이상 선택에 쫓길 일은 없다. 그런데도──.

"……평소라면 이걸로 진정이 될 거 아니야. 왜 이러는데."

호흡은 거칠고 심장의 고동은 잦아들지 않는다. 스바루는 떨리는 몸을 필사적으로 억눌렀다.

이제 일과가 되고 만 공포의 의식은 끝난 시간이다. 내일 아침, 같은 시간에 완전히 똑같은 공포가 엄습할 것을 알아도, 오늘은 극복했다.

오늘 아침은 더 이상 아무도 스바루를 책망하지 않는다. 재촉하지 않는다. 몰아세우지도 않는다.

학교에 간다──. 단지 그것뿐인 선택을 스바루에게 강요하는 고통의 시간은 끝난 것이다.

학교에 가기를 거부해 등교거부아가 되고서 수개월. 자기혐오와 열등감에 시달리면서 등교시간이 지난 것을 확인하고 안도를 느낀다. 그 행동을, 스바루는 수없이 반복하고 있었다.

그렇기에 이 해방감만이 위안이라고, 스바루는 직접 몸으로 배웠을 텐데.

"왜, 오늘만큼은……."

죄책감이, 자기혐오가, 들러붙는 듯한 불쾌함이 사라지지를 않는다.

가슴을 쥐어뜯고 싶어지는 초조감의 출처를 알 수 없어서 스바루는 거칠어진 호흡을 바로잡을 수단도 모르는 채로 진땀에 범벅되어 이불 위에서 몸을 뒤틀며 괴로워했다.

──돌이켜 보면, 오늘 아침은 잠에서 깬 순간부터 뭔가 이상했다.

아버지인 켄이치가 온갖 수를 다 써서 공들인 취향으로 스바루를 깨우는 건 평소와 같은 일과. 학교에 가지 않기 시작해 명실상부 밥벌레가 된 스바루를 대하는 방식은 전과 변함이 없다.

──그런데, 아버지와의 접촉에, 대화에, 관절기와는 별개의 이유로 통증이 있었다.

어머니인 나호코의 엉뚱하고 생뚱맞은 배려도, 오늘 아침처럼 쓸모가 없는 쪽이 압도적으로 많아도 늘 스바루를 우선시했다. 17년 동안, 계속.

──그런데, 오늘 아침 어머니의 시선에는 평소 이상으로 쓸쓸함과 자책감을 느꼈다.

평상시와 같고, 평소와 다름없다. 그런데도 아버지와 어머니에게, 자기 자신에게 위화감이 있다.

"뭐야. 뭐냔 말이야. 무슨 일이야? 어제도 딱히…… 으윽."

어제를 돌아봐 오늘 아침에 발생한 이상함의 원인을 찾으려다가 머릿속에서 불꽃이 튀었다. 사고를 중단시키는 고통은 마치 스바루가 기억에 접촉하는 것을 거부하는 듯한 기괴한 감각이었다. 그 사실에 스바루의 눈이 휘둥그레진다. 스바루는 다시 기억의 바다에 도전하려다가—— 그 행동을, 그만두었다.

어제도, 그저께도, 그 전에도, 스바루는 아무것도 하지 않는 무의미한 시간을 보냈다. 똑같다.

오늘 아침 가슴에서 기묘하고 묵직한 통증을 느낀 것도 특별한 이유는 없다. 어쩌다 오늘은 죄책감이 통증으로 변해 주장하고 있을 뿐. 부모의 얼굴을 똑바로 볼 수 없었던 것도, 필시——.

"——잠깐 시간 나냐, 스바루."

문 너머로 말소리가 들리고, 대답하기 전에 방문이 열렸다. 무겁게 숨을 내뱉고 돌아보니 아들 방에 문워크로 들어오는 켄이치가 있었다. 저도 모르게 이마에 손을 짚었다.

"……대답하기 전에 들어오면, 말 건 의미가 없지 않아?"

"야야. 부자라는 끈끈한 인연으로 맺어진 나와 네 사이에, 그럴 필요가…… 아니, 있긴 하지! 미안. 사춘기니까. 미안하다. 10분 지나면 다시 오마!"

"본바탕으로 돌아와서 현실적인 결론 내지 마! 딱히 아무 짓도 안 했다고!"

부모자식 사이의 인연에 금이 갈 듯한 배려다. 언성을 높인 스바루의 말에 켄이치는 "진짜로오?" 하고 의심스럽게 재입장. 그리고 켄이치는 이불 위의 스바루를 보며 팔짱을 꼈다.

"뭐, 상관없지. 지금 건 나와 너만의 비밀로 해 주마."

"비밀 따위 없어! 숨김없어도 돼! 도로 누우려던 나한테 돌격

했을 뿐이라고!"

"알았다, 알았어. ──그래서 말이다. 본론으로 들어가겠는데. 사실은 말이다, 스바루. 오늘은 내가 일을 쉬는 날이야. 깜짝 놀랐냐?"

"……아아, 알고 있었어. 아빠가 월요일 아침에 집에 있는 일은 별로 없으니까. 그래서?"

"그렇게 결론을 재촉하지 말라고. 부자지간 대화는 복싱과 마찬가지. 우선은 잽부터."

실실 웃는 켄이치의 태도에 스바루는 이야기가 뒤로 밀린 것을 느꼈다.

본론으로 좀처럼 들어가지 않고 농담으로 넘기는 언동으로써 자신과 상대에게 시간을 준다. 그것은 스바루에게도 짚이는 곳이 있는, 사람을 대하는 일종의 버릇이다.

비슷한 버릇이 있는 건 부자지간이라서──가 아니다. 더욱 구제 못할 바보 같은 이유가 있다.

"──아얏."

그런 감상을 품은 순간, 또 다시 스바루의 머리에 날카로운 통증이 퍼졌다. 그 통증의 원인을 어렴풋이 감을 잡기 시작했다. 하지만 스바루는 켄이치에게서 시선을 떼고 물었다.

"……그래서? 잽은 그렇다 치고, 아빠의 오른손 스트레이트 대신 삼는 화제는?"

"응, 그렇지. 스바루, 좋아하는 애라도 있어?"

"중학생이냐!!"

"이크, 그렇게 과민반응하면 있다고 자백한 거나 마찬가지라고?"

"의기양양한 얼굴로 뭔 소리를 하는 거야. 기가 막히고 비탄하고 탄식한 끝에 말도 못하겠다."

감상을 얼버무릴 속셈이었는데, 예상하지 못한 일격을 당했다. 하지만 실제로 엇나간 지적이다.

좋아하는 애가 있다느니, 지금의 스바루에게는 그러한 것에 대한 관심이 없다. 관심은 전혀 없고, 가져야 할 게 아니라는 생각도 하고 있다.

"켁, 재미없구만. 내가 어릴 적에 너한테 분명히 말했지? 여자애는 몇 년 지난 약속 같은 시추에이션에 약하니까 무조건 그냥 눈에 띄는 여자애라면 모조리 10년 뒤에 다시 보자고 약속해서 플래그 세워두라고!"

"순진한 난 그걸 참말로 듣고 온 동네의 여자애랑 손가락 약속한 불성실한 놈팡이라고. 이젠 지져야 할 장이 너무 많아서 살아 있으면서 열탕지옥에 떨어진 것 같단 말이지."

"……내 근사한 마스크가 유전됐으면 좋았는데 말이야. 엄마의 눈매랑 무신경함, 거기에 아빠의 숏다리랑 썰렁한 개그라니, 넌 스테이터스도 못 찍니?"

"탯줄 달렸을 적의 나한테나 말해……."

손쓸 수도 없는 유전자 사정에 관해 대화하니 부자가 모두 기분이 다운됐다. 그러한 옆길로 빠진 화제를 스바루는 다시 "그래서?" 하고 끌어왔다.

"결국 본론은 대체 뭔데. 난 있다가 자고 또 잔다는 중요한 사명이 있거든. 그러니 용건은 삐—하는 소리가 난 다음, 아래에 있는 엄마에게 말해 주십시오."

"자연스레 쫓아내지 마라. 그리고 엄마에게 말해서 전해질 리 없잖아. 내 안사람 겸 네 엄마는 세계에서 제일 눈치가 없는 여자라고. 그게 그냥 둘 수 없는 점이지만."

자연스레 주책없는 발언이 나와서 나이 찬 아들로서 스바루는 진저리를 냈다.

그렇게 스바루가 고개를 떨어뜨리자, 켄이치는 "음." 소리를 내며 고개를 모로 꼬고 장난꾸러기처럼 웃으며 말했다.

"뭐, 그렇잖아. 날씨도 좋고── 잠깐 밖에서 부자지간에 큰맘 먹고 잡담하자."

3

"어, 켄 씨. 아침부터 웬일이야? 드디어 일 잘렸나 봐?"

"객쩍은 소리 마. 내가 없으면 뭐든 안 굴러가거든. 내가 너무 일을 팍팍 처리해서 다른 사람들 일 빼앗으면 미안하니까, 가끔은 슬근슬근 하자고 쉬는 거야."

중지를 세운 켄이치의 악담에 차를 타고 지나가던 인근 빵집 주인이 웃었다. 그대로 친하게 말을 주고받다가 모퉁이 너머로 사라지는 빵집 주인을 전송하자 켄이치가 말했다.

"나 참, 이놈이고 저놈이고 가끔 있는 휴일에 만나면 실직했냐 실직했냐 떠들긴. 사랑하는 가족을 부양하는 내가 그런 실수 할까 봐. 만약 잘리더라도 들키기 전에 재취직할 거거든."

"……부양을 받는 입장에서, 그런 심장이 멎을 것 같은 서프라이즈가 없기를 빌겠어."

체육복 주머니에 손을 찔러 넣고 빵집 주인과의 대화를 멀찍이서 보고 있던 스바루는 어깨를 으쓱였다. 아들의 그 모습에 켄이치는 "이봐, 이봐." 하고 도수 없는 안경의 위치를 고치면서 말했다.

"자기 방만이 아니라 이렇게 해님 쨍쨍하게 상쾌한 아침에 끌고 나와도 음침한 얼굴이나 하기는. 불심검문 받아도 난 모른다."

"가령 불심검문 받는다고 해도 이런 시간에 억지로 끌고 나온 아빠 탓이잖아! 난…… 싫다고 그랬는데 막무가내로."

"모양만 저항했으면서 뭔 소리인지. 이러쿵저러쿵해도 우리 스바루는 아빠를 사랑하더라. 안심혀. 나도 널 사랑한다. 엄마 다음이지만!"

나들이를 재개해 기분이 좋은 내색인 켄이치가 스바루의 등을 쳤다. 그 위력에 스바루가 얼굴을 찌푸렸지만, 지금은 그 이상으로 가슴의 묵직한 통증에 의식을 빼앗기고 있었다.

이렇게 나란히 걷기만 해도 이 가슴은 찌부러질 듯 아파서.

"그렇게 경계하지 마라. 딱히 무서운 얘기할 생각 없어. 더 부자다운 대화지."

"부자다운 대화."

"암. 부자다운 대화. ──그런데 스바루, 너, 남동생과 여동생 중 어느 쪽이 좋냐?"

"열일곱씩이나 되어서 그 질문 받는 건 공포일 뿐이야!"

몇 번째가 되는지 모를 예상 밖의 일격에 스바루는 전율하며 언성을 높였다. 그런 아들의 모습에 켄이치는 "농담이다, 농담." 하고 이를 보이며 웃었다.

"확실히 나랑 엄마는 아직 깨가 쏟아지지만, 이 나이에 한 명 더 얻는 짓은 감히 못하지. 나랑 엄마의 애정은 네가 독점한다. 기뻐해라."

"아, 네이네이. 기쁩니다, 기뻐. ……진짜로 농담 맞지?"

"그러지 말라고. 그렇게 싫은 티 내면 부추기는 것 같아서 분발해버리잖아?"

슬슬 농담으로는 끝나지 않을 가능성이 떠올라 스바루는 침묵으로 그 가능성에 반대했다. 서슬 퍼런 시선을 항의라고 받아들인 켄이치는 낄낄 웃으며 끄덕였다.

──스바루가 아버지와 같이 걷고 있는 곳은 집에서 약간 떨어진 산책로다.

스바루가 사는 동네는 근처에 그럭저럭 유명한 하천부지가 있다. 둑을 따라 벚나무를 심어 놓은 곳이라서 봄철 관광 명소이기도 했다. 물론 지금은 철이 지나서 둑에는 꽃잎이 아니라 잎이 활짝 폈다. 스바루는 그 광경을 곁눈질하며 아버지와 함께 동네를 걸었다.

"켄 씨, 아침부터 웬일이야. 파친코 할 거면 늦게 나왔군."

"어머나, 켄이치 씨. 혹시 점심에 먹을 카레 냄새에 끌려왔어?"

"어머, 켄 씨 있네. 빵 터지네. 찔지 않아? 웃겨 죽겠는데."

지내기 편한 날씨의 평일. 점심 전의 동네를 걷는 부자는 여러 사람들에게 말을 들었다.

——아니, 말을 듣는 건 부자가 아니다. 어디까지나 켄이치, 아버지뿐.

그것도 남녀노소 불문이라 켄이치의 마당발은 끝을 알 수 없다. 상점가의 가게 사장, 쓰레기를 버리러 온 주부, 요즘은 보기 드문 검게 태운 여고생, 기타 등등——.

"켄 도령, 오랜만인데. 여전히 이케다하고 같이 다니냐?"

"이케다 그놈은 10년 전에 경마에서 대박이 터져서 그 돈으로 태국으로 날아간 뒤로 소식이 뜸해. 연하장과 여름 문안, 겨울 문안과 백중에 크리스마스, 아버지 날과 어머니 날에는 편지가 오지만."

"그렇게 편지를 자주 보내는 인간은 뜸하다고 못하지……."

딴죽 걸 부분에 무심코 끼어들어서 스바루는 허겁지겁 입을 막았다. 하지만 그 중얼거림을 주워듣고 스바루를 본 사람은 켄이치와 대화 중이던 풍채 좋은 노인이었다. 녹색 작업복에는 하천부지 이름의 태그가 있다. 이 주변의 관리인쯤 될 것이다.

켄이치와 오래 알고 지냈는지, 이야기에 흥을 올리던 노인은 스바루를 보고 눈이 동그래졌다.

"켄 도령에게 동행이 있는 건 드물지 않지만…… 혹시, 이 아이는."

"아아, 그래. 우리 아들. 아니, 이럴 때는 사랑하는 우리 아들이라는 게 옳겠군!"

"오오, 역시 그런가! 왠지 모르게 젊을 때 네 인상이…… 아니, 별로 없군. 너하곤 안 닮았어. 엄마 쪽 닮았나?"

"어, 저, 하하……. 그 말, 곧잘 들어요. 특히 눈매라든가."

평범한 얼굴 생김새 중에서 그 부분만 유난히 특징적인 삼백안은 나호코로부터 물려받았다. 스바루와 켄이치의 외견적인 유전은 미묘하게 짧은 다리 길이 정도일까.

스바루가 그런 별 탈 없는 답변을 하고 있으려니, 노인은 연거푸 고개를 끄덕였다.

"그런데 놀랐어. 그 켄 도련님도 이렇게 다 큰 자식이 있을 만한 나이가 됐나. 나도 나이를 먹은 게지. 이젠 물에 빠진 이케다를 헤엄쳐서 구하러 갈 체력도 안 남았으니."

"아무리 이케다 씨라도 이젠 강에서 놀다가 빠질 만큼 어린애가 아닐 텐데요."

"나도 그렇게 빌지만, 네 아버지랑 이케다는 먹은 나이에 맞지 않게 침착성이 없어서 말이다……. 곳곳에서 소동만 일으키는 악동이었다는 건 동네를 다녀보면 알지 않느냐?"

"……네, 뭐."

애매모호한 스바루의 대답. 그 반응에 노인은 살짝 의아하게 눈썹을 모았다. 그러나 그 미간의 주름이 더욱 깊어진 것은 그 직후였다.

"그러고 보니…… 오늘은 월요일일 테지. 왜 이 시간에 아버지랑 같이?"

"——윽!"

받고 싶지 않은 질문, 듣고 싶지 않은 말에 스바루의 심장이 세차게 뛰었다.

이어서 찾아든 것은 자기 방에서도 느꼈던, 찌르는 듯이 날카로운 두통이었다. 무심코 머리를 붙잡을 뻔한 통증에 스바루는 눈을 감고 "죄송합니다."라는 말을 쥐어짜 노인에게서 등을 돌렸다.

"아, 인마, 스바루! 미안해, 아저씨. 다음번에 또 느긋하게 들를게!"

"아, 아아……. 뭔가 미안한 말을 한 모양이군. 저 애한테 사과해 줘."

등 뒤에서 나누는, 그런 대화도 귀에 들어오지 않는다.

좌우지간 스바루는 두개골이 삐걱거리는 아픔에서 달아나려고, 가슴을 치는 심장 고동이 가라앉을 장소를 찾아 둑에서 빠르게 도망쳤다.

"사과할 일도 아니야. ——이제는 저 녀석의 문제니까."

그 등을 쫓아가는 켄이치가 그렇게 중얼거린 것도 듣지 못하고.


4


"자, 차갑고 맛있고 사랑이 담긴 콜라다. 맛있어지도록 착착 흔들었다……라고 말하고 싶은데, 그럴 경황이 아닐 것 같으니 원."

"······사랑을 담는 과정이 자판기에서 들고 오는 중에 하나도 없잖아. 고마워."

스바루는 받아 든 캔의 냉기를 손바닥으로 맛보며 고리에 손가락을 걸었다. 그리고 잠시 골똘히 생각하다가 캔 위쪽을 아무도 없는 쪽으로 겨누고 손가락에 힘을 주었다. ──그 순간, 열린 입구에서 어마어마한 기세로 내용물이 분출되어서, 용량의 3분의 1가량이 줄었다. 그리고 그 광경을 보고.

"쯧."

"혀 차지 마! 패턴 다 보였거든! 아, 손이 끈적거려!"

스바루는 콜라를 뒤집어쓴 손을 내젓고 어른스럽지 못한 켄이치의 장난에 혀를 찼다. 그 뒤에 가벼워진 캔에 입을 대고 바싹 메마른 목을 단숨에 축였다.

터지는 탄산의 맛에 가슴에 응어리진 불쾌함까지 내려가 주면 좋을 텐데.

"좀 진정됐냐?"

"······그다지."

떫은 얼굴로 대답한 스바루는 앉아 있는 벤치에 깊숙이 엉덩이를 실었다. 그대로 깊게 한숨을 내쉬는 아들을 보고, 정면에 서 있는 켄이치도 자신의 캔커피를 따고 입을 댔다.

산책로에서 도망친 다음, 부자가 도착한 곳은 한적한 아동공원이었다. 당연히 평일 점심 전의 공원에 인기척은 없고, 그 사실에 기묘한 폐쇄감에서 해방됐다.

지금도 두통이 자신의 존재를 주장하고 있지만, 대화는 할 수 있을 정도로 잦아들었다. 화제도, 빨리 바꾸고 싶다.

"……그건 그렇고 자판기에만 들렀다 온 것치곤 시간이 걸렸는데, 무슨 일 있었어?"

"응? 아니, 별일 아니야. 그냥 자판기까지 갔더니 학교 땡땡이치는 여고생이 있어서. 학교 가라고 설교하고 주스 쏜 다음 메일 주소 교환해서 보냈지."

"그 단시간에 메일 주소까지 교환한 댁을 못 믿겠수!"

화장실 좀 들렀다가 왔다는 수준의 감각으로 여고생의 메일 주소를 입수해 오는 수완에 말이 나오지 않는다. 그런 스바루에게 켄이치는 "그래?" 하고 갸우뚱했다.

"메일 주소쯤이야 쉽게 가르쳐 주잖아. 내 휴대폰 주소록, 이러니저러니 해서 여고생 주소도 세 자릿수에 가까운데."

"난 관공서 번호 같은 걸 넣어서 불러도 두 자릿수라고. 아빠, 이상한 죄로 체포되지 않을 거지?"

"바보야. 여고생 같은 어린애한테 엉큼한 기분이 왜 들어. 내 애정이 가는 곳은 진즉에 고정됐다. 가족 말고는 욕정 안 해."

"그렇게 분류하면 나까지 대상에 들어가잖아!"

"……뭐, 사랑은 있으니까. 기회는 있지 않겠어?"

"있을까 보냐! 누가 바보인지 모르겠네!!"

스바루의 노성에 켄이치가 또 천박하게 낄낄 웃었다.

그 귀에 남는 웃음소리에는 품위가 없다. 그런데도 왠지 남에게 불쾌감을 주지 않는다. 그리고 켄이치의 행위는 그 모든 것이 그러하다.

모든 행위가 상식에서 벗어나고, 오버액션이고, 연출적이고, 타인에게 경원당할 부류의 것임이 틀림없을 텐데, 왠지 누구나 그것을 호의적으로 받아 준다.

오늘, 오랜만에 아버지와 함께 밖을 돌아다니고 그 사실을 실감했다.

——그저 밖에 돌아다니기만 해도 자신과 아버지의 결정적인 차이와, 메우기 어려운 격차를.

"——윽."

"본격적으로 몸이 안 좋아 보이는군. 스바루, 그러면 업어 줄 테니 집에 갈까?"

"그럴 필요 없고, 안 가도 돼. ……집에 가도, 마찬가지니까."

오히려 집에는 어머니 나호코도 있는 것이다. 스바루의 몸 상태는 더욱 나빠질 것이다.

끊임없이 찾아드는 통증, 그 원인은 얼추 짐작하고 있다. 그 상상이 맞다면 통증은 켄이치와 나호코, 아버지와 어머니가 모인 곳에서 가장 큰 주장을 시작한다. 즉——.

"——마침내, 난 자기 몸한테도 설교를 받는 거냐."

도망치고, 또 도망친 데에 대한 죄책감에 드디어 몸이 비명을 지르기 시작했다는 뜻인가.

방에서 무릎을 끌어안고 시계의 초침에, 껍질 속에 틀어박혀서 그 책임을 떠넘기는 나날. 스바루의 그 태만에 마치 머릿속에 있는 누군가가 큰 소리로 아우성치는 듯한 불쾌감.

——어디 누구인지 모르겠지만, 네가 나의 뭘 알아.

"저기 말이다, 스바루. 이야기를 돌리겠는데── 좋아하는 애는, 없어?"

입을 다물고 있던 스바루에게 켄이치가 한번은 내버렸던 질문을 거듭했다.

재미도 없는 너스레다. 첫 번째는 쓴웃음으로 받아쳤지만, 두 번째인 지금은 왠지 성질을 긁는다.

그치지 않는 두통도 거들어서 지독히 지저분한 말로 받아치려고 해서──.

『──스바루.』

"──허?"

고개를 들고 귓전에 속삭인 듯한 목소리의 출처를 찾았다. 그러나 시선을 돌려봐도 목소리의 주인은 눈에 띄지 않으며, 스바루 말고 공원에 있는 사람은 정면에 있는 켄이치뿐이었다.

그 켄이치도 갑자기 멍해진 스바루의 목소리에 의아한 눈치다.

"왜 그래? 마치 현실에 있을 리 없는 미소녀에게 갑자기 이름을 불린 것 같은 표정으로."

"바로 그 말이 딱 맞아서 아무 대꾸도 못하겠지만…… 지금, 누가 나 부르지 않았어? 설마 아빠, 몰래 미소녀의 성대모사 스킬을 습득한 건 아니지?"

"아빠도 여러모로 잔기술이 많지만 그건 취득하지 못했는데. 좋아. 1개월만 다오."

"개그 소재를 제공한 게 아니야! ……진짜로, 대체 뭐야."

은방울 같은, 마음 깊은 곳까지 울리는 아름다운 음색이었다.

몹시 부드럽게, 가슴에는 열기를 부르는 그 여운은 스바루에게 단속적으로 이어지는 두통을 잊게 할 힘이 있었다.

어디서 닿았는지 알 수 없다. 그러나 그것은 스바루를 구원해 준 목소리였다.

"그래서 아까 질문 어떤데. 좋아하는 애, 있어?"

"……아까부터 뭐야. 만약 있더라도, 이름을 들어 봤자 아빠는 모르잖아."

"그거야말로 모를 일이지. 어쩌면 네가 좋아하는 애의 주소가 내 휴대폰에 있을지 누가 알아?"

"백 년짜리 사랑도 식겠다."

딱 잘라 말하자 켄이치가 "뭐냐고." 하고 불만스럽게 구시렁거렸다. 스바루는 그런 중년에게 어울리지 않는 언행을 본체만체하며 남은 콜라를 단숨에 비웠다.

"말 돌리지 않아도 돼. 솔직하게…… 왜 학교 안 가냐고 물어."

"남이 웬일로 마음을 써 주고 있건만, 분위기 파악 못하는 아들일세. ——뭐, 그 이야기가 하고 싶던 건 사실이니 틀린 말은 아니지만."

"……아빠엄마에겐, 미안하다고는 생각해."

"딱히 미안할 필요 없어. 생각이 있어서 하는 일이라고 어렴풋이 여기고 있고, 생각 없이 하는 일이라도 어느 정도는 별수 있겠냐고 못 본 척할 마음으로 있으니."

작게 변명하는 스바루의 말에 켄이치도 커피를 비우고 벤치에 앉았다. 나란히 앉은 부자 사이를 선들바람이 느리게 지나갔다.

그대로 서로 앞을 바라봐 상대의 얼굴을 보지 않는 채로 말을 꺼냈다.

"세상이 어떤지는 모르겠지만, 난 학교가 전부라고 생각하지 않거든. 애초에 그 말을 하자면 나도 학교를 성실하게 다니지 않은 쪽이야. 졸업식도 땡땡이쳤지."

"그리고 고등학교 졸업증서는 두 살 아래 고모가 졸업할 때 같이 받아 왔지. 그 얘기는 여러 번 들어서 귀에 딱지가 앉았다고."

"그럼 혹이라도 생길 때까지 더 들어라. 내가 그래서, 학교를 가기 싫으면 안 가도 된다고 생각해. 이 나이 먹고 보면 학교를 성실하게 다녔으면 좋았다고 생각한 적도 있지만, 그건 네가 아직 알지 못할 테고."

어딘가 먼 곳을 바라보는 켄이치의 옆모습에 스바루는 아버지를 비겁하다고 마음속으로 욕했다.

평소에는 의뭉스러우며 경박한 모습만 보여주는 주제에, 이런 상황에서 그 광대짓을 어디로 치우는 것이다. 치사하다. 치사하다고, 울 것만 같다.

"뭐 됐지 않아? 요즘 인간, 평균 80세까지 산다더라. 80년이나 있으면 1년 2년 쭉 뻗어 있어도 젊을 동안에는 만회할 수 있어. 다행히 내 벌이는 그럭저럭 되고."

손가락으로 고리를 만든 켄이치가 "이거 말이야." 하고 품위 없는 얼굴로 웃었다. 스바루는 그런 켄이치에게 맞장구를 치지 않고 있지만, 아버지는 신경 쓰는 내색도 없이 여러 번 끄덕였다.

"살다 보면 답이 안 나오는 문제에 부딪힐 일도 있지. 난 그 경우, 일단 움직이면서 답을 찾는 축이지만, 방 안에서 뒹굴다가 답을 찾는 방법도 있을지 모르지. 고민하는 중에는 잔소리 안 한다. 포기하기 시작했으면 말참견도 역시 하겠지만."

"……왜."

"응?"

"왜, 오늘은 갑자기 그런 얘기할 마음이 든 거야? ……달리 특별한 날도 아니잖아. 오늘은 그냥 완두콩 기념일이라고."

"접시에 한가득 담았으니 말이지."

바로 직전에 콜라를 비운 입안이 급속하게 메말랐다.

스바루는 헐떡이듯 호흡하면서 아버지의 대답을 애타게 기다렸다. 안달하는 스바루를 옆에 두고, 켄이치는 "으음." 하고 여러 번 고개를 갸웃하다가 말했다.

"왜일까. 우연히 내가 쉬는 날이고, 왠지 모르게 아침의 건포마찰 중에 떠올라서, 아침 점에서 물병자리가 최고조였고, 오늘 아침의 네 표정이…… 왜인지, 이 이야기를 해도 되지 않을까 싶을 만큼 좀 낫게 보였거든."

"얼굴이, 낫다?"

"표정 이야기다. 얼굴은 변함없이 눈매만 엄마랑 닮아서 악당 낯짝이야."

삼백안은 어쨌든 스바루는 자신의 얼굴에 손을 대고 방금 켄이치의 말을 되새겼다.

아버지의 말은 솔직히 감이 오질 않는다. 표정이 나아졌다. 그 말은 즉 변화다. 하지만 오늘까지 스바루의 삶에서 대체 어디에 변화가 생길 요소가 있는가.

　아무 데도 없다. 따라서 모든 것은 켄이치의 착각이다. 어제도 오늘도, 아무것도 변함없다.

　그거면 되고, 그럴 작정이다. 계속 그러다 보면 반드시 언젠가 켄이치와 나호코도 깨달아 줄 거다. ——스바루가 사실은, 무엇을 바라는지를.

　"——아으악!"

　생각한 순간, 눈앞에서 불꽃이 터졌나 싶을 만한 충격이 뇌를 내달렸다.

　심장 고동이 경종으로 바뀌고, 피가 흐르는 소리가 귓불에 호들갑스럽게 들린다. 눈앞에서 세상이 뿌예지고 치미는 구토감은 가슴속에 다시 주장하기 시작한 불쾌감이 원인이다.

　날카로운 머리의 통증과, 가슴속의 불쾌감. 그것들은 모두 무언가를 스바루에게 호소한다.

　"야야, 진짜로 힘들어 보인다. 스바루, 괜찮은 거냐?"

　아무리 그래도 그 모습은 두고 볼 수 없어 켄이치가 걱정스러운 표정으로 스바루의 어깨에 손을 짚었다. 그 손바닥의 감촉에 고개를 들고 이마에 땀을 흘리면서 어떻게 대답을——.

　『——힘들었구나.』

　"——?!"

　다시 귓불을 울린 은방울 음색에 스바루의 온몸이 열기를 띠었다.

　자애와 배려심으로 가득한 목소리. 팽팽하게 긴장한 마음을 녹이는 듯한 목소리가 스바루의 고통에 간섭하고, 아픔이, 삐걱거림이, 부풀어 오른 열에 삼켜진다.

　이 목소리를 애타게 그렸다. 찾아 헤매고 있었다. 매달리고, 떼어놓다가, 되찾아서──.


『고마워, 스바루.』

"너는……."

　은색 머리카락이 바람에 휘날리는 모습이 눈꺼풀 속에 새겨져 있었다. 보석 같은 남보랏빛 광채가 곧게 스바루를 응시하고 있으며, 그 입술에서 나오는 소리 전부에 애정이 치밀었다.

『나를, 구해 줘서.』

　뭐야, 뭐야, 뭐야, 뭐야, 대체 뭐냐고.

　누구야, 누구야, 누구야, 누구야, 누구야, 누구야, 누구야, 누구냐고.

『──스바루.』

　숨이 막힌다. 목이 뜨겁다. 눈 안에 따가운 뭔가가 고인다.

『당신에게, 정령의 축복이 있기를.』

　손끝이 떨린다. 발에 힘이 들어가지 않는다. 폐가 경련하고 영혼이 절규하기 시작한다.

『스바루 쪽이 엄─청 더 대단하다고 생각하는데.』

　떨리는 손으로 얼굴을 가리고, 푸들거리는 목으로 오열을 참으며, 치미는 열을 눈에서 흘리고.

『──왜, 스바루는 날 구해 주는 거야?』

──그 대답은, 지금은 이미 나 자신 속에 있었다.

그것을 발견한 순간, 스바루 안에 휘몰아치던 격정도, 불쾌감도 사라져 없어졌다.

두개골의 비명이, 치미는 구토감이, 세상을 애매하게 하던 현기증이, 선택을 다그치듯 재촉하는 심장 고동이, 모든 것이 나츠키 스바루의 대답을 향해 집중되기 시작한다.

고개를 들고 넘치려는 눈물을 소매로 훔쳤다.

그 소매에만 남은 눈물의 잔재를 떨쳐내듯이 굳세고 굳세게 주먹을 쥐었다.

그리고──.

"걱정 끼쳐서, 미안. 이제 괜찮아."

"그래? 진정됐으면 좋다만, 너무 걱정 끼치지 마라."

"응, 미안해. 그리고 아까 한 질문 말인데."

스바루는 어깨를 부축해 주던 아버지의 손을 풀고, 그쪽으로 돌아봤다.

벤치에 나란히 앉아 걱정스럽게 살피고 있던 아버지의 얼굴. 그러고 보니 오늘은 몇 번이고 말을 주고받았는데, 한 번도 아버지의 얼굴을 똑바로 보지 않았다는 것을 깨달았다.

그런 것까지 도망치고만 있었느냐고, 그 약한 모습에 쓴웃음을 지으며 말했다.

"좋아하는 애, 생겼어. ──그러니까 난 이제 괜찮아."

눈꺼풀에 새겨진 은색 소녀의 얼굴을 떠올리면서 나츠키 스바루는 자신의 과거에 맞섰다.

5

"좋아하는 애, 생겼거든. 나한테도."

거듭해서 그 말을 입에 담자 스바루는 자신의 마음이 걷기 시작한 것을 의식했다.

머릿속이 맑아지고, 한없이 이어지던 저주 같은 통증이 사라졌다. 지금의 스바루에게 있는 것은 켄이치와, 아버지와 마주보며 모든 것을 전할 각오뿐이었다.

눈앞에 있는 켄이치는 여러 번 눈을 깜빡이다가, 지금까지의 대화와 연결되지 않는 고백에 놀라면서.

"……그러냐."

잔잔한 말투로, 스바루의, 아들의 말에 귀를 기울여 주었다.

그런 태도에 구원을 받는다. 그런 식으로 귀를 기울여 주는 사람임을 줄곧 알고 있었을 텐데, 스바루는 입을 다물고만 있었다. 그러니 그것을 끝내겠다.

──그것이 가능하다고, 등을 밀어준 사람이 있었으니까.

"뭐에 겁먹고 있었는지도, 왜 웅크리고 있었는지도 전부 생각났어. ──아니지. 난 전부 알고 있었어. 알면서 못 본 척하고…… 나만이 깨닫고 있는 내 약한 모습을, 내가 모르는 척하고 있을 수 있는 동안에 누군가에게…….'

누군가라고 얼버무릴 수도 없다. 그것이 누구인지 알고 있다.

"──아빠나 엄마에게, 떠넘기고 싶었어."

"＿＿＿＿."

"내가 답이 없이 쪼잔하고, 모자란 바보에다, 독선뿐인 쓰레기라고, 두 사람에게 떠넘기고…… 포기해 주길 바랐어."

말없이 스바루를 바라보는 켄이치의 눈은 흔들리지 않았다.

그 눈에 비치는 자신의 얼굴이 너무나 허약하고 처량해서, 그렇기에 말을 이을 수 있다.

"나, 옛날부터 뭐든지 약삭빠르게 처신할 수 있는 면이 있었잖아. 공부든 운동이든, 주위가 좀처럼 못하는 일을 쉽게 할 수 있고, 반대로 못하는 애들이 신기할 정도로."

어린 까닭의 우쭐함. 귀여운 전능감이라고나 하면 될까.

어릴 적의 스바루는 운동이든 공부든, 남들 이상으로 숙달이 빨랐다. 당연한 것처럼 주위보다 발이 빠르고 똑똑하다. 자연히 또래의 중심이 되어서──.

『역시, 그 사람 자식이야.』

이웃 어른들은 그런 스바루를 평하며 자주 칭찬해 주었다.

그 『그 사람』이 아버지를 가리키며, 그 아들이라고 평가받는 것은 어린 스바루의 자랑이었다.

아버지는── 나츠키 켄이치는 아들 스바루의 눈으로 봐도 매력적인 인물이었다.

잘 웃으며, 잘 말하고, 잘 울고, 잘 화내며, 잘 움직이고, 잘 일한다.

아버지 주위에는 늘 사람들이 많이 있으며, 많은 이들의 흠모를 받고, 웃음의 중심에 있다. 그런 아버지가 가장 소중하다고 공언하는 것이 가족인 어머니와 스바루였다.

그것은 스바루에게 자랑거리이며 오만한 우월감과도 이어지는 특권이었다.

언젠가 아버지처럼 되고 싶다. ──그것은 스바루에게 있어 당연한 소원이 됐다.

"하지만 언제쯤부터인지…… 기억은 못하지만, 누구랑 달리기에서 졌어. 그때부터 일등일 수 있던 일이 일등이 아니게 되기 시작했지. 나보다 발이 빠른 놈, 머리가 좋은 놈이 나와서, 내 일등이 조금씩 줄고…… 이런 건 이상하다고 생각하게 되더라."

이상하다고 발끈할수록, 스바루의 머리 위에 있던 별은 멀어져 간다. 그 빛나는 별 하나하나가, 스바루에게는 아버지에게 다가가기 위한 이정표였다.

그 별이 사라지는 바람에 마음이 초조해진다. 그렇게 초조함 속에 있어도──.

『역시, 그 사람 자식이야.』

그 말만이 스바루의 위안이며 매달릴 희망이었다.

달리기 속도로 져도, 공부에서 져도, 그 말이 스바루의 어린 긍지를 지탱하고 있었다.

달리는 연습보다, 숙제를 풀기보다, 솔선해서 바보 같은 짓을 하게 변해 갔다.

친구랑 작당해 밤중에 학교에 잠입하고, 온 동네에 흰 줄을 긋고 다니고, 위험하다고 유명한 들개를 모두의 아지트에서 쫓아내고—— 그렇게 다른 사람들을 질리게 하지 않음으로써 스바루는 자신의 존재의의를, 긍지를 지키려고 분주했다.

"공부에 힘쓰다니 어처구니없다. 발이 빠른 게 무슨 자랑거리냐. 내가 이렇게, 모두를 웃게 하는 편이 훨씬 대단하고 훨씬 강하다."

그런 이상한 자존심을 지키기 위해 계속 달릴 수밖에 없었다.

누구나 두려워하는 일을 솔선해서 하고, 누구나 싫어하는 일에 자진해서 임한다. 그렇게 자기가 있을 자리를 잃지 않도록 소중하게 신중하게, 대담하게 무모하게 도전하고 또 도전한다.

"하지만 그런 짓을 계속하다간 당연히 다음부터는 더 큰 일을 해야만 하지. 전에 한 일보다 작은 일은 못해. 시시하다고 여겨지고 싶지 않아."

그렇기에 스바루의 행동은 점점 과격해질 수밖에 없었다.

나츠키 스바루는 누구보다 용감하고 누구보다 분방하며 누구보다 자유로워 모두가 계속 동경할 만한 존재여야 한다.

그렇게 긴장하고, 내내 긴장하며, 긴장하고 있다는 사실을 숨기고. 그런 자기 자신도 깨닫지 못하며 더 할 수 있다, 아직 더 할 수 있다고 자기 자신도 주위도 속여 나간다.

왜냐면 나는 나츠키 켄이치의 아들이다. ——나츠키 스바루인 것이다.

"뭐든지 할 수 있다고, 생각했었어. 뭐든지 할 거라고, 믿으려했었어. 그렇게 하는 일마다 정신을 빼놓고, 아무 생각도 없이 날뛰기만 했지……."

그렇게 불에 이끌리는 날벌레처럼 타버린다는 것도 깨닫지 못하고 빛을 찾아서.

그렇지만 스바루는 날벌레가 아니었고, 그건 스바루의 친구들도 마찬가지였다. 친구들이 훨씬 더 제대로 알고 있었다.

——딱히 계기는 없었다. 하지만 스바루의 헛짓에 어울리는 친구는 줄어들었다.

"바보 같은 놈들이라고, 그렇게 여겼지 뭐야. 이렇게 재미있는 일은 나랑 같이 있지 않으면 맛볼 수 없다고. 그놈들은 후회든 뭐든 하며 재미없는 시간을 헛되게 보내면 된다고. 난 더욱 높은 곳을 볼 거라고."

그렇게 별을 쫓다 보면 자신의 머리 위에 있는 별들을 놓치지 않을 수 있다.

그토록 하늘을 가득 채웠던 별들이 사라져 스바루는 남은 별의 빛을 필사적으로 쫓으며, 그것만을 응시하며 달리다가——
별안간 깨달았다.

"내 주위에는 이제 나밖에 남아 있지 않았어."

당연한 일이다. 스바루는 주위를 돌아보지 않고 독선에 빠져 있었다. 처음에는 재미있어하던 친구도 계속 심해지는 과격함에 따라갈 수 없어진다.

그 사실을 깨닫지 못하고 멀어져 가는 이들을 바보 같은 놈이라고 비웃고 있으면, 남아 있던 사람도 스바루의 생각에 불안과 의혹을 품고 또 멀어진다. 그것을 반복하고——.

"그토록 빛나던 하늘인데, 난 별을 모조리 잃어버렸지."

별빛을 놓치고 주위에 있던 친구들도 잃어버려 그저 홀로 덩그러니 밤의 어둠에 남고 말았을 때, 스바루는 그제야 깨달을 수 있었다.

──자신은 딱히 특별한 인간이 아니었다.

『역시, 그 사람 자식이야.』

어린 스바루에게 긍지를 품게 해 주던 마법의 말은 어느덧 저주의 말로 바뀌어 있었다.

저주가 마음을 좀먹어 있을 자리를 잃어 가고, 궁지에 몰려서 숨을 쉴 수 없어졌다.

"밖에 나와서 동네를 걷고 있으면 알 수 있더라. 어디를 가도, 어디를 봐도, 아버지 흔적이 남아 있단 걸. ……당연한 거지."

스바루의 좁은 세상은 아버지에 대한 동경으로 이루어져 있었다. 같은 광경을 보고 싶다는 바람이 있었다.

어디에 가도 아버지와 같은 것을 요구한 스바루에게 있어 좁은 세상의 어디를 내다봐도 아버지의 흔적이 느껴지지 않는 곳이라곤 없다.

차츰 세상은 스바루에게 두려운 존재로 변모했다.

그와 동시에 스바루의 마음을 좀먹기 시작한 것은 자기 자신이 깨닫고 만 본인의 평범함이며, 그 사실을 부모가, 부모를 아는 사람들이 알아차리지 못하기를 바란다는 수치심이었다.

나츠키 켄이치의 아들인 나츠키 스바루가 남의 눈을 의식해서 쭈뼛쭈뼛 찌그러지고, 세상 넓은 데에 겁먹어서 머리를 부둥켜

안은 착각한 겁쟁이라는 사실이 알려져선 안 된다.

초중학교 내내 스바루는 한결같이 자기 자신이 눈에 띄지 않게 넘어가도록 철저하게 시간을 보냈다.

저학년 시절의 스바루를 아는 급우들은 그런 변화에 고개를 갸우뚱했지만, 감수성 많은 시기의 아이들은 동급생이 품는 마음의 어둠 따위 깨닫지도 못한다.

그리고 구제하기 어렵게도 이 문제에 대해서 스바루는 교묘했다. 눈에 띄지 않게 보내는 학교생활과 정반대로, 집에서는 옛날처럼 변함없이 분방한 채로 행동했던 것이다.

"생각해봐도 소름 끼치는 생활이지. 하지만 그렇게 난 중학교를 넘어서서…… 고향인데, 성적 때문일까. 동급생이 거의 같은 고등학교에 없었으니까."

몇 년을 소극적으로 지낸 스바루도 그 환경의 격변에는 다소의 기대를 품었다.

고등학교 진학. 과거를 아는 이가 없는 환경. 거기서 태어나는 새로운 관계──. 그곳에서라면 스바루를 나츠키 켄이치의 아들로 보는 사람도 없다.

그렇게 있는 대로 쥐어짠 용기가, 스바루의 발을 결정적으로 길에서 벗어나게 했다.

"내가 생각해도 성대한 고교 데뷔 실패였어. 그야 그렇지. 초중학교에서 멀쩡한 인간관계를 만들지 못한 놈이 모르는 사람밖에 없는 곳에서 잘할 리가 있나. 콧김 씩씩대며 아주 흥분해서 막나간 결과는…… 바보라도 알지."

그 바보라도 아는 것을 알지 못한 스바루. 그 결과는 설명할 필요도 없다.

남과 접하는 방식에 아버지 이상의 견본이 없던 스바루다. 새로운 환경에서 관계를 구축할 거라면, 참고로 삼을 상대는 아버지밖에 없다.

──어린 나이라면 웃음거리로 삼을 수 있던 그것도, 제2차 성징을 맞이해 정신적으로 변화해 가던 나이 때의 동급생에게는 단순한 독에 불과했다.

새로운 환경에서 내딛으려던 발을, 첫걸음부터 성대하게 헛디뎠다. 그렇게 스바루는 분위기를 파악 못하는, 안쓰러운 놈으로서의 지위를 확립하고 고립됐다.

배척이 아니라 공기 같은 대접을 받는 학교생활. 그런 나날 중의 아침에 문득 생각한 것이다.

"그냥, 학교를 가기 싫더라고. 마침 용무 때문에 아빠도 엄마도 없는 아침에 늘 깨는 시간이 지났는데도 뒹굴다가…… 정신 차리니 점심 전이라 엄청 놀랐어. 그다음에 황급하게 옷 갈아입어야겠다고 일어났을 때."

자신과 몸과 마음이 지독하게 침착하다는 사실을 스바루는 깨닫고 말았다.

"그다음은 유야무야했지. 주당 하루의 땡땡이가 사흘에 한 번이 되고, 금방 이틀에 한 번이 되고…… 완전히 학교에 발길이 가지 않게 되는데 3개월도 안 걸리더라."

그 뒤의 나날에 관해서는 설명할 필요도 없다.

학교에 가지 않고 나서 스바루의 마음은 안도감으로 채워졌다. 그것은 학교에서 보내는 괴로운 시간에서 해방됐다는 이유도 있었지만, 가장 큰 이유는 그게 아니다.

　별다른 이유도 없이 독선을 관철하며 등교거부아가 된 나츠키 스바루.

　그런 스바루를 보고 『역시, 그 사람 자식이야.』라는 생각을 하는 사람은 없다. 무엇보다 너무나 한심한 스바루의 모습에 아버지도 어머니도 『사랑하는』 것을 그만둬 줄 것이다.

　──아무리 한심하고, 꼴불견이 되어도, 부모님은 스바루를 사랑해 주고 있었다.

　그것이 가장 무서웠다. 그 사실만큼 스바루에게 공포를 주는 일은 없다.

　그러니 사랑하지 말았으면 좋겠다. 미워해 줬으면 좋겠다. 세상에서 제일 쓰레기라고 욕해 줘.

　그렇게 나츠키 켄이치와 나츠키 나호코 두 사람에게 나츠키 스바루는──.

　"너 따위 사랑하지 않는다. 너 따위 끔찍히 싫다. 너 따위⋯⋯ 내 자식이 아니다. 그런 식으로, 그렇게 말하며 나를 내버려 주길 바랐어. 날 포기해 주길 원했어."

　있을 리도 없는 별의 존재를 기대하며 덧없는 희망과 함께 하늘을 쳐다보고 만다.

　그런 좀스럽고 한심한 스바루라는 인간을, 나츠키 켄이치의 아들에 어울리지 않는 어리석은 존재를, 내버리길 바랐다.

──그것이야말로 스바루 본인조차 깨닫지 못했던 속마음이다.

자신이 약하다는 것을, 바보 같은 점을 인정할 수 없어서 눈길을 돌리고, 그 뒷바라지조차 누군가에게 떠맡기려던 추한 면에 자기 자신이 미워졌다.

그런데도 스바루가 자신을 단념하지 않고, 못 본 척하지 않을 수 있던 건 버팀목이 있었기 때문이다.

『포기하는 건 쉬워요. ──하지만 스바루 군에게는 어울리지 않아요.』

눈꺼풀 안에서 언뜻 스친 은색의 실루엣에, 이번엔 애잔하고 아릿한 청색의 빛이 겹쳤다.

그것은 스바루의 마음에 따스한 바람을 불어넣고 힘이 빠진 팔다리에 재기의 맹세를 주고 있다.

『렘은, 스바루 군을 사랑해요.』

그렇게 말하며 그녀는 끝났어야 할 스바루의 등을 떠밀어 주었다.

더 이상 걸을 수 없다고 밑으로 꺾여 있던 스바루의 고개를 도로 세우고, 손을 잡고, 등을 껴안고, 이마에 입을 맞추어 용기를 주었다.

『지금부터 시작하죠. 하나부터…… 아뇨, 제로부터!』

은색의 빛에 홀려서 열기를 얻고, 청색의 온기에 등이 떠밀려 걷기 시작해, 진즉에 끝났었을 나츠키 스바루는 제로부터 다시 시작했다.

그 사실을 깨달았기에, 그 사실을 떠올렸기에, 제로부터 걸어 나가겠다고 결심했기에―― 제로 이전의, 마이너스였던 과거에 결판을 내야만 한다.

『네. ――렘의 영웅은, 세계 제일이에요.』

"―――."

스바루의 긴 독백을 다 듣고, 켄이치는 골똘히 생각하듯이 눈을 감았다.

――결국 스바루는 지금도 옛날도 타인에게 자기가 한 행동의 뒷바라지를 떠넘겨왔던 것이다.

스스로 자기 자신을 단념할 용기가 없어서, 자기 세상에서 제일가는 악당이 되고 싶지 않기에, 비극의 주인공으로 있고 싶기에, 누군가가 악역이 되어 주는 것을 기다리기만 했다.

그러고 있으면―― 언젠가 켄이치가 문을 부수고 끝내 줄 거라고 믿고 있었다.

그런 어리석은 나날의 나태에, 그런 남에게만 기댄 결말을 기대했던 것이다.

그런 막다른 심경 중에 도달한 곳이 이 이세계였다.

그리고 이곳에서도 스바루는 독선을 부리다가, 끝에는―――.

"――스바루."

눈을 감고 있던 켄이치가 스바루 앞에 서서 그 이름을 불렀다.

그 말에 현실로 돌아온 스바루는 눈앞의 아버지를 올려다봤다. 무슨 말을 들어도, 어떻게 여기더라도, 있는 그대로 받아들이자고. 그런 스바루에게 켄이치는———.

"파더 헤드!"

"으아악?!"

스바루는 예상 밖의 일격을 정수리에 맞고 눈에 불꽃이 튀며 몸을 뒤로 꺾었다. 날카로운 통증 때문에 눈물이 맺힌 스바루에게 켄이치는 힘차게 손가락을 들이댔다.

"봤느냐, 스바루. 이것이 내 사랑을 담은 파더 헤드, 분노의 일격이다."

"발꿈치 찍기였잖아! 어디가 헤드?! 뭐 페인트야?!"

"목욕 다음에 하던 스트레칭의 효과군. 다리, 꽤 올라갔지?"

그 자리에서 몸을 굽히고 펴며 고관절 유연체조를 시작하는 켄이치. 그런 아버지의 태도에 예상이 배신당한 스바루는 울상을 지으면서도 무슨 말을 해야 할지 알지 못하고 있었다.

스바루가 기대하던 것은 좀 더 다른 식의———.

"그나저나 스바루. 너, 그 뭐냐……. 꽤 바보네."

"으, 웩."

꽤 단적인 말로 욕을 먹어 스바루가 말을 못하고 있자, 켄이치는 "애초에." 하고 팔짱을 끼었다.

"여러모로 마음에 안 드는 점이 많지만, 첫 번째는 그거야, 그거. 내게 미움을 받자고 생각한 주제에, 그 방법이 등교거부라니. 그러다 보면 울 아빠가 빡쳐서 날 야단쳐 줄 거예요. ……본격적으로 바보냐."

"대꾸할 말도 없지만……."

"아니 나한테 버림을 받고 싶으면 더 능동적으로 해라. 누가 자기 껍질에 틀어박힌 정도로 지 새끼를 버리겠냐고. 나한테 미움을 받고 싶으면 이유도 없이 인류 절반쯤을 학살이라도 해. 그러면 미워해 주마."

"그런 악당은 소년 만화에서도 썩 안 나온다고! 웬 가당찮은 요구야!"

"──네가 하던 말이, 내겐 그만큼 가당찮은 요구란 소리야."

딱 자르는 말에 스바루는 무심코 입을 다물었다.

"알겠냐? 네가 달팽이처럼 굼뜨고 줄에 매단 바나나도 못 따는 왕바보에, 관심병이 심해서 자해 행위를 하고 블로그에 자랑하기 시작해도……."

"그 지경까지 굼벵이도 바보도 멍청이도 아니야……."

"그 지경의 굼벵이에 바보에 멍청이라도, 나는 널 미워하지도 버리지도 않아. 당연하잖아? 난 네 애비고, 넌 내 아들이니까."

켄이치는 어이없다는 듯한 한숨과 함께 말하고 등을 쭉 폈다. 앉은 상태로 그런 아버지의 모습을 멍하니 쳐다보는 스바루. 켄이치는 한쪽 눈을 감았다.

"그렇게 둔감 직전, 바보 직전, 멍청이 일직선인 아들의 삐뚤어진 심보잖아. 바란다면 내가 힘으로 바로잡아 줘도 상관없다만……."

"───."

"아무래도 그럴 필요도 없을 만큼 뚝 부러졌다가 회복한 다음인 것 같으니 원."

바라보는 표정에서 무엇을 봤는지 켄이치의 말에 스바루는 천천히 일어섰다. 정면으로 부자지간이 마주 보고, 아들의 표정에 아버지는 입술에 미소를 띠었다.

"아침에도 생각했지만 좀 전에 또 갑자기 변했군. 그 낯짝 어떻게 된 거야."

"……말했잖아. 좋아하는 애, 생겼거든."

──은색의 빛이, 나츠키 스바루의 손을 끌어주었다.

"그리고 나 같은 걸 좋아한다고, 말해 준 애가 있었거든."

──파랗고 따스한 빛이, 나츠키 스바루의 등을 다정하게 밀어 주었다.

"그 애들은 내가 나츠키 켄이치의 아들이란 건 몰라. 난 그 애들 앞에서는 단순한 나츠키 스바루야. ……아니."

고개를 가로젓고 눈앞에 선 아버지를 또렷하게 응시한다.

"누구 앞에서도 나는 나츠키 스바루였어. 내가 맘대로, 이상한 간판 메고 있단 마음이나 먹어서 있지도 않은 무게에 짓눌렸을 뿐이지. 그걸 이제야 안 거야."

"왕창 늦구만. 가족의 대들보는 나다. 구석도 물려받지 못해 놓고 어딜 감히 간판 멨다는 시늉하고 앉았어. 후드려 팬다."

"방금 발꿈치로 정수리 팬 직후인데 말이야!"

아직 아픔이 남아 있는 아까 그 일격에 불평해도 켄이치는 "미안하다, 미안." 하고 전혀 찔리는 기색 없이 웃고 있다. 그리고 켄이치는 곧장 "그보다." 하고 눈을 가늘게 떴다.

"좋아하는 애 생겼다 그래 놓고, 좋아한다고 말해 준 애가 있다며 떠든 건, 뭔데? 너, 양다리 걸쳤어? 스바루 주제에?"

"주제에 같은 말 하지 마! 나도 솔직히 최악이라고 생각 중이야! 그래도 별수 없잖아! 뭐 어때, 별님이 두 개 있어도!"

되레 당당하게 나서도 용납될 수 없지만, 그것이 스바루의 현재 솔직한 심정이었다.

에밀리아를 좋아한다. 렘도 좋아한다. 두 사람은 스바루를 일으켜 세우고, 걷게 해서, 이렇게 켄이치를 앞에 둬도, 과거의 자기 자신과 마주 해도, 도망치지 않는 힘을 내려주었다.

한때 스바루의 머리 위에 있던 별이 가득한 하늘──── 그에 못하지 않은 빛을 두 사람이 내고 있다.

그것은 스바루가 방 밖에서, 생각도 못하게 초대된 세계에서 아등바등, 괴로워하고 슬퍼하며, 울며불며, 소리치고 노하며, 웃고 기뻐하다가 얻은 별들이다.

"뭐, 상관없지. 그래 가지고 두 아이를 울리지 않고 끝난다면…… 아니 울리지 마라. 그럴 수만 있으면 난 반대 안 한다. 너도 제법 사람 꾀는 재능이 있는 듯하고."

"그런 게 있으면 고교 데뷔전에서 패배를 찍었을까. 아빠처럼은 못해."

"그렇지도 않을걸? 넌 내 아들이니까. 그리고 넌 나를 여러 가지로 착각하고 있는 듯한데, 제일 심각한 건 그 점이더라."

"그 점?"

팔짱 낀 팔 위에서 손가락을 흔들고 있는 켄이치는 고개를 갸웃하는 스바루에게 "응." 하고 대답했다.

"너나 엄마 앞에선 이렇게 방방 뛰는데, 아빠 똑바로 TPO는 분간하고 있거들랑? 네 앞에선 항상 가족 사랑을 발산하고 있으니 모를 수도 있지만, 아무에게나 아빠 흉내를 내며 사귀었다간 식겁하지, 야."

"이봐요, 이봐, 이봐……."

"당연하잖아? 초면에 이렇게 날뛰는 놈 있으면 누가 접근해. 그 부분, 친해질 때까지 옷깃을 여며 두라고. 단추 푸는 건 좀 더 더워진 다음. 4월 개시라면 6월 말 정도까지 참자."

충격적인 사실. 사실은 아버지가, 접하는 상대에 따라 착실하게 태도를 바로잡는 상식인이었다는 이야기.

그런 줄도 모르고 아버지 흉내를 내면 인기인이 될 수 있다고 착각하던 나 자신의 얄팍한 발상아.

"내가 고뇌한 시간은 뭐였던 거냐……!"

"신경 쓰지 말고. 네가 너무 위대한 내게 그런 동경을 품고 있을 줄 몰랐던 내 잘못이지. 나야말로 네게 너무나 큰 존재라서 미안하다!"

"사실인데도 인정하고 싶지 않은 기분이 장난 아니다!"

켄이치는 한탄하는 스바루의 어깨를 두드리고, 평소처럼 민감한 부분을 흙발로 짓밟았다.

스바루는 그런 아버지에게 대꾸하면서 가슴속에 무겁게 뭉쳐 있던 뭔가가 사라지는 것을 느꼈다. 어둠이 개이고 동이 트기 시작해 새벽에 시야가 트인 듯한 감각이다.

이기적이고 독선적인 자기 자신을 털어놓고, 그런데 그 결과에 스바루는 구원을 받고 있었다.

이렇게 과거와 마주해 그때까지 간직하던 자신의 약한 모습과 결별할 의사를 전하고, 앞으로 보낼 자신을 위해서 소망을 품으며, 지금의 자신으로서 걷기 시작하는 데에 긍지를 가지고서.

그렇기에——.

"핫핫핫. 그렇게 쑥스러워 마라. 너도 내 피가 흐르는 아들이야. 반드시 내 절반 정도는 멋있어질 인재다."

"절반뿐이셔. 일반적으로 유전자는 세대를 거듭함에 따라 갈고 닦이는 법이잖아."

"하지만 네 절반은 엄마로 이루어졌으니 말이다. 내 멋쟁이와 합쳐도 나호코 성분으로 상쇄되어 최종 판단에 기대를 가지지 않는 편이……."

"엄마 미안. 뭐라고 대꾸하지 못하겠어!"

이 자리에 없는 어머니를 변호할 수 없어 스바루는 허공에 손을 맞대고 사과했다. 그 모습에 켄이치는 웃으면서 못 말리겠다고 어깨를 으쓱였다.

"하지만 이걸로 조금은 어깨 짐을 덜었군. 남은 건 미래 얘기지. 앞으로, 앞으로."

"아아, 응. 어, 저, 폐 끼쳐서 정말로……."

"그걸 미안하다고 생각할 거라면, 시간 들여서 똑바로 은혜 갚으면 되는 거야. 장래에 나랑 엄마를 착실하게 부양해라, 장남."

──그렇기에 그 말을 들은 순간, 스바루는 움직일 수 없었다.

"_____."

지금까지의 자신을 사과할 각오와, 지금의 자신이 가진 마음을 고백할 결의는 있었다.

그것을 빠짐없이 끝마치고, 스바루는 오랜 응어리를 간신히 풀어내어 밝아진 기분으로 아버지와 어머니를 마주 볼 수 있다고 생각했었다.

지금까지 보낸 자신의 모든 것을 털어놓고──.

"──욱."

그렇기에 『앞으로 맞이할』 이야기를 들은 순간, 스바루의 온몸에 치밀어 오른 것은──.

"……즈, 죄소옹해요."

"스바루?"

"죄……죄소, 죄송해요……. 죄, 죄송, 죄송…… 죄소옹……."

곤혹스러워하는 켄이치의 목소리가 정면에서 들렸다. 하지만 그 얼굴이 보이지 않았다.

폭포수처럼 흘러넘친 눈물이 스바루의 시야를 막고, 세상의 형태를 애매하게 만들어버렸다. 얼굴을 손바닥으로 가리며 흐르는 눈물을 필사적으로 닦는다. 그러나 닦고 또 닦아도, 눈물이 끊임없이 흘러넘쳐 그치지를 않는다. 그치지 않는다. 그쳐주지를 않는다.

"죄송해요오……. 나, 나아…… 이젠, 아빠엄마랑…… 죄소, 죄송해, 요……."

──알아채고 있었다.

마음 어디선가, 스바루는 진즉부터 알아채고 있었다.

초대 받은 이세계에서 햇빛을 받으며 그 눈부신 빛에 눈을 가늘게 뜬 그 순간부터, 마치 그렇다고 계시 받은 것처럼 스바루는 알고 있었다.

──나는 더 이상 원래 세계로 돌아갈 수 없다.

이렇게 아버지에게 참회하며 가슴속에 담았던 어두운 감정을 고백하고, 그런데도 용서를 얻어내고, 걸어갈 각오를 부축 받고, 그만한 은혜를 받아놓고, 그럴 수 있을 때까지 키워줬는데.

"그런데도, 나…… 아무것도 갚지 못한 채…… 아마, 더는 못 만나……. 미안, 미안해, 미안. ……죄송해요. 죄소옹해요. 죄송해요."

눈물이 그치지 않는다. 그 자리에서 당장에라도 무릎 꿇어버릴 것만 같은 격정.

그런데도 여전히 스바루가 우두커니 서서 어물어지지 않을 수 있는 이유는, 흐느끼는 스바루를 정면에서 껴안아주고 있는 누군가가 있었기 때문이다.

그 사람은 단단하고 큼직한 손바닥으로 이젠 거의 비슷한 키까지 자란 아들을 단단히 지탱하며, 그런데도 어린애처럼 울부짖는 등을 달래듯이 두드리며 말했다.

"──아무리 나이를 먹어도, 넌 손이 많이 가는 아들이란다.

인석아."

6

"진정했냐?"

"——응. 미안. 정말로 폐만 끼쳐서."

"누가 아니래냐. 내 셔츠 봐라. 콧물이랑 눈물로 아주 가슴팍이 꼬들꼬들해. 창피해서 이웃집에 얼씬거리지도 못하겠다."

켄이치가 울음을 그친 스바루의 이마를 손가락으로 튕기고 입 끝을 틀며 웃었다.

그 웃음을 울어서 부은 얼굴로 바라보는 스바루. 그 설움과 미안한 감정이 동거한 눈초리에 켄이치는 한숨을 짓고 말했다.

"네가 왜 울고불고했는지 모르겠지만, 창피할 테니까 비밀로 부쳐 주마. 내게 최대한 감사해라."

"……응. 감사하고 있어. 정말로, 마음속 깊이, 이 세상 누구보다도."

"그렇게까지 말하면 역시 쑥스럽제."

아버지가 뺨을 긁으며 쑥스럽게 웃고, 스바루는 힘없이 시선을 숙였다. 그런 아들의 태도에 켄이치는 어깨를 으쓱이고 마치 벌레를 쫓듯이 손을 내저었다.

"자, 울보는 얼른 집에 가라, 집에. 아빠는 좀만 더 산책하고 싶은 기분이니 좀 돌아서 들어간다. 울고 있는 너랑 같이 걸으면 이상한 눈으로 본다고."

"……나이 먹을 대로 먹은 애비와 자식끼리 뭘 하고 있느냔 판국이니."

"누가 아니래. 지금의 너랑 같이 집에 가다가 친구에게 소문 이라도 나면 창피하잖아."

"그거, 사람에 따라서는 치명상이 될 수도 있는 대사니까 사 용에는 조심합시다."

아버지의 발언에 반사적으로 딴죽을 걸고, 스바루의 마음에 향수병 같은 통증이 퍼졌다.

그 감정을 어금니로 억지로 짓씹은 스바루는 "그럼." 하고 켄 이치 쪽에 손을 들었다.

"먼저 돌아갈게. 아빠는 불심검문 당하지 않도록 조심해."

"미안한데, 이 주변의 순경 아저씨는 모두 안면이 있다. 그 토 스에는 부응할 수 없어."

"개그하는 거 아니라고."

변함없는 아버지의 태도에 또 다시 구원 받았다. 그 사실에 스 바루는 자기혐오를 품었다.

끝까지 타인에게만 기대고, 용서를 원해서. 정말로 구제불능 이라고.

"————."

더 이상 켄이치에게 약한 모습을 드러내고 싶지 않다.

스바루는 한 번 크게 심호흡하고, 그다음에 결심한 것처럼 아 버지에게서 뒤돌아섰다. 그대로 빠른 걸음으로, 조금이라도 빨 리 이곳에서 떠나려고——.

"――야, 스바루."

그 등에 켄이치의 목소리가 날아와 절로 다리가 멈추었다.

"네게도 이것저것 있겠지. 그러니 내가 할 말은 하나뿐이다."

"――――――."

"힘내라. ――기대하고 있다, 아들."

기대를 받다가, 실망을 사는 게 무서웠다.

아버지의 기대를 배신하고 있는 게 아닌가, 그런 불안이 스바루를 내내 거머쥐고 놔주질 않았다. 그렇기에 아버지의 기대는 스바루에게 있어 공포의 상징으로――.

"――아아, 맡겨만 두셔. 아빠."

등을 돌린 채로 스바루는 팔을 뻗었다. 하늘에 손가락을 내지르고, 소리 높이며.

"내 이름은 나츠키 스바루. 나츠키 켄이치의 아들이야. ――그러니 뭐든지 할 수 있고, 뭐든지 해 주겠어. 댁네 아들, 끝내준다고."

"그래, 안다. 누가 뭐래도 네 반쪽은 내 성분이 차지하니까!"

낄낄. 굳게 믿는 켄이치의 웃음소리가 등에 닿았다.

그 소리를 듣는 스바루의 입가에도 문득 웃음이 떠올랐다.

뒤돌아서 걷기 시작했다.

무릎이 후들거리지 않는다. 마음이 동요하지 않는다. 그저 앞을 단단히 바라보며 걷는다.

――언제나 등을 쳐다보던 사람에게, 앞으로는 등을 보여 주면서 걸어간다.

고작 그것만으로도 이토록이나 힘을 받을 수 있다고, 그렇게 생각하면서.

나츠키 스바루는 멈추지 않으며 걷고 또 걸었다.

7

──다림질한 와이셔츠에 팔을 찔러 넣고, 새것 같은 바지에 다리를 집어넣었다. 거울 앞에서 심녹색 넥타이를 힘들게 매고, 끝으로 남색 블레이저를 걸치면.

"학생 나츠키 스바루, 완성……. 대강 3개월 만인가."

거울에 비친 완성형 모습을 확인한 스바루는 큰일을 하나 마친 듯한 표정으로 숨을 내쉬었다.

전신 거울에 비친 스바루는 꽤 오랜만에 입은 학생복 차림이었다. 고등학교 교복은 블레이저 타입으로, 매일 아침 넥타이를 매는 작업이 고통이었던 기억도 떠올렸다. 대충 조인 넥타이 매듭을 손가락으로 튕기고는 전신 거울 앞에서 뒤돌아 학생 가방을 손에 들었다.

이로써 어디부터 어디를 봐도 학교 준비를 마친 모범적인 고등학생의 완성이다.

"안타깝게도 조례는 고사하고, 벌써 3교시가 시작할 시간이다마는. 모범적이고 자시고 없지."

스바루는 머리를 긁고 쓴웃음을 지으며 가볍게 기지개를 켠 다음 방을── 나가기 전에, 뒤돌아봤다.

이사한 경험이 없는 스바루에게 이 방은 『내 방』이라고 부를 수 있는 유일한 장소다. 중학교 입학 때부터 5년 이상 지낸 방.

──그런 장소와도, 이것이 마지막이다.

"_____."

말도 없이 스바루는 그저 차분하게 고개를 숙였다.

단지 그 한 가지 동작으로, 지금까지 보낸 5년간의 마음을 담아서.

오래고 오랜 인사가 끝나고, 고개를 든 스바루는 활짝 개인 기분으로 방을 나섰다. 그대로 계단을 내려 1층으로 가서 거실 문을 열어젖혔다. 그리고──.

"어머. 교복 어디 있는지 물어보기에 혹시 태울까 싶어서 이것저것 준비했는데…… 헛수고가 됐네."

"아들이 교복 있는 곳 물었는데 나오는 발상이 버닝한 쪽으로 빠지는 거야? 아니 그보다 태울 건 고려한 준비가, 이 고구마랑 핫바……?"

옷을 갈아입은 스바루를 맞이하며 생뚱맞은 발상 때문에 아쉬운 기색을 내비치는 이 사람은 어머니 나호코다. 그 등 뒤, 부엌에선 비좁은 자리에 바비큐 준비가 완료되어 있었다.

켄이치와 헤어진 다음, 스바루는 집으로 돌아와 교복이 있는 곳을 나호코에게 물었다. 과거를 떨쳐내고 환한 표정을 지은 아들의 발언── 그걸 본 어머니의 반응이 이거다.

"눈치 좋고 말고에 관해선 포기했지만, 이렇게 나올 줄은 미처 몰랐군……."

"그래, 그래, 어울려. 그 복장이면 험한 눈매도 상쇄되어서 침착하게 볼 수 있구나."

"현재 진행형으로 엄마가 내게서 침착성을 빼앗고 있다고!"

"──? 왜 그렇게 신경이 곤두섰니? 엄마랑 같이 마요네즈 빨래?"

이상하다는 얼굴로 나호코는 테이블에 놓여 있던 마요네즈를 내밀었다.

──나츠키 집안은 이 부근에서 살짝 유명한 마요러 일가다.

켄이치도 나호코도, 물론 스바루도 각각 마이 마요네즈를 소유하고 식사 때나 목욕한 뒤, 끝내는 자고 일어날 때에 마요네즈를 쪽쪽 빠는 게 일상 풍경이기도 하다. 실제로 이세계에서 마요네즈가 부족해 곤궁하던 스바루는 현대 지식으로 마요네즈의 재현에 성공했다.

마요네즈는 나츠키 집안과 결코 뗄 수 없는, 머스트 아이템인 것이다.

"근데 지금은 그럴 기분이⋯⋯."

"그렇겠지."

뚜껑 부분에 『스』라고 적힌 마요네즈는 스바루의 소유물이라는 증거다. 내민 마이 마요네즈가 도로 밀려나오자 나호코는 알고 있었다는 듯 끄덕였다.

"왜냐하면 스바루, 사실은 마요네즈 썩 좋아하지 않으니까."

"─────."

"아빠랑 엄마가 아주 좋아하니까 같이 먹었을 뿐인걸."

나호코는 스바루의 것임을 표시한 마요네즈를 테이블에 놓고 그것을 빙글빙글 돌리며 중얼거렸다. 그 반응에 스바루는 놀라서 숨을 집어삼켰다. 집어삼켰다가, 쥐어짜듯이 말했다.

"뭐, 뭘 근거로 그런⋯⋯."

"그럼 스바루는 세계랑 마요네즈, 뭘 택할 거야?"

"아니, 그거야 세계지⋯⋯."

"거봐."

"비유가 허접해! 당당한 얼굴을 하고 그게 뭔 소리야! 그 선택에서 마요네즈를 고르는 놈은, 마요네즈를 좋아하는 게 아니라 세계를 싫어하는 거라고!!"

상당히 빗나간 나호코의 의견에 소리를 지른 스바루는 어깨를 들썩이며 테이블의 마요네즈를 노려봤다. ──그 속내는 영 편하지 않다.

스바루에게는 자신이 확고부동한 마요러라는 자부심이 있다. 무인도에 뭘 들고 갈지 소리를 들으면 망설임 없이 마요네즈라고 대답할 수 있을 정도로.

하지만 어째서 그렇게까지 마요네즈에 집착하게 됐느냐고 묻는다면──.

"나란 놈은 철저하게, 파더콤, 마더콤, 패미콤이었군⋯⋯."

"슈퍼 붙일래?"

"슈퍼 가족 콤플렉스를 줄여서 *슈퍼패미콤이 아니니까 딴지 걸지 마셔."

---

* 슈퍼 패미콤 : 일본의 게임기 메이커 닌텐도에서 1990년에 출시한 가정용 게임기. 우리나라에선 슈퍼 컴보이.

시답잖은 대화를 나누다가 스바루는 쓴웃음 짓고 길게 숨을 내뱉었다. 그러고 나서 느릿하게 테이블 위에 있는 마요네즈를 들었다.

"아."

"——음, 맛좋아! 역시 본고장 마요네즈는 다르군! 이 맛은 본고장이 아니면 즐기지 못해! 저쪽 것도 나쁘지 않지만 이것과 비교하면 결국 마요네제야!"

　짜내듯이 거의 꽉 찼던 마요네즈를 단숨에 쪽쪽 빨았다. 혀 위를 시큼함이 섞인 맛이 내달리고, 목과 가슴을 태우는 듯한 열기가 꿰뚫었다.

　이야말로 마요네즈 중독자들이 사랑해 마지않는 마요네징의 참맛.

"엄마 아빠의 마요네즈 사랑에는 지지만, 나도 어엿한 마요러라고. 지금까지 쪽쪽 빨아 온, 모든 마요네즈 뚜껑에 맹세할게."

　참고로 방의 서랍에는 여태까지 스바루가 소비해 온 마요네즈의 뚜껑이 전부 보존되어 있다. 그 숫자는 무려 776개——.

"그리고 요걸로 777이다. 있다가 내 서랍에 넣어주라."

"오, 7이 세 개 모여서 경사스럽네. 요전에 아빠도 7이 네 개라고 아주 좋아하더라."

"말 그대로 사랑의 차원이 달랐구나!"

　즐겁게 빈 마요네즈를 받아드는 나호코. 어머니의 코멘트에 달성감을 미묘하게 망친 느낌은 있지만, 스바루는 금세 표정을 다잡았다.

"자…… 그럼 그만 갈게."

"아, 편의점에 갈 거면 슈크림 먹고 싶으니까 사 오렴."

"내 복장 보고 상상력 발휘한 다음 발언해 줄래요?!"

두 팔을 벌리고 교복 차림임을 어필. 그런 아들의 말에 나호코는 "농담이야, 농담." 하고 웃었다.

"지금부터 학교 가려고? 엄마는 기쁘지만…… 안 좋은 시선 끄는 거 아니야? 내일 할 수 있는 일은 내일 하지 그러니?"

"그런 식으로 아들의 의욕을 죽이는 건 관두시죠. 안 그래도 난 남에게 엄격하고 자기한테 물러서, 세상 우습게 보는 근성이 물들었다고."

"스바루가 정말로 그런 애였으면, 엄마도 이렇게 고생하지 않았는데 말이지."

자학성 발언을 꺼내는 스바루. 그러나 나호코는 새침한 표정으로 갸우뚱했다. 그 대답에 스바루는 눈을 가늘게 떴지만, 나호코는 "영차." 하고 등을 쭉 편 다음 말했다.

"그럼 엄마 웃옷 가지고 올 테니 잠깐 기다려 보렴."

"기다려 보라니…… 설마 따라오려고?! 방구석 폐인 벗어나 부모님 동반 등교라니, 벌칙도 그런 게 없거든!"

"학교까지는 안 가. 잠깐 근처 편의점까지, 마요네즈랑 슈크림 사러 갈 뿐. 그렇게 어리광 피우면 못쓰잖니."

"어라?! 어째 내가 같이 가자고 부탁한 것 같은 분위기?!"

납득이 가지 않는 흐름에 눈을 까뒤집는 스바루의 말에, 어머니는 "그래그래." 하고 건성으로 대답하고 자기 방으로 갔다.

어영부영 도중까지 부모님 동반해 등교하는 전개로 빠졌다.

"아니아니…… 좀 봐주라, 진짜로."

그렇게 말하면서 스바루의 뺨은 희미한 안도감에 긴장이 풀려 있었다.

──그 안도감의 이유가, 어머니에게 이별을 전할 시간이 조금이라도 뒤로 미뤄졌기 때문임을, 지금의 스바루는 역시 깨닫고 있었다.


8


"이렇게 스바루랑 나란히 걷는 것도 오랜만이란 말이지."

"그랬었나? 밤에는 그럭저럭 장을 보러 갈 때도 같이 있었던 것 같은데."

"하아. 저기 있지, 지금 흐름으로 봐서는 당연히 밤이 아니라 낮 이야기를 하는 거잖니. 문맥이나 말뜻이란 걸 제대로 파악할 줄 알아야지."

"엄마한테 눈치 방면의 이야기를 듣는 것만큼은 수긍이 안 가!"

나츠키 나호코의 어두운 눈치는 천하일품. 그야말로 오니들린 세계 유수의 둔감이다.

그것이 나츠키 집안 두 남자의 공통 견해이며, 실제로 나호코 상대로는 비유나 유머를 섞은 대화가 거의 100퍼센트 통하지 않는다. 그렇다고 해서 본인에게 그 자각은 없고, 자신의 갈 때까지 간 4차원 기질을 전혀 이해하지 못하기에 대화하다 보면

스트레스가 끝장인 것이다.

——그런 걸 알고 있어도, 스바루는 어머니와 대화하는 걸 좋아했지만.

"오늘은 따뜻해서 다행이지. 아빠랑 무슨 얘기했었어?"

"이크, 엄마와의 대화 초급, 『이야기의 앞뒤가 이어지지 않음』이 왔군. 딱히 노리고 하는 게 아니니 거시기하지만, 음, 그게 말이야……."

학교로 가는 길을 나란히 걸으면서, 스바루는 어머니가 묻는 말에 고개를 모로 꼬았다.

켄이치와 나눈 대화의 자세한 내용을 이야기하려면 스바루의 부끄러운 내면과 콤플렉스를 털어놓거나, 흐느낀 일도 설명해야 한다. 그건 싫다.

필요한 대화였지만, 그 자리에서 끝이라고 생각했기에 끌어낼 수 있던 감정이다. 그걸 여기서, 길거리 한복판에서 눈물과 함께 유출하면 말이 되겠는가.

"아, 딱히 별다른 말은. 그 왜, 이케다 씨 얘기라든지 별것 아닌 옛날 얘기를 좀."

"아아, 이케다. 경마에서 대박이 터져서 태국으로 이주하고, 현지의 어린 아내에게 속아서 가진 거 다 털리고, 새까맣게 살갗 태우며 육체노동에 애쓰고 있더랬지."

"그 후반의 비참한 전개는 금시초문인데?!"

"'깨끗한 돈이 아니면 불행만 따르나 보네요. 지금은 몸이야 힘들지만 마음은 충실합니다.' 하고 편지가 왔더라."

"미지의 장소에서 겪은 경험으로 한 단계 성장했구나, 이케다 씨……. 남 일이 아니야!!"

이세계이냐 외국이냐 차이가 있을 뿐이지, 스바루와 썩 처지가 다르지 않은 이케다 씨. 어릴 적에 얼굴만 봤을 수준의 지인에게 왠지 남달리 강한 동족 의식을 품고 말았다.

남모르게 그의 건투를 기원하는 스바루. 그런 스바루 옆에서 나호코는 "음." 하고 신음하다가 물었다.

"그래서, 옛날 얘기를 하다가 학교에 갈 마음이 든 거야?"

"아아, 응. 뭐 간단히 말하자면. 이것저것 털어낼 계기가 생겨서, 그래서 말이지."

"이것저것 다 아빠처럼 하려는 건 그만뒀단 말이구나."

"_____."

나호코는 애매하게 말을 흐리려던 스바루를 나긋한 어조로 놓치지 않았다.

미소를 띠고 콧노래라도 시작할 듯한 모습으로, 눈매만은 날카롭지만 아무 생각도 하지 않는 것처럼 보이는 어머니. 그렇지만 스바루는 기선을 제압당한 듯한 느낌에.

"스바루는 노력가였고, 어설프게 이것저것 잘했으니까. 아빠가 공연히 취미가 많던 바람에 기회도 이래저래 많았고…… 지칠 수도 있지."

"어, 엄마는…… 어디까지, 나를……."

"얘, 스바루."

자기 자신에게도 숨기고 있었을 본심이, 나호코에게 속속들이 밝혀진다.

살짝 앞으로 나선 나호코는 뒤돌아서 뒷말을 잇지 못하고 있는 스바루와 마주 봤다.

"곧잘 말하잖아. 애들은 부모가 생각하는 것보다, 부모를 보고 있다고."

"————."

"그런데 말이지. 반대로도 그래요. 부모도 애들이 생각하는 것보다 훨씬 더 애들을 보고 있어. 엄마도 스바루가 생각하는 것보다 훨씬 더 스바루를 보고 있거든?"

그야말로 망연자실할 수밖에 없다.

그토록 철저히 숨겼다고 믿었던 속내가, 사실은 전부 헛발질이었던 것이다. 아무도 자신에 대해 모를 거라고 고독과 불행을 뽐냈음에도 불구하고.

"어릴 적에는 좌약도 넣은 적 있으니 뒷구멍까지 봤어. 엄마가 스바루 몸에서 본 적 없는 곳은 내장 정도란다."

"저기 죄송한데요. 지금 딱 좋은 흐름이었으니 맹한 발언 필요 없거든요."

그리고 내장에 관해서는 부모 형제는커녕 스스로도 썩 볼 기회는 있을 리 없다. 우연히 스바루는 마침 기회를 얻었기에 자신의 내장을 본 적이 있지만.

어쨌든 간에——.

"마요네즈 건도, 학교 안 가게 된 이유도……."

"엄마가 어떻게 해 줄 수 있으면 해 줬겠지만 말이야. 엄마가 뭘 해도 아마 망칠 것 같았거든. 하지만."

나호코는 조용히 숨죽여 웃고, 아들의 얼굴을 물끄러미 쳐다봤다.

"엄마도 아빠도 아닌, 누군가가 어떻게 해 준 거구나. 그건 무척 멋진 일이라고 생각해. 그 사람에게 감사해야겠네."

"……응. 맞아. 그 사람이, 형편없는 나를 형편없다고 가르쳐 줬어. 그 사람이, 형편없는 나를 형편없지 않다고 말해 줬어. 그래서 지금 이렇게 걷고 있는 거야."

스바루 자신의 어리석음을 자각하게 해 주어서, 그런 자기 자신을 긍정해 주어서, 지금 이렇게 이곳에 서서 과거와―― 아버지하고 어머니와 마주 볼 수 있다.

"엄청 착한 애들이야. 나한텐 진짜로 아까울 만큼."

"하지만 누구한테 넘겨주질 않을 거지?"

"당연하지. 나랑 격이 맞을까 안 맞을까 문제가 아니라고. 누구한테 넘겨줄 바에는 격이 안 맞아도 내 걸로 삼을 거야. 그런 다음 내 가치를 쌓아 올려야지."

"그래그래. ――역시, 그 사람 자식이구나."

그 말이 스바루에게 얼마나 큰 의미가 있는 말인가.

아무에게도 말한 적이 없는 스바루의 속마음을 알고 있던 어머니다. 아마 나호코에게는 그것도 내다본 것이리라. 알고 있으면서 이렇게 말해 주고 있다면.

"나는, 제대로 그럴 수 있을까? 나는 제대로, 그 사람의 자식 노릇을 할 수 있을까?"

"걱정 마. 왜냐면 스바루의 절반은 엄마니까, 아빠의 절반까지 멋있어지면 할당량 달성하잖니."

"내 몸을 구성하는 본인 유전자가 열세인 데에는 자각이 있구나?!"

"아빠의 절반만 멋있어지고…… 남은 절반은, 스바루가 되면 되잖아?"

빽빽거리는 스바루의 말에 동요하지 않으며 나호코는 쉬운 일인 것처럼 길을 제시했다.

그 말을 듣고 스바루는 아연실색, 망연자실한다.

"그런 이유로, 스바루 너는 스바루답게 노력하면 좋겠다고 엄마는 생각한단다."

"─────."

"그러고 보니 같이 산책하러 나간 아빠는 어쨌어? 버리고 온 거야?"

"이제 와서?! 야단났다. 엄마와의 대화 중급『갑자기 되살아나는 과거의 의문』이 왔어."

여기서 꼼꼼하게 켄이치와 헤어진 경위를 설명하면 도로아미타불이다. 결국 흐느낀 일을 설명해야만 하기 전에 스바루는 앞뒤 문맥을 무시하고 말했다.

"나는 나답게."

"응, 응. 아빠처럼 되고 싶다고 생각하면서, 스바루답게 크는 거야."

의문은 무시당했는데도 나호코는 스바루가 내놓은 결론에 만족스러운 내색이다. 그때, 불현듯 앞에 가는 어머니의 발이 멈추었다. 갈림길에 도착한 나호코는 오른쪽 길을 손가락을 가리키고 말했다.

"그럼 엄마는 편의점이 이쪽이니까, 더는 같이 못 가는데……혼자서 괜찮겠어?"

"그렇게 걱정받을 만큼…… 중증이었지, 응."

나호코의 과보호라고 웃을 수는 없다. 찌그러져 있던 스바루는 그토록 못 미더워서 어머니의 눈으로 봐도 걱정이 끊이지 않았던 것이다. 그렇기에 스바루는 어머니가 안심하도록 말했다.

"괜찮아. 해야만 하는 일과, 하고 싶은 일이 딱 맞물렸거든. 지금은 더 이상 틀어박힐 이유는 하나도 없어."

"그렇구나. 그렇다면 다행이야. 그럼, 힘내렴."

스바루의 대답에 기쁘게 끄덕인 나호코. 그리고 흥이 오른 듯한 발걸음으로 갈림길에서 오른쪽으로 향한다. 스바루가 나아가는 방향은 왼쪽으로, 여기서 어머니와는 작별이다.

이별이 되고 만다. 그것도 아마, 어머니가 생각하는 것보다 훨씬, 훨씬 더 오랜──.

"──엄마!"

그 등을 잠자코 배웅하는 것을 견디지 못하고 스바루는 큰 소리로 어머니를 불러 세웠다.

마요네즈를 찾아 통통 튀던 어머니의 발걸음이 멈추고, 몸까지 스바루 쪽으로 돌아섰다. 그 평소와 같은, 변함없는 어머니의 모습을 눈꺼풀을 아로새긴다.

"아……."

이별을, 이별의 말을 입에 담으려다가 스바루는 주저했다.

지금, 이 자리에서 이별을 고하지 않으면 어머니는 스바루와의 이별이 얼마나 긴 것이 될지 모르고 끝난다. 스바루 또한 다시는 만날 수 없다고 안 어머니가 한탄하는 모습을 보지 않고 넘어간다. 마지막으로 어머니의 얼굴을 우는 표정으로 만들고 싶다면, 여기서 입을 다무는 편이 좋지 않은가.

그런, 자신과 상대를 배려한다는 거죽을 뒤집어쓴 기만을——.

"——꼭 해야만 하는 일이 있어. 그래서 오랜 이별이 될 거야."

나츠키 스바루의 마음은 용납하지 않았다.

"_____."

전한 말에 나호코는 말이 없다.

거기서 모종의 반응이 생기기 전에 스바루는 말을 거듭했다.

"좀 먼 곳이라 연락도 할 수 없을 것 같아. 이래저래 걱정 끼칠 거야. 위험한 짓은 안 해……라는 말도 단언하지 못하겠어. 굳이 따지자면 위험한 일뿐인 곳에서, 위태로운 애를 도와줘야만 하는 얘기거든."

말이 빨라진다. 정보를 나열한다. 얘기하고 싶은 말이, 넘쳐 나온다.

"아빠랑 엄마에게는 또 걱정 끼칠 거야. 눈이 닿는 곳에 있던 어제까지와 다르게, 이번엔 눈이 안 닿는 곳에 있으니까. 하지만 어떤 곳에 있어도 난 엄마 아빠 생각하고 있고, 잊지도 않으니까……."

"스바루."

"이젠 자기 자신이, 엄마 아빠의 자식이 아니길 바라지도 않고, 자기 자신을 미워하는 일도 하고 싶지도 않아. 안심하고 배웅해달라고 말할 자격이 없지만……"

"스바루."

스스로도 무슨 말을 하고 있는지 알 수 없어진 스바루를, 바로 지척에서 나호코가 불렀다.

고개를 들자 눈앞에 어머니가 서 있다. 그리고——.

"스바루. ——괜찮아."

"……괘, 괜찮다니."

"스바루가 무슨 말을 하고 싶은지, 제대로 알고 있어. 그러니 그렇게 열심히 말을 찾지 않아도 돼."

"알고 있다니…… 어떻게…….”

"왜냐면, 엄마는 스바루의 엄마잖아."

——그건 어찌나 한 점의 논리성도 없는, 그런데도 절대로 거스를 수 없는 근거란 말인가.

눈시울이 뜨거워진다. 이 감각은 불과 약 한 시간 전에 맛본 직후다.

대관절 스바루는 몇 번이나 이렇게 어린애처럼 흐느끼면 되는가. 몇 번이나 이렇게 눈물을 흘려야 무슨 일에도 동요하지 않는 강철의 마음을 손에 넣을 수 있는가.

"이, 이렇게…… 어린애처럼…… 창피해 죽겠어…….”

"울고 싶을 때 우는 게 창피하면, 태어나는 아기는 모—두 창피해서 죽어야 해."

"그런…… 뜻이…….."

"그래그래. 알고 있다니까. 아빠랑 엄마 앞에선 스바루는 몇 살을 먹어도 어린애니까…… 울고 싶을 때에 울려무나."

세상이 뿌옇게 변한다. 눈물이 흘러넘친다. 스바루는 소매로 얼굴을 닦아 그 표정을 어머니에게 보여주지 않았다. 나호코도 스바루의 그 오기를 존중해서, 차마 그 얼굴을 살피는 짓은 하지 않았다.

그저 천천히, 까치발을 딛고 머리카락이 짧은 스바루의 머리를 쓰다듬었다.

"……미안, 엄마. 나, 결국, 엄마랑 아빠한테 아무것도 해 주지 못하고."

"뭔가 해 주길 바라서 낳은 게 아니란다? 뭔가 해 주고 싶어서 낳은 거지. 사랑해 주고 싶어서, 엄마는 스바루를 낳은 거야."

──그 말과 같은 사랑이라면 스바루는 이미 헤아리지도 못할 만큼 받았다.

"엄마랑 아빠에게 뭔가 해 주고 싶으면, 그 마음을 다른 누군가에게 주렴. 그게 스바루가 좋아하는 애고, 그 애랑 사랑해 주고 싶은 아이라도 생긴다면…… 최고 아니니?"

"……아아, 최고지."

"그렇지? 엄마 말에 틀린 건 그렇게 많지 않으니까."

나호코는 만족스럽게 웃으며 스바루의 앞머리를 손가락으로 간질였다.

그 손가락의 감촉이 간지러워서 스바루는 우는 얼굴을 엉망진 창으로 구기며 웃어냈다.

흐느끼다가 속마음을 드러내고 위로 받아서 개운해진 자기 자 신이 우습다.

"아아 진짜, 울기만 해서 엄청 한심하다."

"울면 어떻다고. 스바루, 태어났을 때도 엄청나게 울었는데. 처음에는 누구나 볼썽사나울 만큼 우는 법이야. 이것저것 많이 있어서, 이런저런 상황에서 우는 거지."

"＿＿＿＿."

"그래서 잔뜩 울다가 끝에 가서 웃을 수 있으면, 그걸로 다 문 제없어. 중요한 건 처음도 중간도 아니라, 끝이니까."

"그거, 결과만 좋으면 다 OK란 뜻?"

"그런 식으로 받아들이는 거하곤 달라. 이거, 엄마가 주는 숙 제야."

답을 맞춰 볼 기회는 필시 돌아오지 않는다.

제출된, 숙제라는 이름의 작별 인사. 스바루는 그것을 받아 가 슴속에 간직했다. 언젠가 그 답을 내놓을 수 있을 때, 자연히 알 수 있는 날이 올까.

"＿＿＿＿."

도무지 산뜻하지도 깨끗하지도 못한 이별 장면이다.

아버지도 어머니도, 틀어박힌 끝에 어디로 가는지도 모를 이 별을 전하는 아들에 대해 원망하는 말을 던지기는커녕 웃으며 보내주고 있는 판국이다.

정말이지, 자신에겐 과분한 부모에 과분한 환경이라, 사랑하던 곳이었다.

"——그럼, 이제 갈게."

"응, 그렇게 해."

고개를 젓고, 마지막으로 억지로 뺨을 움직여 웃음을 꾸몄다.

그 못생긴 웃음을 어머니에게 남기고, 스바루는 뒤돌아서 걷기 시작했다.

통학로는 이미 고빗사위. 이제 이 갈림길을 막다른 곳까지 가서, 비탈길을 올라가면 학교 건물이 보이기 시작하고——.

"아, 맞아. 스바루, 스바루. 깜빡했네."

그때, 이만큼 기합을 넣고 임했건만, 등 뒤에서 날아오는 맹한 목소리.

무심코 자빠질 뻔하면서도 스바루는 탈력감을 숨기지 못한 채로 돌아봤다.

마지막의 마지막에 도대체 뭘 하려느냐고 불안한 스바루. 어머니는 손을 들고——.

"——다녀오려무나."

그렇게, 자그맣게 손을 흔들며 미소와 함께 말해 주었다.

——이세계에 소환된 최후의 밤, 편의점에 외출하기 전에, 역시 어머니는 스바루를 비슷하게 배웅해 주었을 것이다.

하지만 그때, 스바루는 기분이 언짢기라도 했는지 아무 말도 없이 문을 열고,

"————."

그러므로 이것은 그날의 후회를 털어내는 마지막의 기회로써.

엄마와의 대화 상급 『아무리 옆길로 빠져도, 마지막에는 반드시 정답에 다다른다』이다.

그런 생각을 떠올린 순간, 뺨에 억지로 꾸민 게 아닌 진짜 웃음이 우러나온다.


"——다녀오겠습니다!!"


9


학교 건물에는 학생이고 교사고 한 명도 눈에 띄지 않았다.

현관에서 신발장으로 이동해 한동안 닫힌 채로 남아 상태가 좋지 못한 문을 열었다. 그곳에서 신발을 실내화로 갈아 신고 리놀륨 복도에 발을 디뎠다.

3학년 6반, 출석번호 22번, 그것이 나츠키 스바루를 학교에서 부르는 칭호다.

최고학년인 3학년생의 교실은 1층에 있다. 무음의 복도에 자신의 발소리를 울리면서 스바루는 시간을 들이지 않고 자신의 교실로. 그리고 문 앞에 서고는, 심호흡.

"————."

문을 잡고 옆으로 밀어 단숨에 교실의 문을 열어젖혔다.

그 순간, 아주 당당하게 지각한 스바루에게 온 교실로부터 비난의 시선이 집중하고——.

"——생각보다 꽤 빨리 도착했는걸."

그런 상황이 벌어지지는 않았다.

오랜만에 보는 교실은, 내다보이는 곳 전부가 빈자리였다. 창가 맨 뒤쪽이 스바루의 자리지만, 그곳 외에 메워진 곳은 중앙에 있는 한 자리뿐.

그리고 그 자리에 앉아 있는 인물은 등교해 온 스바루 쪽을 향해 의자째로 몸을 돌리더니.

"잘 왔어. ——본인의 과거와 마주한 시간은 네게 무엇을 주었을까?"

자신의 하얀 머리카락을 어루만지며, 『탐욕의 마녀』는 호기심이 가득한 눈으로 그렇게 물음을 던졌다.

# 제5장 『내디딘 한 걸음』

## 1

　——백발 소녀는 교실 한복판 자리에 앉은 채로 흐릿하게 미소를 짓고 있다.

　그 시선을 받으면서 스바루는 한번 복도 밖으로 몸 반쪽을 내밀어 막다른 곳까지 사람이 없는 것을 재확인. 그리고 다시 교실로 돌아서서 머리를 긁었다.

　"우선, 말하고 싶은 게 있다만."

　"응. 말해 봐. 네가 무슨 생각을 하는지, 나는 무척 흥미가 있어."

　"너, 그 교복 어울린다."

　스바루는 호기심에 눈을 빛내던 마녀를 손가락으로 가리키며 복장의 감상을 읊었다.

　그 감상에 마녀는 딱 한순간 얼떨떨해하다가, 그만 참지 못하고 웃음을 터트렸다.

　"하핫. 고마워. 그렇게 말해 주면 구태여 네 기억에서 재현한 보람이 있지. 기억 속에서 특히 강하게 새겨져 있던 복장이야. 애지중지하는 거라도 돼?"

자리에서 일어나 치맛자락을 손끝으로 잡아 든 소녀—— 에키드나가 그 자리에서 빙글 돌았다. 등에 닿는 하얀 머리카락을 휘날리는 모습은 그 외모처럼 평범한 소녀로만 보인다.

회색 치마에 진한 남색 블레이저. 가슴을 장식하는 붉은 리본은 스바루와 같은 학년이라는 사실을 색깔로 표시하고, 그 안의 하얀 셔츠와의 대조가 실로 선명하다.

"단지, 난 치마가 짧은 것보다 긴 쪽을 좋아해. 들추는 시간이 긴 편이 상상력을 자극해 주거든."

"오호라. 그럼 다음은 네가 들추어도 기대에 부응할 수 있게 해 보지."

"그런 기회는 없지마는! 그리고 딱히 내가 아주 좋아해서 다들 교복을 입고 있는 게 아니야. 이곳에선 그 복장을 하는 게 약속이라고. 근위기사 같은 것도 그렇잖냐."

쿡쿡 웃는 에키드나는 스바루의 변명을 반은 에누리해서 듣는 눈치다. 스바루는 그 소녀에게 콧방귀를 끼고, 정면에 있는 빈 자리에 앉아서 마주 봤다.

"좀 더 놀랄 줄 알았는데."

"숨길 맘이 있으면 배경에도 더 노력을 기울었어야지. 통학로도 그렇고, 학교 안도 사람 하나 없다니 말이 되겠어?"

평일 오후라는 점을 고려해도 이 세계는 인기척이 너무 희박하다. 마치 세계에서 스바루에게 필요한 정보 말고는 덜어낸 것처럼.

"나한테는 완전 편리한 세계더라. ……이곳은, 대체 뭐지? 나는 네 묘소라고 하는 곳에 들어가서, 그리고."

"자격을 가진 네가 묘소에 들어왔다. 그래서『시련』이 시작됐다. 그뿐이야. 듣지 못했나? 먼저, 과거와 마주하라고."

스바루의 상상을 긍정하는 대답과 함께 에키드나는 뒷짐을 지고 갸웃거렸다.

예쁜 소녀의 머리카락이 바람에 날린다. 상쾌한 선들바람이 들어오는 교실에서 교복을 입은 소녀는 어색함 없이 융화되고 있었다. 스바루는 그 별 뜻 없는 몸짓 하나하나에 마음을 옭아매는 함정이 설치된 느낌이 들어 의식적으로 시선을 떼었다.

"조금씩 기억이 나. 너, 처음에 만났을 때의 기억을 어떡한 거지? 이『시련』을 받을 때까지 난 네 기억을 잊고 있었다고."

"말했을 텐데? 다과회의 대가로 나와 만난 것의 발설을 금지한다고. 네 입이 무겁기를 믿는 것보다, 기억에 간섭하는 쪽이 손쉽지. 아아, 행여 다른 기억도 조작하지 않았을지 걱정하는 거라면 안심해. 난 그런 재미없는 짓은 절대로 하지 않아."

"……그 발언을, 믿을 근거는."

"마녀의 본질을 이해할 수 있을지 없을지겠군. 난 지식욕의 화신, 탐욕의 마녀야."

자신의 팔꿈치를 껴안듯 팔짱을 낀 에키드나는 흑안 속에 간직한 감정을 읽을 수 없게 했다.

마녀를 신용할 수 있는가. 그것은 고려할 필요성조차 느껴지지 않는 우문이다.『질투의 마녀』와 마녀교에겐 이미 실컷 지독한 꼴을 당했다. 에키드나에게도 마찬가지다.

"하지만 일단 넌 다른 범주로 두겠어. 『시련』의 자격을 준 건 사실이더군."

"난 다른 범주라. 어쩐지 살짝 가슴 설레는 평가인걸. 신기하군. 네게 그런 투로 말을 듣는 데에 난 희미한 기쁨을 느껴."

"건드리지도 못할 범주에서, 건드릴 수 있을지도 모르는 범주로 옮겼을 뿐이다."

웃음이 진해진 에키드나의 반응에 스바루는 견제하는 말을 던졌다. 그 말에 에키드나는 "쳇." 하고 입술을 삐죽이다가 갸름한 눈에 웃음을 띠었다.

"누구나 과거를 후회하는 법이지. 하루하루를 살면서 후회를 느끼지 않는 존재는 없어. 오늘은 어제를, 어제는 더욱 과거를, 그리고 내일이 되면 필시 오늘을 후회한다. ──사람에게는 후회하는 기능이 있으니 말이야."

"비관적인 말 하지 마라. 그 후회란 걸 반성으로 바꿔서, 어제의 반성으로 오늘을 어떻게 변통하고, 오늘의 반성을 내일의 돌파구로 삼는 것도 인간의 기능이잖아."

"──옳은 말이야!"

공기가 터지는 소리. 소리를 높인 에키드나가 세게 손뼉을 친 것이 원인이다. 그녀는 놀라는 스바루에게 바싹 다가붙어 숨결이 닿을 거리까지 얼굴을 들이대고 연거푸 말을 내던졌다.

"단순한 말장난, 어차피 약간의 오해. 하지만 과거를 비관할지 낙관할지로 답을 내놓는 방식이 크게 달라지지. 웬만한 이들은 과거를 비관해 걸어온 길을 부정하고 말아. 그리고 부정한 그것으로부터 눈을 돌리고 덮어둬서 없던 일로 치려고 하지."

"야, 얼굴이…… 가깝다고……!"

"어쩔 수가 없는 일이야. 어제의 자신은, 오늘의 자신보다 반드시 무지하니까. 오늘의 자신은, 내일의 자신보다 반드시 지식이 뒤떨어지니까. 지식의 총량, 추억의 수 하나여도 과거는 현재보다, 현재는 미래보다 못해. 그것이 사실이다!"

기가 죽은 스바루를 깨닫지 못하고 에키드나의 열변은 과열되어 두 손으로 책상을 세게 쳤다.

"따라서 과거와 마주할 때, 사람은 망설이고, 방황하고, 한탄하고, 괴로워하고, 그러고 나서 다음을 모색하지. 그 결과, 도출된 답이라면 난 어떤 답이라도 긍정하겠다. 과거를 외면하든, 이해하고 포석으로 삼든 간에 과거를 극복한 증거, 답이라는 사실은 틀림없어."

"……그게, 이 『시련』의 목적. 아니, 달성 조건인가."

"자기 자신의 과거와 마주했다면, 긍정이든 부정이든 답에 이르는 길. 두려워하고 기피하며 무릎을 꿇은 이는 『시련』을 극복할 수 없어. 하지만 과거를 받아들이고, 혹은 완전히 거부하는 결단을 내릴 수 있다면, 나는 칭찬할 거야. 그러기 위한 기회는 몇 번이든 주지. ……그것이 『시련』!"

이해가 갔다고 스바루가 끄덕이자 에키드나는 힘차게 단언하고 주먹을 쳐들었다. 하지만 그다음 곧장 "헉." 하고 제정신을 차린 그녀는 볼을 붉히며 헛기침했다.

"야, 약간 흥분해버렸군. 못 볼 꼴을 보여서 미안해."

"딱히 신경 안 써. 숨에서 냄새가 났으면 뭐하지만, 달달한 쪽이었고. 그보다⋯⋯ 네가 한 말이 『시련』을 넘어서는 조건이라면, 나는 극복했다는 뜻이야?"

"──처음부터 끝까지 모든 과정을 본 나는, 충분한 결과를 얻었다고 생각 중이야."

에키드나는 가슴에 손을 짚고 향긋한 홍차의 향을 즐기는 듯 만족스러운 표정으로 말했다.

"과거에 마음에 생긴 상처의 상징과, 과거에 느낀 죄책감의 근간, 그 양쪽 모두에 대해서 너는 답을 내놓았어. 난 그 사실에 우레와 같은 박수로 칭찬하고 싶다."

"처음부터 끝까지? ⋯⋯너, 내가 콧물 흘리며 질질 짠 것도 본 거냐?!"

"'죄소옹해요.'에는 나도 저절로 눈이 촉촉해지는 게 있더군."

"시끄러!! 아무에게도 말하지 마라, 창피해!"

동경과 후회를 훤히 드러냈던 부모님과의 이별. 그걸 엿봤다고 하면 평정심을 지키고 있을 수 없다. 그 호기심은 그때 스바루의 가족에 대한 모욕이다.

"단지 애석한 건⋯⋯ 네가 과거와 마주하는 번민에 이미 답을 얻었다는 점일까."

"아앙?"

"난 어떤 답이어도 환영해. 하지만 그 답에 이르는 과정 또한 가치가 있다고 생각하는 주의라서 말이야. 고민하고 발버둥 치다가 그 끝에 네가 이끌어낸 답을 기대하고 있었지만⋯⋯ 그걸 완벽하게 즐기기에는, 공교롭게도 『시련』은 한발 늦었던 모양이야."

울적하게 탄식하는 에키드나. 그 말에 스바루는 눈썹을 찡그렸다가 천천히 깨달았다.

에키드나가 바라는 『시련』의 도전 방식—— 그것이 스바루가 단신으로 과거의 트라우마인 부모와 상대하여 번민 끝에 극복하게 하는 것이었다면, 참 딱한 노릇이다.

"형편없이 몹쓸 놈인 나를 영웅이라고 말해 준 아이가 있었어. 이제 와서 과거를 다시 볼 필요도 없이, 난 나 자신의 못난 구석을 받아들였단 거지."

"달관과는 다른 모양새로 말이로군. 나로서는 기대에서 벗어나 재미없을 따름이야. 널 그렇게 만든 애와 밖에서 만나면 마녀가 원망하는 소리를 했다고 전해 줬으면 좋겠어."

스바루는 그건 참 무시무시한 협박이라고 너스레를 떨려다가 숨을 죽였다. 인정하고 싶지 않은 이해에서 계속 눈을 돌리고 있는 것도 한계라고 깨달아서.

에키드나의 존재. 사람이 없는 세계. 『기억에서 재현한 교복』. 바보라도 알아챌 수 있다.

"물을 필요도 없겠는데 말이야. 역시, 이 세계는……."

"아아, 그래. 이곳은 네 기억에 기대어 한없이 충실하게 재현한 허구의 세계다. 그러니 물론—— 네 진짜 부모는 네가 어디서 뭘 하고 있는지는 모르는 채로 행방불명된 아들을 걱정하고 있겠지."

"하지만 정말로 전부 그래? 내가 모르는 얘기도 여러 번……."

"정말로, 넌 그 얘기를 몰랐었나? 부모의 지인이 보낸 편지를 한 번도 본 적이 없어? 아버지의 어린 시절을 아는 노인과 정녕 한 번도 만난 적이 없었던가? 네가 생각하던 것과 다른 부친의 이미지를, 넌 정말로 한 번도 의심한 적이 없었나?"

매달리려는 스바루의 나약함을, 에키드나는 잇따른 말로 때려눕혔다.

"알지 못했다고 여기던 마음속을, 넌 정말로 숨기려고 생각했었나? 알아서 편해지고 싶은 본심을, 그런데도 사랑해 주길 바란다는 이기적인 감정을, 허구의 아버지에게, 망상의 어머니에게 요구하지 않았다고, 단언할 수 있을까?"

입을 다문 스바루에게 얼굴을 들이민 에키드나의 어조는 서서히 속삭이듯이 요망한 음색으로 변했다. 그리고 숨결이 닿을 거리에서 그녀는 말했다.

"그것은 너무나 이상적이고, 지나치게 형편이 좋지. ──그런 생각은, 안 하나?"

"─────."

스바루의 마음을, 부드러운 말로 사랑스러운 듯이 헤집으며 에키드나는 나긋하게 미소 지었다.

그것은 지금까지 나이에 걸맞게 보이던 것과 다른, 흉흉한 마녀의 미소다. 미소와 함께 스며드는 마녀의 유혹. 그 마성에 스바루는 눈을 감고──.

"속이 후련하지 않았다고, 어떻게든 한 방 먹이겠다는 심보로 우리 부모님을 바보 취급하지 마라, 에키드나.”

“……뭣이?”

“내 답은 전부 전했어. 아버지도 어머니도, 그걸 받아들여 줬다. 나는 하지 못했던 말을 전부 전했고, 힘내라고, 다녀오라고 말을 들었어.”

스바루는 일어서서 책상에 손을 짚고 에키드나의 얼굴에 이마를 들이댔다. 놀라서 검은 눈을 크게 뜨는 마녀를 보면서, 스바루는 자신의 가슴을 두드렸다.

“그 목소리도, 웃음도, 모든 게 다 내 상상을 한참 초월했었다. ——내 부모님은, 내 쪼잔한 상상에 갇힐 만한 그릇이 아니라고. 얕보지 마.”

“———.”

“난 두 분에게 전부 전할 수 있었어. 네가 하는 말에 현혹되지는 않아.”

말에 칼날을 세우고 받아친 스바루는 콧방귀를 뀌고 다시 의자에 앉았다. 거칠게 다리를 꼬고 콧김을 씩씩대며 노려보니, 어안이 벙벙한 표정이던 마녀가 숨을 내뱉고 말했다.

“나 원, 내놓은 답에 고민할 허점도 주지 않다니, 넌 마녀 속을 얼마나 썩이는 거야.”

“안되셨군. 난 아버지랑 어머니를 정말 좋아하거든.”

그렇게 가슴을 펴고 단언하는 데에 얼마나 시간이 들었는지는 말할 수 없지만.

스바루의 태도를 본 에키드나는 체념한 듯이 고개를 저었다.

"진짜 의미로, 이 『시련』은 끝났어. 다음 물음에 어떻게 답할지 기대하고 싶은 바로군."

"그래……. 어, 다음 물음?! 그게 뭐야. 시련은 하나인 게 아니야?!"

"이런, 묘소에서 처음에 듣지 못했나? 『먼저 자신의 과거와 마주하라』라고. 첫머리에 '먼저' 가 붙었단 말은……."

"국어 선생님 같은 말은 꺼내지 말고! 한 방 먹였다는 듯한 그 표정도 짜증 나!"

연장전 예고를 들은 스바루가 놀라자, 에키드나는 책상에 한쪽 팔꿈치를 대고 심술궂은 웃음을 꾸몄다.

"묘소의 『시련』은 다해서 셋. 『성역』의 해방은 그 돌파가 조건이다. 나는 이제야 네게 이 이야기를 할 수 있어서 아주 흡족해. 그렇게 놀라 주니 가슴이 뛰는군."

"다과회에선 얘기할 수 없었다고 아주 즐거워하기는……."

정보도 없이 다다른 다과회, 반응이 없는 방문자, 그것 때문에 필시 욕구불만이 쌓였을 것이다. 지금이라면 전과 다르게 묻고 싶은 사항도 늘었지만――.

"어차피 시련의 내용이나 어떻게 답해야 하는지 미리 묻는 식의 부정행위는 용납하지 않을 거지?"

"당연하지. 사후의 낙을 빼앗겠다니, 그렇게 잔인한 짓을 하면 못써."

"노후의 즐거움을 말하듯이 떠들지 마셔……."

스바루는 마녀다운 대답에 학을 떼고 천천히 일어섰다.

더 이상 에키드나와 나눌 말은 없다. 허구의 세계인 이 장소에 오래 있어서 얻을 수 있는 건 미련밖에 없을 것이다. 그것과의 작별은 마쳤다. 그거면 족하다.

"이봐, 에키드나."

"뭐지? 아아, 한 소리 할려고? 아니면 한 대 때리려고? 그야 네게는 그럴 만한 권리가 있지. 좋다가 말게 한 자각은 있으니 말이야. 하지만 나도 여자야. 얼굴은……."

"고맙다."

"————."

날아온 말에 에키드나의 표정이 얼어붙었다.

말문을 잃고 눈을 번쩍 뜬 에키드나의 반응. 그 경악을, 스바루는 고소하다고 생각하면서 말했다.

"설령 진짜가 아니었다고 해도, 진짜 두 분에게 전해지지 않았다고 해도, 두 분에게 전하고 싶은 말을 할 수 있던 건 네 덕분이야. 썩어 빠진 호기심의 결과일지라도, 두 분에게 이별의 말을 할 수 있었어. ——그것만은 감사하고 있다. 그래서 고맙다는 거야."

"……너라는 인간을 이해할 수 없어서, 무척 흥미로워. 무서울 정도군."

에키드나는 농담도 희언도 아니라 처음으로 진심에서 우러나온 속마음이라는 투로 응답했다.

그 대답을 듣고, 스바루는 어깨를 으쓱이고 악동 같은 웃음을 지으며 말했다.

"마녀님께서 무서워해 주셔서 영광이다. ──그래서, 이 세계는 어떡하면 나갈 수 있지?"

"역할을 마친 세계라서. 금세 소멸이 시작되어 이 건물 말고는 멀쩡히 형체도 유지하지 못하고 있어. ──건물을 나가면 넌 원래 묘소로 돌아갈 수 있을 거다."

"그건 꽤 편리하기도 하군."

에키드나의 답변에 창밖을 보니 말마따나 먼 하늘에 신기루 같은 일그러짐이 떠올랐다. 허구의 세계는 그 역할을 마치고 몽환의 저편으로 사라지는 것이다.

스바루의 등을 떠밀어 준 아버지도, 스바루를 배웅해 준 어머니도 함께.

"중요한 건 전부, 벌써 배웠으니까."

가슴속에 치미는 감정, 눈시울이 뜨거워지는 감각에 스바루는 한 번 힘차게 소매로 눈꺼풀을 비볐다. 그리고 쳐든 얼굴, 그 눈에는 눈물의 여운은 아무 데도 없었다.

스바루는 마녀에게 등을 돌리고 교실의 출구로 걸어갔다. 세계를 끝내려──.

"그렇지. 한 가지만 더. 넌 아무래도 내가 다음에도 『시련』에 도전하길 바라는 것 같던데…… 그 기대에는 부응할 수 없어."

"……그렇다, 함은?"

나가기 직전에 발을 멈추고 고개만 돌아본 스바루의 말에 에키드나가 고운 눈썹을 찌푸렸다. 그녀에게 손가락을 세워 보이고 좌우로 흔들면서 마저 말한다.

"『시련』을 클리어하고 『성역』을 해방하는 건 내 역할이 아니야. 난 우연히 수험표를 들고 와서 기념으로 수험을 치른 인간이지. 네 기대는 다른 애가 이루어 줄 거야."

묘소에 도전해 같은 『시련』을 받았을 터인 에밀리아가 떠오른다. 『성역』의 해방은 그녀의 역할이다. 스바루의 도전은 불규칙 요소. 기대 받으면 난처하다.

그렇기에 그 말만을 남기고, 아마도 마지막이 될 마녀의 모습에 손을 흔들었다.

"──과연, 그건 어떨까?"

에키드나의 의미심장한 속삭임을 깨닫지 못한 채로 나츠키 스바루는 하얀 빛에 휩싸였다.

그리고 『시련』의 세계에서──.

## 2

각성한 순간, 스바루가 처음에 느낀 것은 입 안에 들어온 흙먼지의 씁쓸한 감촉이었다.

"으웨엑! 퉤퉤! 이상한 돌이 입안에…… 우웩."

침과 함께 정체 모를 돌의 모양을 혀끝으로 맛본 스바루는 구역질과 함께 그 자리에서 벌떡 일어났다. 지저분해진 몸을 털고 주위를 둘러보니 그곳은 어슴푸레한 공간이었다.

선뜩하니 차가운 공기에 케케묵고 시큼한 냄새── 묘소 안에 있었다고 기억이 났다.

"맞아. 『시련』을 받고……."

의식이 각성을 따라잡고, 스바루는 혼절해 있었던 동안의 사건을 회상했다.

『시련』에 말려들어 부모님과 재회하고 『―――』와 말을 주고받은 뒤 현실로 되돌아온 일련의 사건―――. 기억에 아마도 결손은 없다. 똑똑히 기억하고 있다.

"꼴사납게 질질 짰던 것도 안 까먹었어. ……아아, 다행이다."

아버지, 어머니와의 이별. 그것은 향수와 슬픔의 기억이자 각오와 결의에 이르는 의식이다.

그 기억을 잊지 않고 넘어갔다는 사실을 곱씹다가 퍼뜩 깨달았다. ―――자신이 무엇 때문에 묘소에 뛰어들었는지. 그 답이 지금도 바로 옆에 쓰러져 있다는 사실을.

"에밀리아!"

한쪽 무릎을 꿇은 자리 옆, 차가운 바닥에 옆으로 쓰러진 에밀리아의 모습이 있다. 그 얼굴을 들여다보니 숨이 붙어 있다. 우선 그 사실에 안도하지만, 의식을 잃고 괴로운 내색인 표정에 정신이 번쩍 들었다.

"―――아, 으."

비탄과 공포에 얼굴을 일그러뜨리며 이마에 땀을 흘리는 에밀리아는 번민하고 있다. 때때로 고개를 도리도리 저으며, 필사적으로 무언가로부터 달아나려는 그 모습은―――.

"보고 싶지 않은 과거……. 결판을 내야만 하는 뭔가와, 대면하고 있는 건가."

경과 시간은 알 수 없지만 에밀리아가 묘소에 들어간 것은 스바루보다 훨씬 빨랐다. 그런데도 스바루 쪽이 먼저 돌아온 이상, 그녀의 『시련』은 한없이 난항을 겪고 있는 것이다.

도움을 청하는 듯한 희미한 신음에 당장에라도 울어버릴 듯한 얼굴. 그 모습에 숨을 집어삼키고, 그 고통을 누그러뜨리고 싶은 마음에 스바루는 손으로 뺨을 만졌다. 그 순간──.

"으──."

"에밀리아?!"

크게, 전격에 맞은 것처럼 격렬하게 에밀리아의 호리호리한 몸이 튀었다. 그 과도한 반응에 스바루는 팔을 뻗어 에밀리아의 몸을 품에 안아 들었다.

그리고 경련하듯이 떨리는 그녀에게 연거푸 말을 던졌다.

"에밀리아! 정신 차려. 에밀리아, 에밀리아!"

"──으, 스, 바루?"

"──! 어, 어어, 맞아. 날 알아보겠어? 다행이다."

끌어안은 등을 쓰다듬고 필사적으로 부르는 스바루의 품속. 그때까지 괴로워하고 있던 에밀리아의 표정이 진정되더니 천천히 그 눈꺼풀이 열렸다.

의식이 느릿하게 회귀하고, 처음에 이름이 불린 스바루는 안도감에 숨을 내뱉었다.

"여기는…… 응, 어, 나는……."

"천천히 해. 서둘지 말고. 여기는 『성역』에 있는 묘소 안. 너는 중요한 역할이 있어서 여기에 왔고…… 엇, 계속 이래서 미안!"

껴안고 있던 사실을 떠올리고 설명하는 중이던 스바루는 에밀리아와 몸을 떼어놓았다. 몽롱하게 고개를 빙 돌리는 에밀리아. 스바루는 뺨을 붉으면서 하던 설명을 이으려고——.

"——에밀리아?"

"맞…아……. 나, 『시련』을 받고, 그래서…….."

의식을 잃기 전후의 기억이 돌아온 에밀리아는 『시련』에 대해 떠올렸다. 하지만 그 반응이 명백하게 이상해서, 스바루는 그녀의 모습에 심각하게 마음이 술렁거렸다.

에밀리아는 직전까지 떨던 것마저 떠올린 것처럼 어깨를 부둥켜안고, 핏기가 싹 가신 창백한 얼굴로 이를 딱딱 부딪치고 있었다.

떠는 원인은 추위가 아니다. 절대적인 공포와, 거절이다.

"내가, 내가, 아니야……. 그게 아니야. 그런데, 아니라고, 그러는데……."

"잠깐, 에밀리아? 진정해 줘. 에밀리아, 날 봐. 에밀리아!"

"싫어……. 그런 눈으로, 보지 마……. 싫어, 싫어싫어, 아니란 말이야. ……두지, 마아."

스바루의 목소리도 귀를 그대로 지나친다. 에밀리아는 손바닥으로 얼굴을 가리고 도리질 치며 그 자리에 무릎 꿇었다. 울먹이는 소리는 오열로 변하고, 은방울 음색은 듣는 이의 마음에 아픔을 줄 정도의 애절함으로 가득했다.

바닥에 무너진 에밀리아의 모습에 스바루는 무슨 일이 일어났는지 알지 못한 채로.

"괜찮아, 괜찮다고. 내가 붙어 있어. 내가 있어. 널 혼자 두지 않아. 괜찮아."

한결같이, 떨면서 눈물짓는 에밀리아를 위로하듯이, 지키듯이, 보듬듯이, 몸 전부로 그녀를 껴안고 그 등을 다정하게 어루만질 뿐이었다.

그동안에도 에밀리아는 스바루의 목소리는 들리지도 않는 것처럼 오열하며,

"……와줘, 아빠아. 도와, 줘……. 팩, 팩……. 패액……."

바로 옆에서 위로하는 남자가 아니라 이 자리에 없는 정령의 이름만을 부르는 것이었다.

3

"──겨우 진정하셔서, 지금은 쉬고 계셔."

뭔가 물어보려고 하는 눈초리 앞에서, 방에서 나온 람이 조용히 대답했다. 등 뒤에 있는 방을 배려하는 그 태도는 안의 낌새가 그만큼 심상치 않다는 증거다.

람의 답변에 안도하면서도 불안한 눈으로 닫힌 문을 바라볼 수밖에 없을 만큼.

"안 어울리는 얼굴이야, 바루스. 평소에도 칠칠하지 못한 낯짝이면서, 거기에다 음울함까지 더하면 두 번 다시 보지 못할 꼴이 될걸."

"쓸데없는 오지랖이다. ……미안하다. 마음 쓰게 해서."

스바루의 그 말에 람은 "핫." 하고 코웃음 치고 걷기 시작했다. 그 뒤를 따라가기 전에, 스바루는 마지막으로 한 번 더 문 쪽으로 눈길을 돌리고 입술을 깨물었다. 힘이 못 미치는 것을 몇 번이나 억울해하고, 몇 번이나 실패를 거듭해야 이 마음은 강철이 될 수 있는가.

"──이런? 에밀리아 님은, 이제 괜찮나 보오──지?"

닫힌 문의 미련을 끊어내고 람을 쫓아 건물 안으로. 가장 깊은 곳에 있는 방에 발을 디디니 그곳에서 침대에 누운 로즈월의 환영을 받았다.

장소는 로즈월이 요양하는, 『성역』 안쪽에 있는 건물이다. 들은 바로는 류즈의 집이라는 모양이지만, 지금은 영주가 머무는 곳으로 빌려주었다고 한다.

──묘소에서 착란을 일으킨 에밀리아도 같은 건물 안으로 운반된 건 그 때문이다.

"그래. 지금은 방에서 자고 있어. 람 덕분에 나쁜 꿈은 보지 않고 끝날 거야."

"향료의 최면 작용이야. 평소라면 통하지 않을 테지만 지금은 대정령님께서 곁에 계시지 않으니까."

로즈월에게 답변하는 스바루의 말을, 작은 주머니를 들고 있는 람이 보충했다. 그 향료는 이전에 스바루를 환혹으로 꾄 것과는 다른 종류라나 보지만, 여러 종류 있다는 사실에 놀라고 말았다.

물론 한 식구에게 악용할 걱정은 없을 테지만──.

"네게는 계속 독을 먹여 왔다는 의혹이 있으니 말이야……."

"차의 원료 중에 과하면 독이 되는 소재가 있었을 뿐. 언제까지 마음에 두려고 그래? 속 좁은 남자."

새침한 표정으로 주워섬긴 람은 로즈월의 침대 바로 옆에 시립했다. 사실상 이로써 실내에는 스바루가 로즈월을 독대──다른 관계자들은 동석하지 않기를 청했다.

"가필은 투덜댔지만 류즈 씨는 유달리 말귀를 잘 알아들었지."

"그 노인장은 연장자니까아──. 도리를 잘 알다마다. 우리에게 협력적이지 않으면 목적을 달성할 수 없다는 것도, 가필보다 훨씬 더…… 말이야."

로즈월의 말에 스바루는 묘소에서 헤어진 두 사람의 낌새를 떠올렸다. 『성역』의 해방은 가필을 비롯한 그들의 비원이다. 이쪽이 비협력적이라면 강경 수단으로도 나오지만──.

"해방할 의지가 있으면 손도 거든다라. 번잡한 입장이구만."

"에밀리아 님께서 계시는 시점에서 이해는 일치하고 있지. 상대방으로서도 여태까지와 같은 고집을 풀기 마련이야. ……그런데 네게는 동행이 있었다고 들었다아──만?"

"동행……. 아, 오토 말인가. 그 녀석은 뭐냐, 그거야. 오늘 밤에는 대성당에 처박아 놨어. 원래 로즈월과 만나고 싶다며 『성역』에도 따라왔는데……."

"왔는데에──?"

한쪽 눈을 감는 로즈월의 물음에 스바루는 머리를 긁었다. 오토가 자리를 비운 이유는 단순명쾌하다.

"지금은 진영 내의 비밀 회담이잖아. 반은 외부인인 그 녀석에게 무를 수 없는 문제를 떠안길 작정은 없다고."

"과연, 현명해. 벗을 말썽에 끌어들이고 싶지 않다는 말이로오—군."

"친구인지 아닌지는 거시기하지만…… 뭐, 그쯤 되네."

사정을 하나하나 이해 받은 스바루는 특별히 부정할 일도 없어 어깨를 으쓱였다. 그러고 나서 다시금 당사자인 에밀리아를 빼놓은 형국이긴 하지만——.

"——밤으로 미뤘는데, 우리 진영의 중요한 이야기를 탁 털어놓아 보자고."

4

"백경 토벌을 주도하고 저택과 마을을 노린 마녀교 대죄주교를 격퇴, 격파. 후보자인 크루쉬 님과 동맹을 맺고 그 공적을 이렇게 가지고 돌아왔다——라."

기분 탓인지 어조가 무거워지면서 로즈월은 그 분칠한 미간에 주름을 잡았다.

로즈월이 입에 담은 말. 그것은 진영 내에서 논의하는 데 가장 먼저 공유해야 할 내용이자, 스바루가 로즈월이 저택을 비운 동안에 일어난 격전의 전말을 설명한 내용이었다.

나열하자니 스스로도 거짓말 같은 활약이지만, 전부 사실이기에 부정할 방도가 없다.

"피난하기 전에는 자세히 못 들었지만…… 망언으로만 여겨지는 내용이네."

"그렇게 말할 줄 알았지만 숨겨도 별수 없으니 과장도 겸손도 없이 싹 털어놨다고! 자, 칭찬하고 칭찬해! 어서!"

"그래그래. 장하구나, 장해."

"건성이냐!"

되레 당당한 스바루에 대해 람의 대접은 평소대로 가볍다. 그러나 빈정대는 말이 다소 무딘 것은 그 말과는 정반대로 보고를 받은 내용에 그녀도 놀랐기 때문이리라.

그리고 그것은 침묵하며 사태를 이해하는 데 애쓰고 있던 로즈월도 마찬가지인지.

"──기대 이상의, 기대 이상의 결과군."

로즈월은 몹시 감개무량하게 눈을 내리깔고 한숨처럼 그렇게 뇌까렸다.

그 반응을 보고, 영락없이 넉살 섞인 칭찬이 나올 줄 알았던 스바루는 약간 어안이 벙벙했다. 그리고 로즈월은 스바루를 그 좌우 색이 다른 두 눈에 비추며 말했다.

"스바루. 왕선 개시가 선언된 홀에서 있던 일, 기억하고 있나?"

"──. 잊겠냐. 잊어도 될 리 없지. 한마디도 빠짐없이 기억하고 있다고."

불현듯 떠오른 것은 수치와 자조로 가슴을 태우는 지긋지긋한 기억이다.

그 자리에 있던 관계자 대다수가 그 일을 웃음거리로 삼았다고 하더라도, 스바루만큼은 잊어서는 안 된다. 그 실수가, 소중한 존재를 잘못 짚은 미련한 풋내기의 무모함이라는 것을.

하지만 그런 스바루의 대답에 로즈월은 엄숙히 끄덕였다.

"하면 나는 네 공적에 이렇게 보답하고 싶군. 그곳에서의, 네 말을 참된 것으로 만들지. ——무사히 이곳을 나갔을 때에는 너를 기사에 임명하겠다."

"————."

"공작과 함께 백경을 토벌하고, 대죄주교 중 한 명을 처단한 공훈은 상찬을 받아 마땅하다. 네 이름은 『기사』 나츠키 스바루로서 거론될 거야. 아무도 더 이상 너를 비웃을 수는 없어."

에밀리아에게 일조할 수 있을 거라고, 분수도 모르는 애송이는 큰소리쳤다.

꿈 많은 풋내기는 현실 앞에서 수도 없이 꺾이고 절망하며 광기에 잠기고, 복수심에 쫓겨서 모든 것을 내쳤다가, 깊은 애정에 구원 받아서—— 지금 이 자리에 있다.

그 시간 전부가 로즈월이 약속한 『명예』로 가치가 증명됐다.

——지금은 누구의 기억 속에도 남지 않은, 스바루에게만 남은 렘의 공적도.

"……고맙게, 받도록 하지. 그렇게 해서 그 싸움에 의미가 싹튼다면."

"자랑스러운 공적이다. 너는 에밀리아 님 옆에 설 권리를 손에 넣었어. 자기 자신의 힘으로."

"……나만의 힘이, 아니야."

자기에게만 들릴 정도로 자그마하게 중얼거렸을 터. 그 사실에 로즈월은 눈썹을 모았지만, 스바루는 한차례 눈을 굳게 감았다 뜨고, 목뼈에 뚜둑뚜둑 소리를 낸 다음 말했다.

"성실하게 하는 말을 들으니 영 어색하네. 이야기가 척척 진행되는 건 달갑지만."

"그건 또 섭섭하아ㅡ군. 나는 언제나 진지함 그 자체라고? 그리고 이 시간은 약속했을 텐데. ㅡㅡ이번에야말로 너와 정면으로 마주하겠다고."

"……너희겠지. 본래는 있어야 할 에밀리아도 없으니."

"아아ㅡ니? 네가 틀림없고말고."

이해 받지 못한 겸연쩍은 심정에 고개를 돌린 스바루는 거기서 살짝 숨을 죽였다.

로즈월은 발언의 정정을 정정하고 한쪽 눈을 감았다. ㅡㅡ그가 뱃속에 무언가를 감추고 있을 때에 내비치는, 노란색의 왼쪽 눈만을 남긴 시선이다.

시선과 직전의 발언. 그 두 가지의 결합에 스바루는 꺼림칙한 예감을 느끼면서 물었다.

"그건…… 무슨 의미지? 왜 구태여 에밀리아의 존재를 빼고 말하는 건데?"

"당연한 일이이ㅡ지 않을까? 못된 꿍꿍이는 신용할 수 있는 공범자끼리만 대화를 나눌 사항이지. 거기에 신용하기 부족한 상대를 동석시킬 만큼 내 심중은 만만치 않아."

"신용하기 부족하다니, 에밀리아가? 너, 난데없이 뭔 소리를 하는 거야?!"

　침대의 등받이에 기대고 태연하게 내뱉은 로즈월의 말에 스바루가 격분했다. 당연하다. 그는 감히 에밀리아를 신용하기 적합하지 않다고 단언했으므로.

　다름 아닌, 에밀리아 왕선 후원자인 로즈월 L. 메이더스가.

　"에밀리아를 왕선에 내보낸 건 바로 너잖아! 왜 네가 에밀리아를 신용할 수 없다는…… 우."

　분노에 맡겨 다그치려다가 스바루는 거기서 말을 끊었다. 자신의 미간을 거칠게 손가락으로 주무르며 피가 오른 머리에 "진정해." 하고 주문처럼 반복했다.

　대화 중에 금방 울컥하는 건 자신의 나쁜 버릇이다. 그 급한 성질 때문에 왕도에 있었을 때에 길을 얼마나 돌아가야 했던가. 심호흡을 의식하며 들이켜고, 내뱉는다. 두 번, 세 번.

　"……순서대로, 얘기하자. 공범자라는 부분부터, 전부."

　"좋다마다. 그 점에 대해서 합의할 수 있으면 앞선 네 의문에 대한 대답도 되지."

　스스로 분노를 가라앉힌 스바루의 모습에 로즈월은 여전히 흡족한 눈치다. 스바루는 가슴 앞에서 깍지를 낀 그를 노려보며 뒷말을 말없이 재촉했다.

　"자, 먼저 내가 네게 꺼낸 공범자라는 말의 참뜻이지만…… 이건 단순해. 너는 지금까지와 똑같이 에밀리아 님을 거들며 버팀목이 되어줬으면 한다. 그분이 왕좌에 앉으실 그 순간까지, 네 마음이 미치는 최대한."

"그야 들을 필요도 없지만…… 넌, 뭘 할 건데."

"물론, 마찬가지지. 에밀리아 님께서 왕선에서 이겨 이 왕국을 다스리는 입장이 되시는 것을 전력으로 지원할 거야. 봐. 너와 내 목적은 동일. 이건 공범자 아닌가?"

"의도가 그뿐이라면, 그건 협력자라고 하는 거야. 공범자와는 의미가 달라."

로즈월이 제시한 조건에 스바루는 어조를 억누른 채로 물어뜯었다.

그렇게 온건한 이유만으로 로즈월이 『공범자』라는 말을 꺼냈다고는 생각할 수 없다. 애당초 에밀리아를 빼놓은 상태에서 대화할 필요조차 없다. 그리고──.

"네가 하고 있는 말은 모순투성이야. 진심으로, 네가 에밀리아를 왕좌에 앉히고 싶다고 생각한다면, 이 『성역』에 오기 전의 허술함에 관한 변명은 어쩔 거지?"

"허술하다, 하암──은?"

"몰라서 묻냐! 에밀리아의 왕선 참가가 공포되면 마녀교가 날뛰기 시작한다는 건 주지의 사실이었어. 다들, 로즈월은 그에 대비해 대책을 세웠다고……. 그런데 그런 대책이 어디에 있었지? 이게 허술한 게 아니라면 뭐라는 거야?!"

의뭉스러운 태도에 분노가 되돌아와 스바루는 줄곧 말하고 싶던 의문을 내던졌다. 그게 도화선을 당기자 불만은 잇따라 거듭해서 그치지도 않았다──.

"애당초 넌 마녀교의 정보를 에밀리아에게 덮어뒀었지? 에밀리아는 마녀교에 대해선 전혀 모르더군. 자기가 왕선에 참가해서 무슨 일이 일어날지 자각이 없었어. 알았으면 전부 다 달랐을 거라고! 달랐더라면, 그런……!"

말을 격화되는 중에, 스바루의 뇌리에 되살아난 것은 지옥의 광경이었다. 몇 번씩 본, 지옥이다.

마을 사람들이 참살당하고, 아이들은 무자비하게 죽고, 페트라의 유해를 본 마음이 닳아 문드러지고, 람의 시체를 본 영혼이 헤집히고, 렘의 죽음에 한탄하는 것마저 빼앗기고, 에밀리아의 죽음에──.

"……네가 있었으면, 좋았었다고. 너만 있어 줬다면 그런 일 일어나지 않았어. 그런데 어째서, 있어 주지 않았던 거야?"

"바루스……."

목소리에 미처 숨기지 못할 비탄이 섞이고, 그 애처로움에 람마저도 뺨이 굳었다.

눈물은 흘리지 않는다. 그러나 얼굴은 엉망으로 구기고서 스바루는 로즈월에게 호소했다. 그 지옥을 본 스바루만이 로즈월에게 호소할 권리가 있다.

"네가 남아서, 모두를 지켰으면…… 나는……."

"하나 부재중인 나를 대신해 네가 소임을 다 했지. 기사로서 손색없는 공훈도……."

"윽──! 그런 건!"

방금 막 선사 받은 기사 서훈의 영예. 그것이 급속히 고마움을 잃는다.

그 싸움에 분명한 가치를 내려주는 결과였던 기사 서훈. 그러나 그 싸움 그 자체가 지금의 스바루에게는 실수의 상징이다. 그 싸움만 없었으면——.

"진정해, 바루스."

"람······!"

무심코 앞으로 나선 스바루를 막아선 람이 지근거리에서 노려봤다. 그녀는 등 뒤로 로즈월을 감싸고 그 연홍색 눈에 고요한 분노를 담으며 말했다.

"로즈월 님께선 부상당하신 몸이셔. 그래도 바루스의 행패쯤이야 손가락 하나로 제지하실 수 있겠지만······ 람 앞에서 불경하게 구는 것은 용납 못해."

"넌 납득하고 있는 거냐? 저택에 남아서, 버리는 패로 취급당한 건 너도 똑같다고! 로즈월은 마녀교 앞에서 꼬리를 말고 도망쳤어! 아니라고 할 수 있어?!"

"납득 여부를 가릴 것도 없어. 람은 로즈월 님의 행동 전부를 허용해. 그 와중에 람이 어떤 취급을 받고, 어떻게 버림받더라도 마찬가지야."

"——그럼, 렘이 그런 바보 같은 짓에 희생된 것도 용납할 수 있는 거냐?!"

이해하지 못할 람의 충절. 그 대답에 마침내 스바루의 가장 큰 분노가 폭발했다.

시기를 가늠하겠다고 변명하며 몇 번이고 멀리하고 뒤로 미룬 사실을 언급한 것이다. 세계의 기억에서 사라져 스바루 안에만 남은 렘의 존재.

　오랜 세월 따른 주인의 기억과, 무엇보다 반신인 쌍둥이 언니 안에서도 그녀는——.

　"——? 누구를 말하는지 모르겠지만, 타인의 이름은 람에게는 아무 관계도 없어. 람에게는 로즈월 님이 전부고, 그 외에는 둘째 문제야."

　감정 그대로 내뱉은 말에, 람은 아무런 주저도 없이 단언했다.

　그건 뜻하지 않게도 람 안에 렘의 기억이 없다는 사실을 증명하며, 스바루가 수도 없이 멀리하고 귀를 막고자 고심한 현실을 제시하는 행위였다.

　"————."

　힘이 빠져서 스바루는 앞에 디딘 한 걸음보다 더 크게 뒤로 한 걸음 물러섰다. 그대로 어깨를 축 늘어뜨린 스바루의 모습에 람은 눈썹을 찌푸리고 로즈월은 무겁게 고개를 가로저었다.

　"람, 물러나도록. 이 대화는 나와 그, 둘만의 것이야. 네게는 동석이야 허락했지만 발언은 허락하지 않았다. 알겠지이—?"

　"……예. 주제넘은 짓을 해서 죄송합니다."

　람이 묵례하고 다시 로즈월 옆에 시립했다. 그 대화를 보면서 스바루의 마음속에는 지독히 허망한 바람이 부는 것만 같았다.

　메마른 현실에 고개를 떨어뜨린 스바루. 그 모습에 로즈월은 두 눈을 가늘게 뜨며 말했다.

　"오늘 밤은 네게 성실하게 응하지. 그것이 내 결심이기도 하니. 그으—러니까, 네가 던지려던 의문에는 진실로 대답하지."

"———."

"왜, 나는 에밀리아 님께 공개해야 할 정보를 숨겨 왔는가. 왜, 나는 다가올 마녀교의 습격 앞에서 저택을 비웠는가. ——둘 다 답은 한 가지야."

목에 힘을 주어 고개를 들었다. 의문의 답변을, 하다못해 상대의 눈을 보며 받아들이고 싶다.

그런 스바루 앞에서 로즈월은 한쪽 눈을 감고, 말했다.

"——나는, 내가 마녀교를 상대하지 않고 넘어가게끔, 그 사태들을 유도했다."

"……뭐?"

당당하게, 눈을 보고 던진 말의 의미를 이해하지 못해 스바루는 멍해졌다.

하나하나 풀어서 곱씹다가 삼킨다. 뇌로 말을 맛본 다음, 그 내용이 영혼에 스며들고.

"말귀를, 모르겠어. 그건, 즉, 그 소리냐? 도망쳤단 소리야? 진짜로, 넌 마녀교가 겁났다고. 그리고……. 왜, 네가!"

"이해가 불가능할까? 왕국 유수의 두뇌이자, 손꼽히는 실력자. 마녀교의 맹위를 그 이상의 폭위로 퇴치할 수 있는 내가, 마녀교와의 싸움을 회피한 게, 그렇게나?"

"당연하지! 너라면 이 사태도 쉽게 해결할 수 있을 텐……."

"——그렇기 때문이지. 내가 해결해버리면 이번 일은 에밀리아 님의 공훈도, 네 공훈도 되지 못했겠지? 그래서는 의미가 없고말고."

"아, 어……?"

무슨 말을 들었는지, 스바루는 진심으로 이해할 수 없었다.

차라리 농담이라고 약 올리는 편이 차라리 나은 발언이었다. 하지만 로즈월은 스바루의 속내도 모르는 듯 한쪽 눈을 감은 채로 말을 이었다.

"효과는 절대─적이었지? 실제로 마녀교 격퇴 전후로, 아람 마을 주민들이 에밀리아 님을 대하는 태도는 정반대야. 이해할 수 없는 마녀의 족속에서, 자신들의 생명을 지키는 데에 공헌해 준 은인…… 너에 대한 평가도 비슷한 격이지 않던가?"

"너, 어…… 자기가 지금, 무슨 말을 하는지 알기나 해……?"

충격에 목구멍이 떨려 스바루의 말이 불명료해졌다. 그러나 그 흐트러진 소리와는 무관한 부분에서 로즈월은 영문을 모르겠다는 듯이 갸우뚱했다.

그 태도를 보고, 스바루는 마음속에서 이해할 수 없는 공포를 느꼈다.

로즈월은 이렇게 말한 것이다. 마녀교의 위협을 정확히 알고, 놈들이 습격해 올 것을 예측한 다음에 예상되는 재앙을 인기를 얻고자 이용했다고.

하지만 그 말은──.

"결과론이잖아. 최종적으로 그렇게 됐을 뿐이야. 네가 전부 해결했더라면, 그야 확실히 에밀리아는…… 마을 사람들과 에밀리아는 지금도 변함없었을지 몰라. 그래도!"

떠오른 것은 저녁 전에 대성당에서 본 광경──. 에밀리아가

『성역』에 피난해 온 주민들과 말을 나누고 희망을 의탁받는 장면이다.

그건 분명히, 로즈월의 노림수가 이루어지지 않았으면 실현할 수 없었을지도 모른다.

"모조리 다 결과론이야! 네가 없어서, 아무것도 가르쳐 주지 않은 게 원인으로 몇 명 죽은 줄 알아?! 확실히 희생은 최소한에 그쳤어. 그렇게 되도록 노력했어! 하지만 제로가 아니라고. 사람이 죽었단 말이야!"

"아군에 나온 손해에는 애도의 뜻을 표명하지. 적의 죽음은 당연하고. 내가 있었다고 해도 마녀교는 남김없이 잿더미로 만들었을 거다. 너는 내게, 사과해 주길 바라는 걸까아—?"

"——큭! 아니야! 아니야, 아니야, 아니야, 그게 아니야! 그런 게, 아니란 말이야!"

스바루는 도리도리 힘없이 고개를 내젓고 로즈월의 말에 거부감을 표했다.

왜 전해지지 않는가. 어째서 알지 못하는가. 로즈월의 의견은 너무나도 모질고 마음이 없다. 목적을 향해 직진하고 있다면 듣기에는 좋다.

그렇지만 직진밖에 못하고 있다. 가는 길에 구르는 장애물도 완전히 무시하고서.

"……내가, 여전히 아무것도 못하는 쓰레기였으면 넌 어떡했을 건데. 에밀리아도, 마을 사람들도, 아무도 구할 수 없는 결과가 나왔다면."

실제로 스바루는 몇 번이고 그 결과를 목도했다. 오히려 필연이었을 것이다.

나츠키 스바루에게 맡기면 사태는 최악으로 집중된다. 태반의 세계에서 그렇게 됐다.

"——믿었던 거야. 너를."

하다못해 그 대답만은 진지하게 알고 싶었다.

따라서 로즈월의 대답을 듣고 스바루는 실망감에 실소할 수밖에 없었다.

"……성실하게 대답할 맘은 없다 이건가."

"네가 바라는 답인지는 별개로 치고, 나는 진실을 읊고 있는데? 오늘 밤, 너를 속이지는 않는다고 결심했어. 할 수 없는 말에는 할 수 없다고 말하고, 형편에 안 좋은 사정은 입을 다물고 얘기하지 않아. 하지만 입에 담은 말이 거짓이 아닌 것만은 맹세하지."

엄숙한 로즈월의 말. 그러나 그 말을 신용하기에는 불신감이 너무 격화됐다. 지금까지 이어진 대화로 스바루에게는 그의 말을 액면 그대로 받아들일 신뢰는 남지 않았다.

그 불신감에 침묵하는 스바루에게 로즈월은 여전히 표정을 바꾸지 않으며 말을 이었다.

"다시 말하지. ——내가 이번 판단을 내린 이유는, 너를 믿었기 때문이다. 너라면 에밀리아 님을 위해 뛰어다녀서, 크루쉬 님과의 동맹 성립에 힘을 다하고 덮쳐드는 마녀교를 목숨 걸고 격퇴해 공적을 올릴 거라고 믿었어."

"네가 나에 대해 뭘 알아?! 고작 2개월의 관계로, 그렇게 신뢰할 수 있을 만큼 내가 뭔가 성취할 수 있는 남자로 보였던 거야?!"

격분한다. 듣기에 좋은, 듣기에 근사할 뿐인 미사여구는 지긋지긋했다.

이를 드러내며 삼백안을 더욱 날카롭게 뜬 스바루는 로즈월에게 손가락을 들이대고 부르짖었다.

"그럴 리가 없지. 너와 헤어질 때, 나는 명실공히 쓰레기였으니까. 그 쓰레기가 다소나마 나아질 수 있던 건, 그 뒤에 여러 일이 있었기 때문이야. 그리고 그 일들은 내 마음속에만 남았어. ――나의, 뭘 믿은 건데."

말이 통하지 않는다. 상대에게 성실하게 대답할 마음이 없다면, 대화 따위 헛수고다.

거칠게 숨을 쉬는 스바루에 비해 로즈월은 털끝만큼도 동요한 기색이 없다. 그렇다면 그 눈초리야말로 그의 대답이다. 의견을 정정할 마음도, 사실을 전할 마음도 없다고.

"……아무래도 오늘 밤의 대화는 여기까지인 모오—양인걸."

속마음을 내다본 것처럼, 로즈월은 대화의 종결을 선언했다. 스바루도 그 말에 이견은 없다. 적어도 그가 진정으로 대화의 테이블에 앉을 마음이 들기 전까지는.

"네 안에서 내 평가가 폭락한 게 순수하게 유감스럽기 짝이 없어. ……참고로 확인은 필요 없겠지만, 오늘 밤 일은 에밀리아 님께는."

"안 해. 어떻게 말해. 그리고 네 의도가 어떤 거고, 뒤에서 무슨 낯짝으로 벙글거렸다고 해도…… 현재가 있는 건 에밀리아가 직접 선택한 결과다."

묘소의 『시련』에 도전하기로 결의한 것도, 신뢰를 준 마을 사람들에게 결계의 해방을 약속한 것도, 앞으로 다가올 왕선을 생각하고 한 각오도, 모든 건 에밀리아 본인이 선택한 일이다.

단연코 로즈월의 어두침침한 계획에 휩쓸려 뜻대로 조종당했기 때문이 아니다.

"그렇게 분노로 지배당하면서도 내심으로는 현재 상황이 옳다고 이해하는군. 에밀리아 님의 왕선을 위해서 나나 마을 사람과 알력을 낳아서는 안 된다고 말이지."

"————."

"어른이 됐다는 뜻이야. ——역시 너는 내 공범자에 어울려."

"……너, 멀쩡히 죽진 못하겠어."

"알고 있다마다. 나는 틀림없이 지옥에 떨어질 거다. 그렇기 때문에 그 전까지 이승에서 할 수 있는 대로 횡포를 다 해야겠어."

로즈월은 답답한 상황에 신음하는 스바루를 포식자의 시선으로 사랑스럽게 바라보고 있다. 그 시선에 스바루는 적의마저 섞은 일별을 돌려주고 뒤돌아섰다.

이야기는 끝났다. 이제 1초라도 이곳에 남아 있고 싶지 않다. 하지만——.

"끝으로 한 가지만 묻겠어. 성실하게 대답할 마음이 있을지 모르겠지만."

"뭐지? 진실을 대답한다. 그 서약은 아직 유효해. 뭐든지 물어보게에—나."

"베아트리스 말이야."

그 이름이 나온 순간, 로즈월의 표정에서 여유가 사라졌다. 이어서 직전까지 느긋하게 연출했던 광대의 표정을 되찾고, "베아트리스."라고 입 속으로만 중얼거린 뒤, 이어서 말했다.

"너는 그 애를 퍽 신경 쓰더어—군. 그래서, 뭘 듣고 싶은데?"

"이곳에, 『성역』에 오기 전에 한번 얘기할 기회가 있어서 말이야. 별다른 얘기는 못했지만…… 그 녀석은 내가 가진 의문의 답은 전부 이곳에 있다고 하더군. 그건, 네가 성실하게 이야기할 마음을 먹으면 알 수 있다는 의미라고 생각하면 되나?"

금서고에서 나눈 대화가 끝날 때, 베아트리스는 울 것 같은 표정으로 스바루에게 그렇게 말했다. 프레데리카도, 베아트리스는 로즈월이 마음을 터놓는 몇 없는 관계자라고.

그렇다면 로즈월은 알 수 있는가. 베아트리스가, 서글픈 표정을 지은 이유를.

"그 질문에 대답하기 전에, 내 쪽에서도 묻고 싶은 게 있군."

"……뭔데."

"너는 에밀리아 님을 구하러 묘소 안에 들어갔지. 무슨 팔자인지 묘소의 벌칙은 작동하지 않은 모양이지만…… 너는 묘소에서 누군가와 만나지 않았나?"

로즈월의 물음에 스바루는 한순간만 생각에 잠겼다.

에밀리아를 구출하러 위험하다고 들은 묘소로 뛰어든 스바루. 실제로는 그때, 스바루는 안에서 『시련』을 받았었지만, 그 사실을 로즈월에게는 이야기하지 않았다.

대화 중에 전할 기회를 놓친 까닭도 있지만, 가장 큰 이유는 그에 대한 불신감 때문이다.

마녀교의 습격마저 에밀리아의 인기를 위해 이용하는 로즈월의 판단. 만약 스바루가 묘소에 도전할 수 있다고 알면, 그걸로 또 뭘 꾀할지 알 수도 없다.

애초에 질문하는 의도를 알 수가 없다. 스바루는 묘소에서 『────』와도 만나지 않았다.

"뭐가 듣고 싶은 거야. 무덤 안이라고. 누구랑 만날 여지가 있는데. 좀비냐?"

"좀비가 뭔지 알 수 없지만…… 아니, 그 답변으로 충부─운하군. 그리고 네 질문에 대한 내 대답이지만, 이것도 단순하군. 그건 아직, 이야기해야 할 때가 아니라고."

"핫! 결국 그거냐. 그럼 언제라면 얘기할 수 있는데."

"그건 네가 하기 나름이지. 가능하면 오늘 밤의 서약을 활용해 줬으면 하는 바아─인걸."

"────?"

뭔가 의미심장한 말투지만, 로즈월에게 그 이상 설명할 생각은 없는 모양이다.

돌이켜 보면 처음부터 끝까지 얼버무리기만 한 대화였다는 점에서 실망이 크다. 시작할 때 들은 기사 서훈의 명예도, 모든 건 스바루에게 편하게 이야기를 들려주려는 포석인가.

"그럼, 자. 스바루. 다음에 또 느긋하게 이야기를 나누—우어 보자고."

"———."

떠날 때, 마지막으로 로즈월의 비꼬는 듯한 언동을 받으며 스바루는 최소한의 화풀이로 문을 세게 닫았다.

5

"——스바루?"

신중하게 방에 들어갔음에도 불구하고 이름이 불린 사실에 스바루는 머리를 긁었다.

소리가 나지 않게 주의하며 닫은 문에서 뒤돌아보니 침대에 앉은 소녀—— 깊은 잠에서 깨어난 에밀리아와 눈이 마주쳤다.

"미안. 깨워버렸어?"

"아니야. 좀 전에 일어났으니까. 스바루는 엄—청 조용해서, 놀랐어."

"버릇이 들었거든. 소리 죽이고 걷는 거. 그런데 계획이 어긋 났군. 원래는 자고 있는 에밀리아땅에게 장난을 치려고 마음먹 었는데."

"장난……? 얼굴에 낙서라든가, 그런 거?"

"평화롭네! 하지만 확실히 그 이상의 장난은 칠 용기가 없 다……."

남녀 사이의 이런저런 일에 생각이 미치지 못해 갸웃하는 에밀리아의 모습에, 스바루도 기세가 꺾였다. 어쨌든 무사히 눈을 뜬 그녀의 옆에 앉아 상태를 확인했다.

　안색도, 호흡도 무난하다. 얼굴도 귀엽다. 문제없이 평소 상태로 돌아왔다.

　"미안해, 스바루. 나, 묘소에서 깼을 때 엄—청 허둥대서."

　"어, 아, 괜찮아 괜찮아. 그보다 처음에 쓰러졌을 때 어디 부딪히지 않았을까 걱정이야. 역시 한시도 떨어지지 않고 지켜보는 쪽이 피차 안심되지?"

　"——응. 그런 것 같아."

　"응?"

　넉살에 평소 같은 대답이 나올 줄 알았던 스바루는 에밀리아의 그 반응에 눈썹을 모았다. 그녀는 두 눈을 내리깔고 무언가 생각에 잠긴 기색으로 손끝에 스바루의 옷자락을 잡고 있었다.

　무의식중에, 불안스럽게 살살 끌어당기듯이. 그 몸짓을 스바루가 응시하고 있으려니.

　"——? 아!"

　에밀리아가 스바루의 눈길을 좇다가 체육복 옷자락에 손가락을 틀어쥔 자기 자신을 깨닫고서 놀랐다. 곧장 그녀는 손가락을 떼고 얼굴을 붉히면서 허둥지둥 손을 내저으며 변명했다.

　"아니, 아니야. 어라, 이상하다? 나, 왜 그런 식으로……."

　"어이쿠, 마침내 에밀리아땅. 무의식중으로 나를 원할 만큼 적극적으로. 솔직하게 말해 주면 되는 거야. 내게 모든 것을 맡길 마음이 들었다고."

"으응, 그런 건 전혀 아니야. 아마 깜빡 실수했나 봐."

"부정이 빠르고, 깜빡 실수는 또 뭔 소리?!"

농담이 반 섞인 발언에 고개를 젓고 창피한 듯 쓴웃음 짓는 에밀리아. 스바루는 추궁하지 않는다. 물어보길 원하지 않는 기색은, 그녀의 무의식중의 불안이 지금 행동으로 이어졌기 때문일까.

그리고 그건 당연히 오늘 밤 『시련』과 무관하지는 않고──.

"『시련』에 대해, 물어도 될까? 안에서, 무슨 과거를 봤는지."

"──으! 스바루, 어떻게 그걸."

"말하기 어려우면 내용까지는 안 물을게. 나도 말하고 싶지 않은 과거는 있으니까."

"그, 그게 아니라…… 어떻게 『시련』이 과거를 보는 거라고 아는 거야?"

남보랏빛 눈을 크게 뜬 에밀리아. 그녀의 말에 스바루는 "아." 하고 목울대를 울렸다.

확실히 묘소의 『시련』 내용은 묘소에 들어가기 전까지 알 수 없어야 했다. 당연히 내용도 도전자 말고는 알 도리도 없을 터. 물론 여기서 스바루도 에밀리아와 똑같이, 안에서 『시련』을 받았다고 말해도 상관없지만──.

"─────."

떨리는 에밀리아의 시선을 마주 본 스바루는 사실을 전달하기 위한 말을 집어삼켰다.

에밀리아와 같은 『시련』을 받았고, 그것을 극복했다. 그 서실을 전하는 바람에 좌절에 흔들리는 그녀를 몰아세우는 결과가 나오는 게 두려웠던 것이다. 그리고, 그것만이 아니다.

따라서 스바루는 눈을 감고, 이 자리에 없는 사람에게 악역을 떠넘기기로 했다.

"로즈월 녀석이, 『시련』에 대해 알면서 잠자코 있었거든. 자신의 과거와 마주한다나 뭐라나. 아니, 세세한 내용은 모르지만."

"그렇구나. ……로즈월, 그 밖에는 무슨 말 없었어?"

"어, 그게, 『시련』은 전부 세 개가 있고, 과거를 보는 건 첫 번째라고, 했었나?"

뻔뻔스러운 스바루의 대답에 에밀리아는 "세 개나……." 하고 낙심한 눈치였다.

적어도 정보원이 로즈월이라는 스바루의 발언을 의심하지는 않고 있다. 실제로는 『―――』에게 들은 이야기지만, 어려운 설명은 회피한다.

"문제가 몇 개 있든, 오늘의 도전 말인데…… 잘 풀리진, 않은 거지?"

"……응. 그런, 것 같아. 노력했었는데, 도중에 갑자기 끝나 버려서."

"그건 내가 깨워서 그런 것 같으니 미안해. 외부의 접촉으로 깨어난다는 식의 말, 그러고 보니 처음에 말했던 느낌이 들어."

"말했다니, 누가?"

"──누구일까."

고개를 모로 꼰 스바루는 글쎄 하고 미간의 주름이 깊어졌다. 괜스레 술술 나온 발상이었지만, 착상은 어디서 얻은 것인가. 생각해도 떠오르지 않아 결론은 뒤로 미루었다.

"생각 바꿔보자. 오늘 밤은 실패했어. 하지만 재도전은 받는 다잖아. 몇 번이든 도전할 수는 있어. ……그러니 남은 건 에밀리아땅이 마음먹기에 달린 거야."

"내, 마음?"

"기분 좋은 과거가 아니었다는 사실은, 잠든 얼굴을 봤으니 알아. 하지만 이 『성역』 해방은 네가 못하면 의미가 없다……고, 생각해. ──그러기 위해서, 또 도전할 수 있어?"

"──────."

선택을 제시받은 에밀리아가 숨을 훅 집어삼키고 입을 다물었다. 그녀의 떨리는 손끝은 자신의 가슴, 거기에 흔들리는 녹색 결정석── 반응이 없는, 유일한 가족을 만지고 있었다.

에밀리아가 대답에 막힌 모습을 보면서 스바루는 조용히 그녀의 결론을 기다렸다.

만약에, 만에 하나라도, 에밀리아가 『시련』에 대한 도전을 머뭇거린다면, 과거를 마주하는 행위를 두려워한다면, 나름 생각이 있었다.

『시련』에는 자격이 있는 다른 사람이 도전하면 된다. 다름 아닌, 나츠키 스바루가──.

"──스바루는, 바보."

"그래, 무슨 대답이라도…… 아니 갑자기 매도?!"

"그렇게 다정한 눈과 목소리로 말하는데, 못한다는 말을 어떻게 해. 나는 머리는 좋지 않지만…… 이게, 내가 할 일이라는 것쯤은 알아."

"에밀리아……."

"응석을 받아 주지 말고, 기다려 줘. 음, 오늘의 나로선 설득력이 없을지도 모르겠지만."

굳센 결의를 말한 직후, 에밀리아는 뺨을 붉히며 눈을 내리깔았다. 그러나 그 말에 스바루는 길게 숨을 내뱉은 뒤, "당치도 않아." 하고 고개를 가로저었다.

에밀리아는, 하겠다고 말한 것이다. 그렇다면 반드시 해낼 것이리라. 그것은 오늘 밤의 그녀만이 아니라, 지금까지 그녀를 지켜본 스바루가 믿는 본심이다.

"뭘, 추가 시험이든 뭐든 얼마든지 같이 있을게. 믿고, 기다리겠어."

"응. 고마워."

스바루가 건넨 웃음에 에밀리아도 겨우 미소를 지을 힘을 되찾았다. 덧없지만, 긍정적인 결의에서 우러나온 에밀리아의 미소. 그 모습에 스바루는 잠시 넋을 잃고 응시했다.

"하지만 아람 마을 사람들에게는 폐를 끼쳐서…… 그 점만은, 마음이 아파."

결계에서 해방시켜 반드시 마을로 돌려보낸다고 약속한 관계다. 실패한 걸 알았다고 그걸 이유로 손바닥을 뒤집을 사람들은 아니라고 믿고 싶지만, 낙담하게 만드는 건 피할 수 없다.

다만 그 점에 관해서는 스바루에게 한 가지 생각이 있었다. 따라서——.

"그 건은 내가 맡아도 돼?"

"무슨 생각이 있니?"

"일단은. 에밀리아땅하고 마을 사람들에게는 폐는 끼치지 않을 작정이야."

"……알았어. 스바루를 믿을래."

가슴을 두드린 스바루의 제안에 에밀리아는 눈웃음과 함께 즉시 끄덕였다. 그 즉단에 스바루가 살짝 놀라자 에밀리아는 흐릿한 미소를 지으며 말했다.

"이제 와서 스바루를 의심하진 않는걸. ——믿고 있어."

"————."

그 말에 스바루는 가만히 눈을 감으며 마음에 굳게 염원했다.

에밀리아의 신뢰가, 지금까지 스바루가 한 행동의 결과—— 그리고 그것이 로즈월이 그린 그림과 같은 전개였다고 해도 이 다음은 그렇게 놔두진 않는다.

"——모든 게 다 네 손바닥 위에 있을까 보냐."

여태까지 보낸 나날에 로즈월의 의지가 개입하는 건 용납하지 않는다.

그것이 나츠키 스바루의, 이 『성역』에서 증명해야만 하는 역할이다.

## 6

　——스바루가 에밀리아에게 말한 『생각』이 결실을 본 것은
그 사흘 뒤의 일이었다.


　"그건 그렇고 용케 가필을 설득할 수 있었군요."

　이는 용차에 연결한 자신의 애룡과 파트라슈의 상태를 확인하
는 오토의 발언이다. 등을 보이고 있는 그의 말에 스바루는 "그
래." 하고 운을 떼며 말했다.

　"시간이 좀 걸렸지만 어떻게 말이 통해서 살았지 뭐야."

　"제 안목으론, 그 성격으로는 우리 주장에 귀를 기울이지 않
을 것 같았는데 말이죠."

　"……넌 상인이면서 사람 보는 눈이 없구나."

　"그렇겠죠! 여태까지 이래저래 끌려다니며 고생만 하고 실수
익이 없는 걸 돌아보면, 아무리 저라도 자기 눈에 대한 신용을
잃어버린다고요!"

　절절하게 중얼거린 스바루의 말에, 목소리가 까뒤집혀 야유
하는 오토의 말이 겹쳤다.

　하지만 아유하고 싶어지는 그 기분도 이해된다. 애초에 오토
가 『성역』에 동행한 이유는 스바루가 로즈월을 만나게 해 주겠
다고 약속했기 때문이다.

　"그런데 사흘, 급기야 나흘! 한 번도 못 만나고 저쪽 마을로 퇴
보하다니……."

"그건 미안하다니까. 하지만 열이 식을 때까지 로즈월과는 얘기를 못해. 엄청 곤두선 분위기에서 소개를 받고 싶으면 강행하겠는데……."

"아뇨아뇨아뇨! 관두세요! 이상한 분위기에 말려드는 건 싫어어!"

소개가 늦은 경위에는 이렇게 오토가 꽁무니를 빼고 있다는 점도 원인이 있다.

그 사실에 스바루는 뺨을 긁으면서 자신들의 용차 너머——『성역』의 입구에 집결한 아람 마을에서 온 피난 용차들을 쳐다봤다. 총원 50명의 마을 사람 및 협력한 행상인을 나른 용차는 일곱 대 있어 상당한 대인원이 이동하는 셈이 된다.

——지금부터 스바루와 오토는 그들을 데리고 아람 마을로 귀환할 계획인 것이다.

그러기 위한 본래 조건, 『성역』을 감싼 결계의 해제는 아직 이루어지지 않았지만.

"에밀리아 님이 결계 안에 들어간 시점에서 결계를 풀지 않고 밖에 나간다는 선택지는 없다. 그러니까 인질의 가치가 없어진 놈들은 마을로 돌려보내라……랬더냐."

"——가필."

마을 사람들의 철수 준비를 바라보고 있는 스바루 쪽에서 금발의 흉포한 기척이 다가왔다. 평소부터 살벌한 눈매의 남자는 스바루 옆에 서서 오토를 힐끔 노려봤다.

"으히약."

그 눈초리를 받은 오토는 작게 비명을 지르고 기죽은 걸음으로 용차 반대쪽으로 퇴거했다. 첫인상이 강렬했기도 하지만, 거부 반응이 어지간히 강하게 남았나 보다.

"너무 들볶지 좀 말라고. 저 녀석은 엄청 귀중한…… 귀중한, 뭐였지?"

"니 혼자 의문스러워 해도 몰라. 겁먹는 것도 지 맘이지."

콧잔등에 주름을 잡은 가필은 언짢은 듯 팔짱을 끼었다. 막 되어 먹은 것처럼 보이는 행동거지가 많지만, 이래 보여도 가필은 뜻밖에 섬세하게 눈치가 있는 남자다.

요 며칠 동안 여러 번 접촉한 덕분에, 스바루는 그 사실을 알고 있다.

"설마, 네가 피난을 온 마을 사람들을 돌보고 있었을 줄이야……."

"아앙? 뭐 방법 있냐. 할멈들에게 힘든 일은 못 시키고, 게다가 외지인에겐 접근하기 싫어하는 놈도 적지 않아. ……귀찮아지는 것도 사절이니 말이야."

"그렇단 말은, 내 제안은 때마침 적절했단 뜻인가."

"대충. 『말링가의 유배』라 이거지."

과연 지금 걸로 대화가 성립했는지 고개를 모로 꼬고 싶어진다. 하지만 스바루는 그 위화감을 무시하고 다시금 가필에게 가볍게 고개를 숙였다.

이번 인질 해방은 가필의 협력이 없으면 실현할 수 없었으므로.

"집어쳐. 꼴사나워. 머리 숙이란 소리 하지도 않았잖냐."

"아니, 그래도 역시 말이야. 너희에게도 이런저런 사정이 있어서, 실리가 엄연히 있기에 받아들여 줬다고는 생각하는데……."

『성역』에 외지인을 떠안으면 그만큼 많은 자원을 소비하는 처지가 된다.

일단 촌락에는 밭도 있고 정기적으로 로즈월이 수배한 물자가 운반된다고 하지만, 비상시를 오래 유지하는 건 양쪽 주민 모두에게 좋은 일이 아니다.

따라서 스바루는 가필에게 이번 제안을 건네고, 그더러 류즈 및 다른 주민들과 다리를 놔달라고 부탁해서 이렇게 인질이 해방되는 아침에 이른 것이었다.

"그러니까 감사하는 거다. 마을 사람들도 좀 복잡하지만 기뻐해 주고 있어. ──그리고 무엇보다 로즈월의 허를 찌를 수 있었거든."

"아아, 그건 이 어르신도 기분이 썩 좋아. 그 감사는 받아 주마."

사악한 표정으로 웃은 스바루의 말에 가필도 이를 딱 부딪치고 흔쾌하게 웃었다.

이번 제안은 스바루가 꺼냈고, 로즈월에게는 사후 보고 및 사후 승낙을 받은 것이다. 그조차도 람을 경유해 대화했기에 로즈월도 자못 분한 심경이었을 터.

지난밤에 나눈 대화 이래로, 스바루는 로즈월과 상관하지 않는 완고한 자세를 관철하고 있었다. 적어도 그에게 정식으로 사과를 받기 전까지 용서할 심산은 없다.

그 결과, 오토가 봉변을 당하고 있는 판이지만──.

"——스바루!"

대화 도중에 약간의 틈이 생겼을 때, 별안간 은방울 음색이 스바루를 불렀다. 돌아보니 손을 흔들고 있는 에밀리아가 걸어오는 중이었다.

"……나중에 또 얘기하자고. 가는 길에."

그 접근을 알아채자 가필이 그 말만 귀띔하고 곁에서 떠나갔다. 성큼성큼 큼직하게 그가 떠나가자 대신에 옆에 들어온 에밀리아가 갸우뚱하고 물었다.

"으음, 저기, 가필이랑 하는 얘기 방해한 거야?"

"아니, 문제없어. 딱히 중요한 얘기도 안 했고, 에밀리아땅이 최우선이지."

"그건 엄—청 기쁜데, 지금은 마을 사람들을 최우선으로 생각해 줘."

눈썹 끝이 처져서 난처한 미소를 짓는 에밀리아의 부탁에 스바루는 고개를 끄덕였다. 그러는 중에 그녀가 염려하듯 의식을 쏟은 곳은 돌아갈 채비를 진행하는 마을 사람들의 용차다.

그 복잡한 심중은 스바루도 충분히 이해할 수 있다.

"사실은 결계가 풀려서 당당하게 나오는 게 좋다고는 생각하지만……."

"……미안해. 그건 며칠이나 했는데 『시련』을 극복하지 못하는 내 탓이야. 하지만 그 탓에 사람들이 가족과 재회할 수 없다는 건 안 되잖아."

에밀리아는 목소리에 자책하는 마음을 담아 무력함을 분해하듯 얇은 입술을 깨물었다.

——『시련』에 도전하고 사흘. 묘소의 구조도 조금씩 밝혀지고 있다.

스바루의 기억대로 『시련』에는 몇 번이든 도전이 가능하다. 단, 도전은 매일 밤 한 번에 한정된다. 그리고 에밀리아는 날을 비우지 않고 이에 도전하고—— 실패를 거듭하고 있었다.

스바루 또한 밤마다 그녀가 묘소에서 과거와 마주하고 그 지나간 고난에 마음이 꺾여 눈물을 흘리고 고생을 거듭하는 모습을 목격해 왔다.

쓰디쓴 과거의 반복과, 좌절과 실패의 중첩. 그 행위에 그녀의 마음이 얼마나 마모됐을지는 상상밖에 할 수 없지만.

"어쨌든 간에 초조해하는 거랑 무리하는 건 금물이야. 예로부터 그 두 가지 감정을 떠안고서 매사가 잘 풀린 예가 없어. 마을 사람들을 보내고 나면, 그대로 곧장 복귀하겠지만…… 그래도 내가 돌아올 수 있는 건 내일이야. 오늘 밤의 도전은 그냥 보내도 되거든?"

오늘 밤에는 『성역』에 남는 에밀리아의 옆에 스바루가 있을 수 없다. 그래서 스바루는 묘소의 도전을 연기하도록 몇 번씩 제안했다. 하지만 에밀리아는 꿋꿋하게 고개를 가로저었다.

"괜찮아. 조금 초조한 건 사실이지만…… 스스로 하겠다고 말한 일인걸. 마을 사람들도, 『성역』 사람들도 실망시키고 싶지 않아."

"……그래. 그럼 알았어. 나도 더는 말 안 할게."

"고마워. 그리고…… 마을 사람들도 그렇지만 프레데리카에게도 조심해."

서로 해야 할 일을 재확인하고, 끝으로 에밀리아가 불안하게 덧붙였다.

그녀의 우려—— 프레데리카의 생각은 지금도 모르는 상황이다. 람이 충고한 바에 따르면, 프레데리카는 성역 해방에 반대하는 쪽의 관계자. 저택으로 돌아온 스바루 일행에게 어떤 태도를 취할지는 예상이 가지 않는다.

"——프레데리카가 에밀리아 님을 적대할 의사가 있다면, 저택은 지금쯤 비어 있겠지."

"……람이냐. 뭐하러 왔어?"

그 사람의 대화에 끼어든 사람은 용차의 열에서 빠져나온 람이었다.

로즈월과 마찬가지로 람에 대해서도 스바루의 태도는 가시가 돋쳐 있다. 렘의 일도 포함해서 로즈월을 편드는 그녀에 대한 태도를 스바루는 아직껏 결정 내리지 못하고 있었다.

람은 그런 스바루의 갈등은 모르는 얼굴로 그 날카로운 눈을 가늘게 뜨고 말했다.

"말버릇 봐, 바루스. 로즈월 님을 대신해 일부러 배웅하러 왔을 뿐이야. 영민들이 출발하는 자리에 있을 수 없는 건 영주로서 몹시 마음 아픈 일인걸."

"어느 입으로 그런 소리를……."

"그리고 저택에 돌아가는 바루스에게 전할 말도 있어. 프레데리카가 마음에 걸린다면 더욱더 들어야 할 거야."

겉치레에 스바루가 혀를 차자 람은 그냥 흘릴 수 없는 정보의 존재를 내풍겼다. 솔직히 그 의도에 넘어가는 건 스바루에게 견디기 어려운 일이지만.

"프레데리카가 마음에 걸린다면, 어떡하면 돼?"

"에밀리아 님은 순수하시네. 바루스도 본받아."

쓸데없는 긍지와 무관한 에밀리아에게 재촉을 받고, 람은 비아냥거린 뒤에 한 박자 띄웠다. 그리고 숨을 죽인 두 사람에게 차분한 어조로 말을 이었다.

"프레데리카를 상대하는 게 불안한다면, 베아트리스 님을 의지하라서."

"베아트리스를? 저기 말이야. 사람 말은 똑바로 들어. 그것도 난이도가 높다고 그랬었잖아. 지금 상황으론 개와 만나는 것도 쉽지가……."

"똑바로 들어야 할 사람은 바루스야. 끝까지 잠자코 듣고나 있어. ──확실히 베아트리스 님과 말씀을 나누는 건 쉽지가 않아. 거기서, 로즈월 님의 전언이 효과적인 거야."

엄격한 어조에 스바루는 말을 집어삼키고 뒷말을 재촉했다. 그 눈초리에 람은 입술을 핥고 말을 이었다.

"저택에 돌아가면 이렇게 말해. 『로즈월은, 질문을 하라고 말했다』라고."

"질문……?"

"자세한 사정은 람도 몰라. 다만 그게 베아트리스 님의 귀에 들어가면…… 상황은 바뀌어. 로즈월 님께선 그렇게 말씀하셨어. 람은 그 말씀만 전할 뿐."

의문을 접수할 마음은 없다고, 람은 새침한 얼굴로 딱 잘라 말했다. 그 태도에 앞선 말을 되새기며 스바루는 의미를 못 알아먹겠다고 얼굴을 찌푸렸다.

"그 말을 들으면, 베아트리스가 내 말을 들어줄 것이다……라는 거냐?"

"글쎄? 그건 바루스가 하기 나름이겠지. ……마을 사람들은 무사히 보내도록 해."

람은 끝으로 그것만을 단단히 당부하고, 볼일이 끝났다는 양 뒤돌아섰다.

그 태도에 얼떨떨하면서도 스바루는 거칠게 머리를 긁었다.

"람은…… 아니, 로즈월은 뭘 숨기고 자빠진 거라지."

"_____."

"에밀리아?"

"어? 아, 응. 아무것도 아니야. 거뜬해."

울적하던 표정을 번쩍 바꾼 에밀리아는 등을 바로잡고 스바루 쪽을 돌아봤다. 그리고 다시금 스바루에게 미소를 보냈다.

"람이 말하던 로즈월의 충고, 얼마나 믿어도 될지 모르겠지만…… 무리는 하지 마. ——당신에게, 정령의 축복이 있기를."

배웅하는 말. 정령술사의 소중한 언령을 받은 스바루도 마주보고 엄숙하게 고개를 끄덕였다.

"근데 지금의 내가 말해도 설득력이 별로 없을지 모르겠지만."

"안 그래. ──갔다 올게. 에밀리아도 힘내."

무리하지 마, 초조해하지 말라고 말을 이으려다가 그 말을 다른 것으로 교체했다. 네거티브한 걱정보다 포지티브한 신뢰를 전해서 조금이나마 그녀의 힘이 될 수 있게끔.

"──응. 스바루도."

그 말에 에밀리아가 끄덕이는 것과 출발 준비가 완료된 것은 거의 동시였다.


### 7


에밀리아에게, 덧붙여 람에게 배웅을 받으며, 스바루 일행의 용차는 『성역』에서 출발했다.

『성역』에서 아람 마을까지 순조롭게 가면 반나절도 걸리지 않는다. 가는 길의 불안은 『튀기』의 출입을 거부하고 사람을 헤매게 하는 결계의 존재지만──.

"길 순서를 정확하게 알고, 결계에 안 걸리는 순혈이라면 문제가 없어. 피차 쓸데없는 원한 같은 건 남기고 싶지 않으니 말이야."

"그래서 헤매지 않기 위해 네가 자진해서 안내를 맡아 준 건 고마운 노릇이지만……."

용차 안. 좌석에 비스듬히 기대며 호쾌하게 쉬고 있는 가필. 그런 가필의 맞은편에 앉아 한쪽 팔꿈치를 괸 스바루는 한숨을 쉬고 말했다.

"앞장서기는 고사하고, 당장에라도 낮잠 잘 기세잖아. 안내 역할은 내팽개친 거야?"

"뭘 내팽개쳤다고. 그냥 니네 검은 지룡이 머리 너무 좋아서 그렇지. 딱 한 번 달린 길을 완벽하게 파악하고 앉았긴."

"우리 파트라슈는 진짜, 남자 보는 눈 말고는 완벽하군……."

가필에게도 보증수표를 받고 스바루는 애룡의 높은 스펙에 홀딱 반했다. 단, 주인으로 스바루를 선택한 면에서 남자 때문에 고생하는 여자의 소질이 있을지도 모르겠다.

어쨌든 그 이유 때문에 현재 스바루와 가필은 차내에서 일대 일인 상황이다. 차부석에 있는 오토는 이 대화에는 상관하지 않겠다는 자세를 관철 중이다.

따라서 화제는 자연히 뒤로 미루었던 『본론』으로 쏠렸다.

"그래서 말이다. 니가 일단 밖에 나가기 전에 해두고 싶은 얘기가 있어. 눈치가 조금이라도 있다면 상상이 가겠다만."

"……미안하지만, 눈치가 있고 없고는 사람마다 평가가 다르니까 무시하고, 떠안고 있는 문제가 워낙 많아서 말이야. 네가 어느 것을 화제로 삼고 싶은지, 똑바로 말해 주지 않으면 알 수가 없어."

"그것참 고생이 많군. 그럼 이 어르신이 니 문제를 해결하는 데 한몫 거들어 주마."

그렇게 말한 가필은 앉은 채로 가랑이를 쩍 벌리고 스바루에게 날카로운 시선을 보냈다. 찌르는 듯한 시선, 그보다는 찢어발기는 듯한 시선에 몸을 뺀 스바루는 숨을 죽였다.

"말 꺼내는 걸 봐서 그다지 좋은 예감이 안 드는데, 요컨대?"

"야, 똘마니. ──니, 묘소에서 『시련』을 받았었지?"

"───────."

목소리는 낮다. 짐승이 으르렁대는 듯한 중저음으로 가필은 스바루에게 물음을 들이댔다.

그 물음에 스바루의 눈이 가늘어지자 가필은 "숨기지 마." 하고 손을 내저었다.

"딱히 탓하진 않아. 자격이 없는 놈이 벌을 받는 건 딱 한 번. 두 번째 이후의 출입은 자유……라는 추측, 시험해 보자는 얘기는 안 하니까."

"로즈월로 시험하자고 한다면 안 말릴지도 모르는데?"

"거야 이 어르신도 시험해 보고 싶지만, 람에게 맞아 죽는 건 사양이라서."

씁쓸한 넉살에 가필은 이를 딱 부딪치고 소리 없이 웃었다.

그가 지적한 대로, 스바루는 자신이 묘소에 들어갈 수 있는 이유를 『두 번째니까.』라는 추측을 늘어놓는 것으로 그쳤다. 확인할 방책은 없다. 그것을 역으로 이용할 심산이었지만.

"가령, 그게 사실이라면…… 넌 어떻게 나올 작정이지?"

"거, 있어 봐. 니가 인정하기 싫어할 건 예상했어. 그러니까 어디까지나 가정하는 얘기로, 니가 끄덕이기 쉽게 얘기해 주마. 『감과 꿈의 다리 놓기』지."

고정 대사처럼 튀어나온 수수께끼의 관용구. 그 말에 스바루는 기이한 위압감을 느끼고, 입안의 갈증과 함께 일단 제안을 듣자고 턱을 주억였다. 그 반응을 받고 가필이 말했다.

"할 말은 쉬워. 가령 니가 『시련』을 받을 자격이 있다면……
에밀리아 님 대신에 니도 『시련』을 받아. 이 어르신네를 위해
결계를 풀어."

"──윽! 기다려, 그건 안 돼! 그게 무너지면 전제가."

가필의 제안── 에밀리아 대신 스바루가 『시련』에 도전한다.

그건 확실히 스바루의 머리에 몇 번이나 스친 생각이다. 실제
로 스바루는 세 번 있는 『시련』 중 하나를 클리어하고 남은 문
제를 두 개로 줄였다. 도전하라고 하면 도전할 기개도 있다.

하지만 그건 피하고 싶다. 그랬다가는 에밀리아가 지금까지
해 온 노력은──.

"착각하지 마. 이 어르신이랑 할멈은 『성역』에서 해방된다
면, 그걸 이루는 게 누구건 딱히 상관도 없다고."

"그건……."

"에밀리아 님한테 시켜서 할멈들하고 인질들에게 감사를 받
고 싶단 건 그쪽 사정이지. 싫은 과거인지 뭔지를 극복하게 해
서 한 꺼풀 성장시키고 싶단 것도 몽땅 싸잡아서 니들 사정이
고. ──이 어르신네하곤 관계없어."

가필의 말에 스바루는 반론하지 못했다.

그 의견은 『성역』의 사정을 참작하면 당연한 것이다. 그의 말
대로 에밀리아더러 『시련』을 받게 하는 것도, 이를 극복하는 결
과를 기대하는 것도 전부 이쪽 사정.

정론에 얻어맞아 스바루가 고개 숙이자 가필은 다시 탄식하고

말을 이었다.

"——애시당초, 진짜로 과거 따위를 극복할 필요가 있냐고."

"뭐?"

"사흘간, 이 어르신은 니랑 똑같이 에밀리아 님이 『시련』에 도전하는 걸 봤었다. 꺾이는 모습도. 그때마다 그렇게 정신을 못 차리잖아. 못 두고 보겠어."

가필은 콧잔등에 주름을 잡고 『시련』 직후 에밀리아의 비탄에 잠긴 모습을 언급했다.

횟수를 거듭해도 에밀리아는 『시련』을 넘어서지 못하고 있다. 그것만이 아니라 되돌아와서 꺾이는 모습 또한 동일하다. 정신을 못 차리며 팩을 찾다가 힘이 다한 듯이 잠든다.

그 광경은 실제로도 보기가 안쓰럽다. 그러나 그것을 넘어선 다음에는——.

"에밀리아는 반드시 『시련』을 극복할 수 있다고 믿고 있어. 그래서 나는…….."

"기대하는 거야 자유지. 근데, 에밀리아 님은 정말로 과거를 넘고 싶은 거 맞아? 무섭다 무섭다 울고 있는 게 본심 아니냔 말이야. 이 어르신은 모르겠다."

"에밀리아의, 본심…….."

될 대로 되라는 가필의 말에 스바루는 찬물을 뒤집어쓴 것처럼 충격을 받았다.

이 상황에 이를 때까지 스바루는 『시련』에 도전하는 에밀리아의 의지를 존중해 그녀의 결의를 헌신적으로 지탱해 왔다고 여겼다. 설령 아무리 괴로운 벽이라고 해도, 에밀리아가 무릎을 꺾지 않고 도전하는 한, 손을 끊임없이 뻗어주겠다고.

──떨리는 다리를 질타하며 묘소에 도전하는 에밀리아. 그마음의 비명을 알아채려고도 하지 않으며.

"──────."

가필의 말을 듣고 지금 스바루는 비로소 그 가능성에 생각이 미쳤다.

──도와주길 바란 거라면. 구원을 청한 거라면.

──본심으로는 자신을 대신해서 싸워 줄 누군가의 존재를 원한 거라면.

──그 『누군가』가 되어야 마땅한 사람이, 스바루 말고 달리누가 있다는 말인가.

"……돌아가면, 속을 터놓고 나눠야 할 얘기가 늘어버렸군."

"아앙?"

"아무것도 아니야. ……네 제안을 받을지는 어쨌든, 지금 말은 확실히 내가 떠안고 있는 문제 해결의 일조가 된 것 같다. 역시 넌 의외로 좋은 놈이구나."

"핫! 객쩍은 소리 마. 이 어르신은 조금이나마 확률을 올려두고 싶을 뿐이다."

가필은 짜증스럽게 이를 딱 부딪치고 스바루로부터 고개를 돌렸다. 쑥스러움을 탄다는 식의 귀염성 있는 반응이 아니라 진심으로 싫은 내색에 스바루는 쓴웃음 지었다.

다만 『확률을 올린다』라는 그 발언에는 스바루에게도 수긍이

가는 점이 많다.

"너 말이야. 『성역』 밖에 나가면 뭘 하고 싶은 거지?"

"……뜬금없구만, 어이. 밖에 나가서 하고 싶은 거?"

"이것저것 신경을 쓰는 것도, 결계를 풀고 밖에 나가기 위해서잖아? 그럼 당연히 밖에 나가서 하고 싶은 일이 있기 때문이다—라고 생각했는데……."

"_____."

별생각 없는 의문이었지만 가필은 말을 잃고 얼떨떨한 표정을 지었다. 마치 질문이 예상 밖이었던가, 생각해 본 적도 없는 일이었던 것처럼.

"……그건, 자유롭게 왔다 갔다 할 수 있는 놈이나 하는 발상이지. 가고 싶은 데 맘대로 갈 수 있다면 이 어르신이나 할멈들의 마음은 모를걸."

이윽고 가필은 천천히 내뱉듯이 말했다. 그 내용에 스바루는 실언했다고 생각했지만, 일어서는 가필은 사과할 기회를 주지 않았다.

"결계가 가깝군. 이 어르신이 따라와 줄 수 있는 곳도 이제 끝이다. 뒷일은 잘해 봐라."

"어어……. 아니 뭐, 금방 돌아올 거지만. 불안은, 없지만은 않지만."

사과할 기회를 놓친 스바루는 손목에 감긴 하얀 손수건을 만지고 힘없이 쓰게 웃었다. 떠날 때에 페트라에게 받은 천은 약간 때가 타서 원래 주인과의 재회를 애타게 기다리고 있다.

저택에 돌아가는 데에 불안감은 있다. 그 이상으로 확인해야만 한다는 사명감도.

페트라의 무사는 물론이거니와 무엇보다 잠자고 있는 그녀의 안부를———.

"……아아, 제기랄. 별수 없지."

"가필?"

가필은 금발을 벅벅 쥐어뜯으며 사납게 혀를 찼다. 그 행위에 놀라는 스바루를 향해 그는 자신의 허리 두르개에 손을 집어넣었다. 그리고.

"———가져가라."

"이건…… 프레데리카가 가지고 있던 거랑, 같은 돌이야?"

내민 것은 가필이 품속에 넣고 있던 장식품—— 끈 끝부분에 파란 휘석이 박힌 목걸이다. 휘석은 프레데리카에게 받은 것과 판박이였다.

쌍을 이루는 파란 휘석은 가필과 프레데리카가 결코 작지 않은 인연이 있다는 증거이기도 했다.

"이쪽 사정을 설명할 맘은 없어. 단지 니가 안 돌아오면 이 어르신네가 곤란해진다. 그러니까 맡겨 준다. 여차하면 프레데리카한테 보여 줘."

"……출발 전에 이거 받으면 또 결계에서 날아갈 것 같아서 무서운데."

"필요 없으면 도로 내. 가져가 봤자 도움이 될진 모르겠으니."

스바루가 손바닥에 휘석을 굴리고 있으려니, 가필이 돌려받으려고 손을 뻗었다. 그 손을 피한 스바루는 받아든 휘석을 품속에 소중히 갈무리했다.

가필과 프레데리카. 두 사람의 사정은 모른다. 다만 두 사람 사이에 아마도 있을 터인 혈연――『튀기』를 거절할 터인 결계가 말 그대로 두 사람 사이에 넘을 수 없는 벽이 됐다는 느낌만은 들었다.

혹은 결계에 프레데리카가 무슨 계획을 꾸민 이유가 있다고 한다면――.

"프레데리카가 무슨 속셈인지 확인하고 오지. 그러니까 뭐, 길보나 기다려 줘."

"핫! 뭐가 길보가 될지, 『바를모롤로이에 해는 진다』는 게 아니면 알 수도 없다고."

하다못해 긍정적인 이별을. 그런 스바루의 말에 가필은 처음으로 사나움과는 무관한 웃음을 띠었다. 단――.

"――저녁 해가 어디로 저무는지, 여전히 전혀 모르겠다."

그 수수께끼 관용구로, 어떻게 등이 떠밀렸는지 스바루에게 전혀 전해지지 않은 채로.

8

스바루가 로즈월 저택에 돌아온 것은 『성역』에서 출발하고 딱 여덟 시간―― 오는 중에 가필과 헤어지고 여섯 시간 뒤, 해가 저물기 전이었다.

"정말로, 함께 가지 않아도 괜찮겠어요?"

그렇게 불안스럽게 목소리를 죽인 것은 아람 마을에서 용차를 세운 오토다.

무사히 피난조를 마을로 보낸 스바루와 오토가 보는 앞에선 한동안 뿔뿔이 흩어졌던 가족들이 감동의 재회를 이루고 있다.

오토가 목소리를 죽인 이유는 그 재회에 찬물을 끼얹지 않기 위한 그 딴의 배려일 것이다.

"그래. 저택에는 일단 나 혼자서 돌아가 보겠어. 아무 일도 없으면 곧장 너를 향해 염파를 보낼 테니 그걸 수신해서 합류해 줘."

"나츠키 씨는 잡념이 많을 것 같으니 중요한 염파를 받아낼 수 있을지 걱정이에요……. 아니 농담은 집어치우고, 진지하게 상담하죠. 절 배려해서 그런 거면…….."

"그런 면이 전혀 없다고까지는 말 안 하겠지만…… 네 존재는 보험이지."

뺨을 긁는 스바루의 말에 오토가 "보험?" 하고 갸우뚱했다. 그런 그에게 마주 끄덕이고 말한다.

"우리 사정에 적잖게 정통한 사람은 너뿐이야. 그러니 만약 내게 무슨 일이 있었다고 판단하면 무리하지 말고 『성역』에 보고해 줬으면 해."

"……가정이라고 해도, 불길한 얘기는 하지 말아 주셨으면 하는데요."

"아무튼 부탁하자. 의지하고 있다고. 우리 진영의 전속 상인 나리!"

"네, 맡겨만…… 어느새 맘대로 진영에 포함됐다?!"

기억에 없는 직함을 받아 괴성을 내는 오토의 말에 스바루는 쓴웃음을 짓고 마을을 떠났다. 파트라슈를 타고 마을로부터 저택으로 이어지는 길을 바람처럼 내달린다.

"————."

"뭐야. 걱정해 주는 거야? 괜찮아. 네게는 폐 안 끼친다."

문 앞에 도착하자 등에서 내린 스바루에게 파트라슈가 코끝을 댔다. 애룡의 기특한 시늉에 목을 어루만져 응답해 준 스바루는 지룡을 데리고 저택 현관 쪽으로 걸어갔다.

시간은 저녁 너머. 산간에 존재하는 로즈월 저택에는 주황색 해가 비쳐 동쪽 하늘에서는 서서히 밤의 기척이 다가오고 있다.

"……우선은, 첫 번째 관문."

문 앞에 서서 스바루는 도어 노커를 들고 그렇게 말했다. 심호흡을 하다가 기세를 타고 건물 안에 손님의 방문 소식을 울렸다.

그대로 잠시 안의 반응을 기다려 보지만——.

"——첫 번째 관문은 실패. 이대로 두 번째 관문으로 이행한다."

들려야 할 사용인의 대답은 없고, 스바루는 탄식을 참으며 천천히 문에 손을 얹었다. 가볍게 힘을 주니 부주의하게도 문은 잠겨 있지 않았다. 스바루는 어려움 없이 열린 문의 틈새로 몸을 밀어 넣어 저택 안에 침입했다.

"_____."

문에 열리기 직전. 마지막까지 스바루를 걱정하는 지룡의 숨소리가 마음에 남았다.

그것을 마음에 새기면서, 스바루는 다시 사흘 만에 돌아온 저택 안에 눈길을 돌렸다. 넓은 현관 홀은 한산해서 적어도 근처에 인기척은 느껴지지 않았다.

뇌리에 문득 출발 전에 들은 람의 말이 되살아났다. ──가령 프레데리카에게 적대할 의사가 있다면, 이미 그녀는 저택에 남아 있지 않을 것이라고.

최악의 경우, 프레데리카가 행방을 감추었다고 해도 상관없다. 문제는──.

"혼자서 나갔느냐, 렘과 페트라를 데리고 갔느냐……지."

양쪽 다 바라지는 않지만, 후자의 가능성은 특히 더 생각하고 싶지도 않다. 손목의 손수건과 가필이 맡긴 휘석. 두 존재에 의지해 저택 안쪽으로 나아간다.

"──?"

그 위화감에 스바루가 눈썹을 모은 건 큰 소리로 집안사람을 부르는 결단을 하기 직전이었다.

스바루는 있어야 할 인원이 눈에 띄지 않아 익숙하게 다니던 저택의 복도를 미지의 영역 같은 심정으로 걷다가, 본관 복도를 들여다본 순간에 기묘한 광경을 목도했다.

──복도에서, 눈에 보이는 문이 모조리 열려 있었다.

"……분위기로 봐서, 환기 목적은 아니겠지."

스바루가 보는 바로 열린 채로 방치된 것은 방문뿐이며, 복도 창문에는 사람이 건드린 흔적이 없다. 빈틈없이 청소되어 완벽한 상태였다.

뜻하지 않게 프레데리카와 페트라의 사용인으로서의 능력이 증명된 모양새지만, 지금은 그 결과에서 찾아볼 수 있는 결핍된 정돈이 쓰라리도록 스바루의 가슴을 쥐어뜯고 있다.

뭔가가 이상하다. 뭔가가 기분 나쁘다. 뭔가가, 지독하게, 부자연스럽게 변했다.

"⎯⎯⎯."

꺼림칙한 감각, 꺼림칙한 공포가 온몸을 기어 다녀서 스바루는 그 느낌을 힘으로 찍어누르고 심호흡.

이변, 이상사태는 이미 감지했다. 수도 없이 위기 상황에 놓였던 스바루의 생존본능은 저택에 모종의 문제가 발생했다고, 요란하게 경종을 울려대고 있었다.

처음 판단에 따르면 스바루는 이미 저택에서 나와 오토와 합류해야 옳다. 저택에 발생한 이변을 아군에게 전하고 수단을 강구하는 게 상책이었다.

⎯⎯이 저택 안에, 구하고 싶은 사람이 이렇게나 많지 않으면.

"⎯⎯⎯."

무모한 것도, 무리인 것도 이해하고 있다. 그래도 확인해야만 한다.

스바루가 아군을 데리고 돌아오는 데에 얼마나 걸리는가. 그 사이에 저택 안에 있을 그녀들의 가능성은 얼마나 소모되는가.

저울에 얹는 것조차 불가능하다.

"우선, 순위는……."

손목의 손수건을 확인하듯 움켜쥐고, 스바루의 뇌는 끓어오를 정도로 회전했다.

저택 안에 남은 스바루의 관계자는 네 명. 전원 여성. 그중에서 프레데리카의 우선도는 가장 낮다. 현재 그녀의 입장은 스바루에게 있어 불분명하다. 그리고 아마도 그녀에게는 전투력이 있다. 문제에 대처할 능력도 높다. 아마도.

그렇게 한 명씩 상황과 대조해서 우선도를 확정하다 보니, 떨리는 무릎을 질타해 내딛는 뇌리에는 단 한 명—— 렘밖에 떠오르지 않았다.

"————."

변명은 얼마든지 할 수 있다.

잠든 채 움직일 수 없고, 의식도 없는 렘은 무슨 일이 생겨도 저항할 수 없다. 존재가 잊힌 까닭에 모든 위해자가 그 『존재가치』를 확인할 방도가 없으므로, 일부러 방치할 리도 없다.

그리고 현재 저택 안에서 유일하게 거처를 확정적으로 알 수 있다는 메리트도 있었다.

"자기, 방에서……."

잠자고 있을 것이다. 움직일 이유가 없다. 렘은 그 방에서 지금도 잠들어 있다.

——이만큼 조건이 모였으니까 최초로 무사한지 확인하는 건 당연하지 않은가.

머릿속에서 굳이 할 필요도 없는 변명을 반복하며 스바루는 저택의 동관으로——렘의 방이 있는 곳을 향했다.

폐의 경련에 호흡이 흐트러지며 불안감에 세차게 뛰는 심장에 가슴을 움켜쥐어 항의하고. 조급해져서 삐뚤빼뚤 나아가려는 무릎을 혹사하면서 신중하고 신중하게. 이상사태에 따라잡히지 않게끔, 시급히.

"————."

도중에 본관의 복도에 있는 문은 죄다 열려 있었다. 그것은 가는 방향, 동관에 들어가는 동안에도 이어지다가 끝내는 렘의 방이 있는 층계에 도착해도 마찬가지였다.

렘의 방은 복도 끝에 있고, 가까운 곳에 있는 방문은 어느 것이나 열린 상태.

"제길…… 렘."

스바루는 가까운 계단부터 올라간 자기 자신에 대해 혀를 차고 복도 가장 안쪽을 향해 달렸다.

복도는 창문으로 내리쬐는 석양의 빛깔이 진해서, 고요한 공기에는 어딘가 달콤한 향이 섞여 있었다. 본인도 몸 절반을 주황색으로 물들이며 스바루는 숨결 가쁘게 다리 속도를 높였다.

심장은 경종이 되고, 눈 안에선 질금질금 아픈 건지도 욱신거리는 건지도 알 수 없는 감각이 펄떡거렸다. 치미는 공포가 뇌를 농락해 한 가지 생각밖에 할 수 없었다.

지금은, 좌우지간, 렘이, 무사한지——.

"——으, 어?!"

마음이 조급해 목적한 방까지 앞으로 두 군데 남은 순간에, 스바루의 다리가 갑자기 엉켰다. 스바루는 그 기세에 밀려 복도에 팔을 짚고 자신의 우둔함에 이를 갈았다.

융단에 짚은 주먹을 쥐고 고개를 기울여 뒤돌아봤다. 뭔가에 발이 부딪혀 넘어진 것이다. 쳐다보니 막 지나친 방문, 그 발밑에 뭔가 가는 것이 떨어져 있었다.

석양에 물들어 번들번들 빛나는 그것의 본래 색깔은 알기 어려웠다. 하지만 그 홀쭉한 물체는 끊임없이 늘어져 있어 종점을 눈으로 좇다가 스바루는 알아챘다. 별것도 아니다.

──그것은, 스바루의 갈라진 옆구리에서 흘러내리고 있었다.

"──허?"

체육복의 오른쪽 배가 깔끔하게 찢어져 그곳에서 분홍빛 내장이 흘러 나왔다.

대량의 선혈이 발밑을 침범하고 무릎 꿇은 오른쪽 다리에는 자신의 소장인지 대장인지, 아무튼 내장이 얽혀서 마치 숙주에게 매달리는 꼴이 되어 있고.

"……우읍."

사실을 인식한 순간, 솟아오르는 핏덩이에 목이 막히고 시야가 새빨갛게 물들었다.

복압에 밀려 넘쳐 나오는 내장을 떨리는 손가락으로 몸에다 밀어 넣으려고 했다. 그러나 힘이 부족하다. 무릎에서도 힘이 빠져서, 정신이 드니 머리부터 융단 위에 고꾸라져 있었다.

무슨 일이 생겼는지, 모르겠다. 다만, 치명적으로, 배가, 베여서——.

"——말했었잖아? 약속했었잖아?"

별안간 목소리가 들렸다.

정면. 쓰러진 스바루의 머리 방향에서 누군가가 말을 던진다.

머리를 들 만한 힘이 없다. 의식은 넘쳐 나오는 내장에, 흘러 나오는 혈액에 섞여 밖에 확산된다. 스바루는 멀어지는 세계를 더듬더듬 끌어당기려고 필사적으로 거품을 뿜고 있다.

끝난다. 직감이 그렇게 이르고 있다.

그 사실을 마음 어딘가에서 이해하면서 스바루는 무의미한 죽음으로 끝나는 것을 거절했다.

무언가를 얻지 못하면, 건져내지 못하면, 끝날 수 없다. 끝내서는 안 된다. 무언가 하나라도 가지고 돌아가지 못하면, 무언가, 무언가, 무언가무언가무언가무언가무언가무언가무언가무언가——.

"———."

높은 구두 소리가 파문을 만들고 통로를 새빨갛게 물들인 선혈의 연못에 검은 그림자가 섰다.

검은 복색. 호리호리한 몸. 길게 땋은 흑발. 사랑스럽게 죽음을 내려다보는 요염한 눈초리.

그 모두에 기억이 있어서, 그리고 『배가 베인』 감촉에 스바루는 이해했다.

——왜, 네가, 이곳에, 렘의 방 앞에.

"——다음에 만날 때까지, 창자를 고이 간직해 두라고."

그건 상궤에서 벗어난 사랑의 선고. 아무에게도 이해 받지 못하는 살육자의 순애.

그 사실만을 영혼의 손끝에 건지고 나츠키 스바루의 의식은 흐려진다.

흐려지고, 흐려지며, 흐려지다가, 스러지고, 스러지며, 스러지다가, 이윽고.

모든 것이 다 사라지고, 끝나고—— 다시 시작된다.

——나츠키 스바루의, 네 번째 루프가 막을 올렸다.

# 작가 후기

　네, 네, 안녕하세요! 나가츠키 탓페이입니다! 네즈미이로네코이기도 합니다! 이번에 리제로 10권을 구입&독파해 주셔서 감사합니다!

　어라?! 이 인사는 왠지 최근에도 쓴 것 같은데, 데자뷔?!

　――초장부터 기시감이 엄습했습니다만, 데자뷔가 아닙니다. 이번 리제로는 9, 10권을 2개월 연속 출간했기 때문입니다!

　애니메이션의 방영이 9월로 종료되어 그 내용 직후부터 읽을 수 있는 이득 보는 9권과 10권인데요. 그 이득은 작가에게는 적용되지 않습니다. 그야말로 난장판에 난장판인 나날이더군요.

　이것도 죄다 "애니가 끝나면 출간 속도를 올릴 수 있겠네요!"라는 소리나 한 작가 탓입니다. 아니지! 탓이라니, 이야기를 기대해 주시는 독자 여러분께 죄송하죠! 그런 생각 없어요!

　2개월 연속 출간은 독자 여러분께서 기뻐해 주시길 바란다는, 이 나가츠키의 작가 정신에서 나온 산물입니다! 그리고 담당 편집자님의 "할 수 있어 할 수 있어! 나가츠키 씨라면 할 수 있어!"라는 뜨거운 파토스의 산물입니다. 어떠냐, 봐라. 해냈다고!

　직전까지 떠들던 헛소리는 잊어 주시고, 2개월 연속 출간은 제법 하드했습니다. 나가츠키 본인의 작업량은 물론이거니와 연속 출간에는 여러모로 부하가 걸리지요.

심지어 이번, 10권부터 리제로는 신장(新章)에 돌입! 다시 말해 무대가 변해서 신 캐릭터도 등장한다는 뜻으로, 일러스트를 맡으신 오츠카 선생님께선 새로 많은 캐릭터를 디자인해 주셨어야 했습니다. 물론 완성된 캐릭터들은 모두 다 주옥 같았습니다만, 오츠카 선생님께서 초인이라도 힘든 건 힘든 거라고요!

누구야, "애니가 끝나면 출간 속도를 올릴 수 있겠네요!"라고 아무 소리나 떠든 놈은! 나야! 나였다.

오츠카 선생님 죄송합니다. 메이드 페트라와 교복 에키드나가 되게 귀여워요. 이건 10권을 읽은 모두의 뜻이므로 이어지는 11권에서도 잘 부탁하겠습니다.

그리고 4장은 인터넷 연재판과는 훨훨훨씬 더 이야기가 바뀔 예정이므로, 독자 여러분께서는 일러스트 말고 이야기 쪽도 즐겨 주셨으면 좋겠습니다, 네.

──평소 이상으로 정리가 안 되어도 감사의 말로 들어가면 마무리가 되는 법. 해서 감사의 말을 전하겠습니다.

담당 편집자 I 님, 애니메이션 수고하셨습니다── 9권과 10권! 9권에서는 3장 마무리를 어떻게 묘사할지, 10권에서는 4장을 어떻게 만들어 나갈지, 신나게 신세를 졌습니다. 3장에 지지 않는 열량으로 달리겠으니 4장도 잘 부탁드립니다.

일러스트레이터 오츠카 선생님, 후기 중반에도 언급했습니다만 이번에 수많은 캐릭터 디자인, 감사합니다. 마녀도 깡패도 어린 소녀도 메이드도, 못 배기게 사랑스러운 완성도예요. 앞으로도 그들의 고난과 활약에 조력을 부탁드리겠습니다!

디자인을 맡으신 쿠사노 선생님, 권수는 리제로 관련만 14권째입니다만, 본편으로는 자릿수가 늘어난 제10권. 이렇게까지 할 수 있었던 것도 사람을 끌어들이는 선생님의 센스 덕분입니다. 감사합니다. 다음 자릿수를 목표로 노력하겠습니다!

만화판을 담당하시는 마츠세 다이치 선생님, 후게츠 마코토 선생님, 리제로 애니메이션 마지막 회 이벤트에 와 주셔서 감사합니다. 우리 모두 마감 직전이었지만 정말로 멋진 추억이에요. 2장과 3장, 완주까지 잘 부탁드리겠습니다!

그 밖에도 MF 문고 J 편집부, 각 서점과 영업 담당자님, 아직도 감사의 마음이 가시지 않은 애니메이션 스태프, 성우 여러분, 리제로에 관계하고 계신 모든 분께 감사를.

──그리고 끝으로 이 이야기에 따라와 주신 독자 여러분께 최대급의 감사를.

길었던 3장이 끝나고 이번 권부터 4장이 시작됩니다. 3장의 테마가 『자각』이라면, 4장의 테마는 『자립』입니다. 캐릭터들의 앞을 막아서는 새로운 고난과, 그것을 넘어서기 위해서 무엇을 목표로 하는지 꼭 지켜봐 주십시오.

그럼 다음 11권에서 다시 뵐 수 있기를. 잘 부탁드립니다.


2016년 9월 《갑자기 추워지는 바람에 알로하 셔츠의 한계에 도전하면서》

켄이치

나오코

멍

•처진 눈
•올라간 눈썹
•숏다리

•올라간 눈
•처진 눈썹
•맹함

가우초
(gaucho)

스바루의 부모라고 한눈에 알 수
있게끔 디자인해 봤습니다.
본문을 읽고 두 사람을 사랑하게
되었습니다!

켄이치

"핫핫핫! 그런 이유로, 화려하게 예고 납치! 나츠키 켄이치다!"

"나호코입니다. 아, 켄의 마누라예요. ……그리고 또 뭐더라?"

"갑자기 결혼 전 호칭이 나와서 흠칫했지만, 필요한 말은 했으니 일단 OK라고, 우리 마누라. 그래서 곧장 예고 나간다!"

"음, 어, 여기서는 다음 권 이야기나, 이거…… 리제로였나? 그거의 새 정보를 이야기하는 거지? 그 밖에는 스바루 이야기? 무슨 이야기를 할까…….."

"오오, 아주 드물게도 똑바로 알아듣고 있어! 나호코, 하면 할 수 있잖아!"

"후후, 나도 하면 할 수 있답니다. 오늘, 안 타는 쓰레기 버리는 날이지 않았어?"

"왔구만. 엄마와의 대화 초급, 『이야기의 앞뒤가 이어지지 않음』! 쓰레기 얘기는 됐고, 지금은 필요한 얘기나 Let's try하자."

"네에—. 이 책의 다음 권인 11권 말인데, 나오는 건 12월일 예정…… 다다음 달? 9월과 10월에도 나왔는데 어지간히 바쁜가 봐."

"뭐, 그만큼 기대받고 있단 거지. 이 10권과 같은 시기에는 특전 소설이 딸린 리제로 애니"

Re: Life in a different world
from zero

나호코

Nahoko

메이션 디스크 5권도 나오고, 더해서 리제로피디아라는 설정집도 있다고 하니 말이야! 애니가 끝났어도 스바루는 아직 쉬지 못할 낌새일세."

"그러고 보니 스바루는 작문에서 장래의 꿈으로 『아빠처럼 되어서 엄마랑 결혼한다』고 썼었는데. 참 귀엽지?"

"엄마와의 대화 중급 『갑자기 되살아나는 과거의 의문』이다! 없는 곳에서 흑역사나 폭로되고, 스바루 녀석도 처지가 말이 아니구만."

"모두가 스바루에 대해 알고, 좋아해 주면, 그 애도 노력할 수 있지 않을까 생각했거든."

"……아아, 그래! 나도 그렇게 생각해! 뭐야. 정말로 완벽한데, 우리 마누라! 『아무리 옆길로 빠져도, 마지막에는 반드시 정답에 다다른다』이다!"

"당연하지. 난 스바루의 엄마고, 켄의 마누라니까."

"그런 엄마와 내 아들이다. 딱 부러지게 해라. ──기대하고 있다, 스바루."

"응. 힘내렴, 스바루."

※ 출간 및 각종 정보는 일본어판 기준입니다.

# Re:제로부터 시작하는 이세계 생활 10

2017년 03월 25일 제1판 인쇄
2020년 10월 20일 제11쇄 발행

**지음** 나가츠키 탓페이
**일러스트** 오츠카 신이치로
**옮김** 정홍식

**발행** 영상출판미디어(주)
**등록번호** 제 2002-000003호
**주소** 21311 인천광역시 부평구 평천로 132 (청천동)
**전화** 032-505-2973(代) | FAX 032-505-2982

**ISBN** 979-11-319-5590-1
**ISBN** 979-11-319-0097-0 (세트)

Re：ZERO KARA HAJIMERU ISEKAI SEIKATSU volume.10
ⓒ Tappei Nagatsuki 2016
First published in Japan in 2016 by KADOKAWA CORPORATION, Tokyo.
Korean translation rights arranged with KADOKAWA CORPORATION, Tokyo.

노블엔진(NOVEL ENGINE)은 영상출판미디어(주)의 라이트노벨 및 관련서적 브랜드입니다.

● ● ●
**NOVEL ENGINE**

# 나가츠키 탓페이
# 작품리스트

한 잔의 커피가, 나를 모브 캐릭터에서 셰프로 바꿨다.

# 맛있는 샌드위치를 만드는 방법

◆

**초판한정 특별부록**
## 고급 일러스트 책갈피

Illustrations U35
© 2015 Yui Yano
KADOKAWA CORPORATION

고등학교 2학년이라는 청춘 데뷔가 불발로 끝난 나, 쿠사카 유우마.

그런 내 앞에 검도부의 에이스, 아즈마 고우키와 또 한 명의 소녀, 후미사카 키코가 나타나, 귀갓길을 함께하게 된다.

그때 셋이서 마셨던 커피를 잊지 못했던 나는 그 커피를 타 줬던 미녀 점장——아마미야 아마미를 찾아가지만,

돌아오는 것은 저돌적인 질문 공세였는데——?

## 특별한 자신이 되어 보지 않으시겠어요?
## 사랑도 우정도 리얼하게 뒤섞이는 본격 샌드위치 러브 코미디, 등장!

**야노 유이 지음 | U35 일러스트**
청춘의 상상, 시동을 걸어라!

# 파타 모르가나의 저택

## ~당신의 원전에 이르는 이야기~

## 1

**초판한정 특별부록**
고급 일러스트 책갈피

"주인님?"

길고 검은 머리, 비취색 눈동자, 그 여자는 '당신'을 그렇게 불렀다. 하지만 '당신'은 아무것도 기억이 나지 않는다, 아무것도 모르겠다―. 자기 자신이 누구인지도.

"어머…… 아무것도 기억이 안 나신다고요? 그것 참 큰 일이네요, 곤란하게 됐어요."

자신이 돌아오기를 애타게 기다렸다는 여자는 한참을 생각한 끝에 '당신'의 기억을 환기시키기 위해 말하기 시작했다.

일찍이 이곳에는 아름다운 장미원이 있었다는 이야기와 그곳에 살았던 사람들의 이야기를. 그리고― 이 저택에서 일어났던 수많은 비극들을!

## 인기 동인 게임을 완전 노벨라이즈! 비극과 절망의 고딕 로망 서스펜스 노벨의 막이 열린다!

NOVEL ENGINE
하나다 케이카 지음 | 모야타로 일러스트
청춘의 상상, 시동을 걸어라!

# 소설 문호 스트레이독스
## 탐정사 설립 비화
# 3

◆

**초판한정 특별부록**
## 고급 일러스트 책갈피

©Kafka ASAGIRI 2015 ©Sango HARUKAWA 2015
KADOKAWA CORPORATION, Tokyo.

지금으로부터 10여 년 전, 요코하마에서 경호원으로 이름을 날렸던 은발의 늑대 한 마리가 있었다. 그 이름은 후쿠자와 유키치. 그는 묘한 상황에 얽혀서 무례하며 지독하게 사람의 말을 듣지 않지만 천재를 초월하는 추리력을 지닌 소년, 에도가와 란포를 돌보는 처지가 된다. 경호를 위해 후쿠자와와 일행은 살인 예고 현장인 극장으로 가지만, 살인은 극장의 무대 위에서 보이지 않는 누군가의 손에 의해 벌어지는데…?!

**무장 탐장사가 설립된 이유에 관한 이야기와 나카지마 아쓰시 입사 전날 밤의 탐정사의 모습을 그린, 두 개의 호화 에피소드!!**

**아사기리 카프카** 지음 | **하루카와 산고** 일러스트
청춘의 상상, 시동을 걸어라!

# 필승 던전 운영방법

## 3

**초판한정 특별부록**
고급 일러스트 책갈피

요정족의 이주와 마왕이 합류하고 본격적으로 시작된 던전 운영. 세라리아가 이끌고 온 300명의 이주민을 받아들이고 숨을 돌리는 것도 잠시, 리테아 정권 문제를 수습하기 위해 1만 명 규모의 이주민을 받아들이기로 한다──.
게다가 던전 반대파 오천 명의 부대를 상대로 전면 전쟁까지!?
한편, 세라리아의 결혼 선언과 함께 던전 대표들의 유키를 향한 어필 역시 더욱 박차를 가하는데!?

## ──「소설가가 되자」의 대인기 미궁 판타지 제3탄!

추가 번외편에서는 세라리아의 속마음을 파헤칩니다!

©Yukidaruma 2015
illustration by Farumaro
Originally published by Futabasha Publishers Ltd.

유키다루마 지음 │ 파루마로 일러스트
청춘의 상상, 시동을 걸어라!

부상을 입은 에이룬, 셀렌을 노리는 마수
또다시 찾아온 위기에서, 모두의 선택은———!?

# 에이룬 라스트 코드
## ~가공의 세계에서 전장으로~

# 3

◆

**초판한정 특별부록**
### 고급 일러스트 책갈피

Illustration : Akemi Mikoto
©Ryunosuke Azuma 2015

에이룬 바자트는 로봇 애니의 세계에서 소환된 사람이다. 히무로 의숙 기병부에서 보였던 활약이 주목을 받는 에이룬에게, 미국이 데이터 수집을 위한 무인도 원정을 의뢰한다. 하지만 우수한 헥사를 노리는 무장조직, 추가로 맬리스의 공격마저 받아, 에이룬이 전치 3개월의 중상을 입고 만다. 셀렌의 정신은 여전히 불안정한 상태, 퀸이 나타나면 히무로 의숙이 붕괴하고 만다. 이에 히무로 라이초는 국제연합 소속의 맬리스 진압부대 【로열가드】의 네이버 팀 파견을 결정. 하지만 에이룬이 자리를 비운 상황에 초조함을 느낀 시키가 폭주하고 마는데———?!

## 폭발하는 상쾌함! 화상을 입을 듯 뜨거운, 신세대 로봇물 제3탄!

**아즈마 류노스케** 지음 | **미코토 아케미** 外 일러스트

청춘의 상상, 시동을 걸어라!

# 세계 종언의 세계록
### ~종언의 정령~
# 6

### 초판한정 특별부록
## 고급 일러스트 책갈피

Illustration : Haruaki Fuyuno
© Kei Sazane 2016

명계에 느닷없이 나타난 침묵기관에게 종언의 섬에 가는 데 필요한 악마법인을 빼앗긴 파티 「재림의 기사」. 궁지에 몰린 렌은 한 가지 비책으로 결계를 돌파하려 한다. 한편, 같은 시기에 에르메키아 더스크와 침묵기관도 종언의 섬에 모여들고——.
세계의 종언과 시작이 교향곡을 연주하는 장소에서 벌어지는 뜨거운 앙코르 쟁탈전. 그리고 가짜 영용은 영용만이 아는 세계의 진실을 본다!

## 현재, 가장 왕도를 달리고 있는 판타지, 충격의 제6탄!

**사자네 케이** 지음 │ **후유노 하루아키** 일러스트

마침내 도달한 제1궤도 아이온
「귀환」을 위한 마지막 싸움의 막이 오른다!

# 스카이월드

# 11

초판한정 특별부록
고급 일러스트 책갈피

세계는 격동의 시대를 맞이했다——.
마지막 시련, 「게이트 오브 파」에 돌입한 준 일행은 마침내 제1궤도 『아이온』에 발을 내딛고, 사쿠야의 부활과 원래 세계 귀환이라는 소원을 이루고자 꿋꿋하게 전진 중이었다.
한편, 리저드맨 제국 크네티의 스카이월드 침공이 급물살을 타고, 나아가 『신비의 좌』의 습격이 모든 플레이어를 전율케 하는 사태를 불러일으키는데——?!

## 희망을 부수는 종언에 저항하라!
## 열혈 온라인 모험 판타지, 제11탄!

 세오 츠카사 지음 | 무토 쿠리히토 일러스트
청춘의 상상, 시동을 걸어라!